Arena-Taschenbuch

Band 50752

Ebenfalls von der Autorin im Arena Verlag erschienen:
Shana, das Wolfsmädchen
Shana, das Wolfsmädchen, und der Ruf der Ferne
Der Ruf der Elefanten
Wildpferde in Gefahr
Mari reitet wie der Wind
Das Mondpferd
Im Wind der Camargue
Solal, das Feuerpferd
Pferde, Wind und Sonne
Melina und die Delfine
Tochter des Meeres
Weißer Kranich über Tibet
Sabrina – Entscheidung in Mexiko
Die goldenen Dächer von Lhasa
Kel Rela – Im Herzen der Sahara
Tara und die Reiter des Windes
Aischa und die Sonne des Lebens
Hinani – Tochter der Wüste
Anahita – Im Land des Monsuns
Das Gold der Azteken
Der rote Seidenschal
Der Türkisvogel
Sonnenpfeil

Federica de Cesco
war von ihrer frühesten Jugend an immer mit Pferden zusammen und hat diese Liebe zu den edlen Tieren in vielen ihrer Romane einfließen lassen. Ein weiteres wichtiges Hobby ist für sie das Reisen. Zahlreiche Länder auf verschiedenen Kontinenten hat sie bereits besucht und oft mehrere Monate in der Fremde verbracht, um verschiedene Kulturen kennen zu lernen. Auch davon erzählen ihre Geschichten. Ihre Bücher wurden in zahlreiche Sprachen übersetzt. Für ihr schriftstellerisches Schaffen wurde Federica de Cesco mehrfach ausgezeichnet.

Federica de Cesco

Pferde, Sehnsucht, Abenteuer

Zwei Pferderomane in einem Band

Flammender Stern
Ein Pferd für mich

Arena

FSC
www.fsc.org
MIX
Papier aus verantwortungsvollen Quellen
FSC® C110508

1. Auflage als Limitierte Sonderausgabe im Arena-Taschenbuch 2015

Beide Geschichten sind erschienen in
»Wilde Pferde, weites Land«

Umschlaggestaltung: Frauke Schneider unter Verwendung eines
Fotos von Tim Flach © gettyimages
Umschlagtypografie: KCS GmbH · Verlagsservice & Medienproduktion,
Stelle / Hamburg
Sondergestaltung: komm Design / achkomm.com / Würzburg
Gesamtherstellung: Westermann Druck Zwickau GmbH
ISSN 0518-4002
ISBN 978-3-401-50752-1

www.arena-verlag.de
Mitreden unter forum.arena-verlag.de

Inhalt

Flammender Stern

1. Kapitel

Finstere Wolken jagten am Himmel und trieben eine Regenwand vor sich her. Jener herbe, schwefelartige Geruch stieg auf, der immer aus der Erde strömt, wenn Regentropfen auf ausgetrockneten Boden fallen. Die kleine Ranch lag am Fuß eines Höhenzuges, dem eine Quelle entsprang. Das Haus war aus sorgfältig behauenen Steinen errichtet. Ein kleiner Damm staute das Wasser in einem Weiher und von dort wurde ein Gemüsegarten bewässert. Der Korralzaun umgab einen Schuppen und den Pferdestall.
Der Felshang sollte das Haus vor den Nordstürmen schützen, doch das Unwetter, das über Wüste und Gebirge nach Süden fegte, brauste über die Ranch hinweg, ließ die Dachbalken erbeben und schlug gegen die Fensterläden. Ein undurchsichtiger Wasservorhang fiel vom Himmel, so als ob sich plötzlich die ganze Wolkenmasse auf die Erde gesenkt hätte. Jenny wusste, was das in Sturzbächen von den Hügeln kommende Wasser anrichten konnte, und wurde unruhig. Sie stand am Fenster und verschränkte fröstelnd die Arme.

»Es ist kalt.«
Abel Grey trat an den Herd und legte Holz nach. »Der Sturm wird bald vorüber sein. Wir brauchten den Regen. Das Gras ist völlig ausgedörrt.«
Ein Lichtschein flammte auf: Ein Blitz zuckte über den Himmel. Ohrenbetäubender Donner folgte. Jenny spürte, wie Boden und Wände erzitterten. Ihr Vater warf ihr einen schelmischen Blick zu.
»Mir scheint, du hast Angst vor Gewittern?«
Jenny wurde rot und schüttelte den Kopf. Abel schürte das Feuer und setzte den Kessel auf die offene Herdplatte. Der Regen prasselte gegen die Läden. Jenny lauschte besorgt dem Toben des Sturmes.
»Komm«, sagte Abel ruhig, »wir wollen den Brotteig für morgen vorbereiten.«
Es wurde schon dunkel im Raum. Während Jenny die Zutaten bereitstellte, schraubte Abel den Docht der Petroleumlampe höher. Dann begannen sie, den Teig zu kneten. Vater war das Brot nie so gut gelungen wie früher der Mutter, doch Jenny hoffte, dass sie ihm bald diese Arbeit abnehmen konnte. Mutter war vor zwei Jahren nach längerer Krankheit gestorben. Ihr Grab, mit einem kleinen Kreuz versehen, befand sich unweit vom Haus unter einem Baum. Jenny setzte sich häufig an das Grab und sprach mit ihrer Mutter: Sie hatte das eigenartige Gefühl, dass ihre Mutter sie hören konnte.
Sie knetete den Teig und horchte auf das Donnerrollen. Noch bevor der eine Schlag verhallt war, schmetterte schon der nächste los. Manche Blitze sahen aus wie Schlangen, andere wie vertrocknete Quellen in der Wüste. Plötzlich erleuchtete ein schwefeliges Licht den Raum. Der folgende Donnerschlag schien die ganze Welt in Stücke zu reißen.
Das erschrockene Wiehern der Pferde ertönte durch das Rauschen des Regens. Abel riss die Haustür auf und lief nach draußen. Der große Baum hinter dem Weiher war vom Blitz getroffen worden und brannte wie eine Riesenfackel. Die Greys besa-

ßen ein Ackerpferd und zwei Reitpferde, die nun wie gehetzt im Korral herumgaloppierten. Ein Dutzend Schafe presste sich angstvoll gegen die Stallwand. Abel hatte sie kurz vor dem Unwetter zusammengetrieben, doch einige der Tiere waren noch im Hochland verstreut.

Abel wischte sich die Nässe aus dem Gesicht.

»Ein Glück, dass der Blitz nicht das Haus getroffen hat. Das Feuer kann sich Gott sei Dank nicht weiter ausbreiten.«

Der Regen trommelte Jenny auf den Kopf. Sie duckte sich an die Hauswand und starrte auf den brennenden Baum. Feuergarben sprühten auf, das Holz knarrte und ächzte. Das ununterbrochene Flackern der Blitze erhellte die Landschaft. Plötzlich packte Jenny den Arm ihres Vaters.

»Was ist das wohl da vorne?«

Er folgte ihrem Blick. Oberhalb der Quelle schien sich zwischen den Felsen etwas zu bewegen. Während Abel noch im Regen blinzelte, rief Jenny plötzlich: »Da ist ein Pferd!«

Abels erster Gedanke war, dass eines seiner eigenen Pferde die Flucht ergriffen hatte. Aber nein: Alle drei befanden sich im Korral. Der Regen löschte bald die Flammen, und als sich die Rauchschwaden verteilt hatten, sahen sie das Tier deutlicher: Es war ein schwarzes Pferd, das durch das Feuer verängstigt gewesen war und nun zaghaft zwischen den Felsen hervorkam.

»Will mal sehen, ob es sich einfangen lässt«, sagte Abel.

Jenny nickte aufgeregt. Sie hatte ihren Schreck und ihre durchnässten Kleider völlig vergessen. Während Abel sein Lasso holte und langsam durch den Schlamm stapfte, merkte Jenny, dass der Regen nachließ. Doch tief hängende Wolken erfüllten noch die Mulden und verweilten über den Sätteln der Bergkämme.

Die Pferde im Corral hatten das fremde Tier gewittert. Der Hengst Pete ließ ein kurzes, schrilles Wiehern hören. Das schwarze Pferd scharrte nervös mit den Hufen. Es ließ die Ohren spielen und beobachtete, wie Abel vorsichtig näher kam. Jennys Herz klopfte laut vor Aufregung. Das Pferd verhielt sich wachsam, doch zeigte es keine Furcht. Jenny hielt den Atem an. So ein wunderschönes Pferd hatte sie noch nie gesehen. Es war außergewöhnlich hochgewachsen. Hals und Brust waren auffallend breit und die feingliedrigen Beine wirkten fast zerbrechlich. Die dichte Mähne war verwildert und der Schweif war so lang, dass er fast über den Boden schleifte. Sein regennasses Fell und seine Nüstern dampften. Das Tier wirkte wie am Ende seiner Kraft.

»Das ist kein gewöhnlicher Mustang, sondern ein Reitpferd«, sagt Abel halb laut und Jenny antwortete im Flüsterton: »Sieh dir mal die Flanken an! Das ist eine tragende Stute.«

»Wir dürfen sie nicht erschrecken«, sagte Abel. Er schüttelte das Lasso. Das schwarze Pferd hob den Kopf. Ein Schauer lief über sein Fell. Seine verdrehten Augen gaben das mit Adern durchzogene Weiß des Augapfels frei. Jenny biss sich aufgeregt auf die Lippen. Wenn es sich doch nur einfangen ließe!

Abel ging langsam auf die Stute zu, wobei er beruhigend auf sie einredete. Als er schließlich das Lasso warf, geschah es schnell und geschickt. Die Schlinge legte sich über den Kopf der Stute.

Das Tier, das vor dem Geruch des Fremden zurückwich, blieb nervös stehen. Offenbar kannte es ein Lasso.

Abel führte das Pferd behutsam zum Korral, sprach leise zu ihm und streichelte Hals und Flanken. Die Stute zuckte erschreckt, doch allmählich wurde sie ruhiger. Jenny kam näher heran und streckte ihre Hand aus. Das Pferd beschnupperte neugierig ihre Finger, wich jedoch sofort zurück, als sie nach seinen Nüstern griff.

»Ruhig, ruhig«, murmelte Abel. »Die Stute ist gezähmt, aber sie hat Angst.«

»Wo sie wohl herkommt?«, fragte Jenny.

»Das möchte ich auch wissen«, sagte Abel. »Sie ist wahrscheinlich irgendeinem Gestüt entlaufen.«

Jennys Augen leuchteten.

»Sie ist so schön. Können wir sie nicht behalten?«

Abel schüttelte den Kopf.
»Leider nicht. Wir müssen sie ihrem Besitzer zurückbringen. Sie trägt sicherlich ein Kennzeichen.«
Doch als er die Hinterhand des Tieres untersuchte, entdeckte er, dass sich genau an der Stelle, wo das glühende Eisen das Kennzeichen eingebrannt hatte, eine dicke, wulstige Narbe befand. Der Hals und die Flanken wiesen ähnliche Narben auf. Manche waren kaum verheilt.
»Sie muss schon längere Zeit in der Wüste umhergeirrt sein. Wahrscheinlich haben ihr Wildpferde diese Wunden zugefügt, um sie aus ihrem Rudel zu vertreiben«, sagte nachdenklich Abel.
Jenny fasste wieder Hoffnung.
»Aber könnte sie dann nicht doch bei uns bleiben, wenn man bei ihr kein Kennzeichen mehr feststellen kann?«
»Wir dürfen das Risiko nicht eingehen«, sagte Abel. »In Arizona gilt Pferdediebstahl als schwerwiegendes Verbrechen. Zuerst pflegen wir mal das Tier und dann erkundige ich mich nach seinem Besitzer.«
Jenny ließ einen enttäuschten Seufzer hören. Aber ihr Vater hatte schon recht, Scherereien aus dem Weg zu gehen. Während Abel das Pferd im Korral anpflockte und eine Satteldecke holte, lief Jenny mit einem Eimer zur Quelle. Dann und wann leuchteten die Wolken im Widerschein ferner Blitze auf. Die Blätter der Büsche tropften und das angestiegene Wasser des Baches rauschte zwischen den Ufern. Jenny watete im Schlamm, füllte den Eimer und ging wieder zurück in den Korral, wo Abel die Stute abrieb.
»Mische die Kleie mit dem Wasser und füttere sie aus dem Eimer. Sie scheint ziemlich verwöhnt zu sein.«
Jenny gehorchte. Sie hielt dem Pferd den Eimer hin. Nach einigem Zögern senkte schließlich die Stute den Kopf und begann zu fressen. »Sie ist richtig ausgehungert«, sagte Jenny. »Man kann ihre Rippen zählen. Und sie wird ihr Fohlen bald zur Welt bringen.«
Abel nickte. »Ich vermute, dass sie deswegen unsere Nähe suchte.«

In der Nacht konnte Jenny kaum einschlafen. Sie musste immerzu an das fremde Pferd denken. Wie es wohl hieß? Eine so prachtvolle Stute musste einen klangvollen Namen haben, einen, wie ihn die Indianer ihren Pferden geben: »Fliegender Speer« oder »Schwarze Wolke«. Jenny lag wach und lauschte auf die leise, glucksende Musik der Tropfen, die aus der Dachrinne in die Wasserfässer fielen. Ihr Bett befand sich in einer kleinen Nische, die mit einer indianischen Decke verhüllt war. Ihr Vater schlief nahe an der Tür, auf einem Büffelfell, auf das er Betttücher und Decken legte. Er war es von Kindheit an gewohnt, auf dem Boden zu schlafen. Abel Grey war als Waise aufgewachsen. Seine Eltern starben, als ihr Wagenzug von Plünderern überfallen wurde. Apachen vom Stamm der »White Moutains« fanden das Baby und nahmen es mit in ihr Lager. Abel hatte die ersten zwölf Jahre seines Lebens bei den Indianern verbracht. Später hatte ein weißer Missionar den Jungen mitgenommen. Abel lernte in der Missionsschule lesen und schreiben und wuchs zu einem schweigsamen jungen Mann heran, der seine indianische Erziehung nie zu verleugnen suchte, was ihm mancherlei Verdruss einbrachte. Mit achtzehn heiratete er Emily, die Tochter dänischer Einwanderer, und bezog mit ihr eine Farm am Rande der Wüste. Jenny wurde ein Jahr später geboren. Emilys früher Tod hatte Abel noch schweigsamer gemacht. Er war völlig unabhängig, brauchte niemanden und lebte nur für seine kleine Tochter. Die Apachen, die ihm einst den Namen »Kleiner Biber« gegeben hatten, duldeten ihn auf ihrem Gebiet. Sie kamen häufig, um sich an der Quelle zu erfrischen und ihre Pferde zu tränken. Jenny wusste, dass sich viele Weiße vor den Indianern fürchteten. Sie selbst hatte nie die geringste Angst vor ihnen verspürt; vielleicht deshalb, weil ihr Vater in seinem Wesen etwas von den Indianern an sich hatte: seine geschickten, sicheren Bewegungen, seine natürliche Gelassenheit, wie er mit den Dingen umging, und die sich in kaum veränderter Form auch in seinen Beziehungen zu Mensch und Tier bemerkbar machte.

Sie musste eingeschlafen sein: Plötzlich weckte sie ein Geräusch. Sie fuhr erschrocken hoch und vernahm die ruhige Stimme ihres Vaters.
»Schlaf nur, Jenny. Ich bin gleich wieder da.«
Er schob den Riegel zurück und schloss leise die Tür hinter sich. Jenny drehte sich auf die andere Seite und schlief sofort wieder ein. Als sie nach einer Weile abermals erwachte, war ihr Vater immer noch nicht zurück. Sie stand auf und tastete im Dunkeln nach ihren Kleidern. Hastig zog sie sich an und ging aus dem Haus. Das Wasser tropfte noch vom Dach und der Boden war nass und glitschig, aber die Wolken hatten sich verzogen. Die Sterne schwammen wie Milliarden von Glühwürmchen über den leuchtenden Berggipfeln.
Im Stall brannte Licht. Als Jenny eintrat, hörte sie ein leises, dumpfes Wiehern. Ein süßlicher Geruch machte die Luft stickig. Und dann konnte sie Abel im fahlen Schein der Petroleumlampe erkennen. Er hielt, zärtlich an seine Brust gedrückt, ein winziges, feuchtes, zitterndes Fohlen.
»Es ist ein kleiner Hengst«, sagte er. »Ich kam gerade rechtzeitig, um der Mutter Geburtshilfe zu leisten.«
Jennys Blick wanderte zur Stute, die erschöpft im Stroh stand.
»Oh Daddy! Das ist wundervoll!«, stieß sie hervor. »Können wir wenigstens das Fohlen behalten?«
Abel lächelte müde. »Nein, Jenny. Das Fohlen darf nicht von der Mutter getrennt werden. Sie gehören beide ihrem Besitzer. Aber wir können ihm einen Namen geben.«
Jenny betrachtete das Neugeborene. Es glich einem lebenden Spielzeug, aber eines Tages würde es groß und stark sein und sicher alle anderen Pferde an Kraft und Schönheit übertreffen. An der offenen Stalltür stehend, ließ sie ihre Blicke umherschweifen. Sie wollte dem Fohlen einen Namen geben, der dieser Schönheit Ausdruck verlieh. Da sah sie eine Sternschnuppe, die über den Bergen ihre leuchtende Bahn zog und in der Finsternis verglühte. Sie wandte ihrem Vater ihr strahlendes Gesicht zu.

»Ich weiß, wie ich es nennen werde! Sein Name soll Flammender Stern sein.«
Abel nickte lächelnd. Er legte behutsam das Fohlen neben der Mutter ins Stroh nieder. »Flammender Stern«, wiederholte er. »Du hast gut gewählt. Der Name wird ihm Glück bringen.«

2. Kapitel

Am nächsten Tag war die Luft wunderbar kühl und klar. Die Hügel wirkten fast unnatürlich grün und der Bach funkelte in der Sonne. Abel war schon früh fortgeritten, um nach den fehlenden Schafen zu suchen. Jenny saß bei der Stute und ihrem Fohlen. Die Mutter – Jenny hatte ihr den Namen »Die Schwarze« gegeben – leckte zärtlich ihr Kleines. Jenny sah zu, wie es sich schwankend auf seinen Beinen aufrichtete und an den Zitzen der Mutter saugte. Sie seufzte bedrückt. Ihr Herz schmerzte schon jetzt bei dem Gedanken, sich von den beiden Tieren wieder trennen zu müssen. Auf einmal hielt sie den Atem an und lauschte. Ihr feines Gehör hatte draußen ein leises, aber ungewöhnliches Geräusch vernommen. Behutsam, um die Pferde nicht zu erschrecken, stand sie auf und trat aus dem Stall. In der grellen Sonne blinzelnd, sah sie einen Indianer zwischen den Bäumen hervorkommen. Er saß auf einem großen Falben. Ein zweiter Indianer erschien und dann noch einer. Sie tauchten wie durch Zauberei aus dem Gebüsch hervor, bis sie etwa ein Dutzend waren. Die mittelgroßen Männer wirkten wegen ihrer breiten Schultern kleiner, als sie eigentlich waren. Sie trugen kurze Lederhosen und Mokassins, die ihnen bis an die Knie reichten und sie vor Dornen schützten. Ihre bronzebraunen Gesichter mit den ausgeprägten Wangenknochen und den schmalen schwarzen Augen waren für Jenny ein vertrauter Anblick. Sie kannte sogar einige von ihnen. Der junge Mann mit dem Falben, der ein Stirnband mit einem ungewöhnlich schönen Türkis trug, hieß Lupe. Er war der Sohn von Ky Eagle, dem Häuptling der White-Mountain-Apachen. Er ritt allein näher und fragte Jenny: »Wo ist dein Vater?«

»Er ist oben auf den Hügeln und sucht nach verlorenen Scha-

fen.« Jenny drückte sich zögernd, aber klar in der Apachensprache aus, die Abel ihr beigebracht hatte.
»Und er hat seine Tochter allein gelassen, damit sie das Haus bewache«, sagte Lupe spöttisch.
Jenny lehnte gelassen an einer Korralstange.
»Ich habe keine Angst.«
Die Indianer lachten, aber es war kein abschätziges Lachen. Sie sahen vor sich eine Elfjährige mit haselnussbraunen Augen und von der Sonne gebleichtem blondem Haar. Ihr klares, ovales Gesicht war freundlich. Ihr ganzes Wesen strahlte Freimütigkeit und Ruhe aus.
Lupes Türkis leuchtete in der Sonne. Jenny erinnerte sich, dass früher Ky Eagle diesen Stein getragen hatte. Eine leichte Beklommenheit stieg in ihr auf. Lupe hatte ebenmäßige Züge, eine hohe, gewölbte Stirn und funkelnde Augen, doch seine dünnen Lippen und sein eckiges Kinn drückten Eigensinn und Grausamkeit aus.
Er hob plötzlich die Hand. Seine Stimme klang hart und rasselnd.
»Wenn du die Aufsicht über die Ranch hast, so höre: Ky Eagle, mein Vater, kehrte jenseits des Lichts zu seinen Ahnen zurück. Ich führe nun an seiner Stelle unser Volk.«
Jennys Herz klopfte schneller. Ky Eagles Tod würde Abel hart treffen. Der alte, weise Häuptling hatte es verstanden, mit den Weißen geschickt zu verhandeln und den Frieden zu wahren. Aber Lupe hatte etwas Anmaßendes und Unberechenbares an sich.
»Wir haben Wagen gesehen«, fuhr er fort. »Viele Wagen, die Holz und Material bringen. Die Weißen wollen ein neues Fort, südlich des White River, bauen. Wir sagen den Weißen, dass sie nicht durch das Land der Apachen ziehen können. So steht es im Vertrag. Keine Wagen von Weißen dürfen südlich des White River rollen. Dein Vater soll nach Cedar Creek zum Eichenblatt-Häuptling reiten und ihm sagen: ›Ein Fort wird Krieg bedeuten!‹«

Abel hatte nur wenige Freunde; einer davon war Major Holland, der Kommandant der Garnison in Cedar Creek. Die Indianer hatten ihm diesen Beinamen wegen der Eichenblätter auf den Schultern seiner Uniform gegeben.
Jenny nickte gelassen.
»Ich werde es meinem Vater ausrichten.«
Lupe sah sie ausdruckslos an. Dann wandte er seinen Falben um und ritt grußlos davon. Seine Gefährten folgten ihm. Als die Apachen wieder verschwunden waren, ging Jenny in den Stall zurück.
Sofort hob die Schwarze den Kopf und zeigte das Weiße ihrer Augen. »Ruhig, ruhig«, sagte Jenny, »ich tu deinem Kleinen doch nichts!« Die Stute senkte den Hals und schnaufte beruhigt, während das Fohlen neben ihr kauerte und schlief.
Jenny setzte sich wieder ins Stroh und wartete auf ihren Vater.
Abel kam gegen Mittag nach Hause. Er hatte die Schafe eingefangen und auf die Weide zurückgetrieben. Jenny sah ihn schon von Weitem und lief ihm den Bach entlang entgegen. Er streckte die Hand aus. Jenny stützte sich leicht auf den Steigbügel und schwang sich hinter ihm in den Sattel.
»Lupe ist da gewesen«, sagte sie.
»Und was hat er gesagt?«, fragte Abel stirnrunzelnd.
»Ky Eagle ist gestorben.«
Jenny konnte Abels Gesicht nicht sehen, doch sie spürte, wie seine Schultern sich strafften.
»Ky Eagle war alt und krank«, sagte er kummervoll. »Es war Frühling, als ich sein Lächeln zum letzten Mal sah.« Er schwieg eine Weile, während das Pferd im Schritt ritt, und fragte schließlich: »Was hat Lupe denn sonst noch gesagt?«
Jenny erzählte es ihm. Abel schob den Hut aus der Stirn und seufzte.
»Das sind schlechte Nachrichten. Lupe ist zu ungeduldig. Aber dieses Gebiet gehört den Apachen und ein neues Fort ist ein Vertragsbruch.«
»Lupe droht mit Krieg«, sagte Jenny.

»Lupe ist ein Hitzkopf«, sagte Abel finster. »Ich hatte sowieso vor, morgen nach Cedar Creek zu reiten, um den Besitzer der Pferde ausfindig zu machen. Bei dieser Gelegenheit will ich mal mit Holland sprechen. Aber es ist vermutlich sinnlos. Der Bau des Forts wird schon beschlossene Sache sein.«
Er stieg ab und führte das Pferd in den Korral. Jenny half ihm, dem Tier Sattel und Zaumzeug abzunehmen und es mit einer Decke trockenzureiben. Dann gingen sie in den Stall. Abel streichelte die Schwarze. Das Fohlen streckte ungeschickt die Beine vor, versuchte verzweifelt, sich aufzurichten, und fiel wieder ins Stroh zurück. Abel und Jenny lachten.
»Es wird bald gelernt haben, sich auf die Beine zu stellen«, sagte Abel.
Jennys Lachen erlosch.
»Ich hoffe, dass du seinen Besitzer nie ausfindig machst!«
Abel legte ihr die Hand auf die Schultern.
»Soll ich dir mal etwas verraten? Das wünsche ich mir auch!«
Sie gingen auf das Haus zu. Auf einer Bank neben der Tür stand eine Waschschüssel. Daneben lagen ein sauberes Handtuch und ein Stück hausgemachte Seife. Abel legte Hut und Hemd ab, wusch und kämmte sich und zog das Hemd wieder an.
»Das riecht aber ausgezeichnet, kleine Lady«, sagte er, als er ins Haus trat.
Jenny strich sich lachend das Haar aus dem Gesicht.
»Wenn ich groß bin, will ich eine gute Köchin sein!«
Sie brachte eine Schüssel auf den Tisch. Abel setzte sich, immer noch lächelnd, aber seine Augen blickten ernst. Ein Kind sollte das Recht haben, in einer friedlichen Welt aufzuwachsen. Doch allzu viele Männer wünschten sich den Krieg.

3. Kapitel

Am nächsten Tag machte sich Abel schon vor Sonnenaufgang auf den Weg. Zwischen der Ortschaft und der Ranch erstreckten sich einige Meilen wildes Wüstenland. Nur Fettholzstauden wuchsen hier und das Gelände war von ausgetrockneten Flussläufen und Wällen aus Basalt und Sandsteinen durchzogen. Abel ritt schnell, aber die Sonne stand schon hoch am Himmel, als er die ersten Telegrafenmasten erblickte. Außer einigen Bauten aus Ziegelsteinen gab es in Cedar Creek nur »Jacales«, jene Hütten, in denen Mexikaner wohnten. Sie bestanden aus Stangen, die in den Boden gerammt und mit Lehm verputzt waren. Der Regen hatte hier großen Schaden angerichtet: Ganze Wände waren zusammengebrochen und der gesamte Hausrat wurde sichtbar. Hinter den Jacales befanden sich, wie kleine weiße Pyramiden, die Zelte der Garnison. Einige zweifelhafte Typen standen bei der Marketenderei und der Schmiede herum. Sie beobachteten den einsamen Reiter und überlegten, wer er wohl sein mochte und woher er käme. Große Teile des Indianergebietes waren nicht sicher. Es gehörte schon Mut dazu, sich allein auf den Weg zu begeben. Abel jedoch sah nicht aus wie ein Mann, den es sich zu berauben lohnte. Die Aufmerksamkeit der Grenzabenteurer war ihm nicht entgangen. Mit Augen, die so scharf waren wie die eines Apachen, betrachtete er das Gesindel. Die Männer wirkten heruntergekommen; ihre Pferde waren zähe, kräftige Tiere. Doch keiner sah so aus, als könnte er sich ein kostbares Vollblut leisten.

Die Kommandantur war ein Bau aus Ziegelsteinen, vor dem ein Flaggenmast stand. An einer Kiste, die als Schreibtisch diente, saß ein Sergant und kratzte sich die schwitzenden Achselhöhlen. Abel nannte seinen Namen und sagte, dass er mit Major Holland zu sprechen wünsche. Der Sergant schlurfte in den

nächsten Raum. Gleich darauf war er wieder da und führte Abel in Hollands Büro.
Sam Holland war ein hochgewachsener Mann mit angeborenem Sinn für Gerechtigkeit, der ihn ehrlich denken und ehrlich handeln ließ. Seine Haut war weiß – aber von der Art, die die Wüstensonne immer rot brennt, aber nie bräunt. Sein hageres Gesicht zeigte Spuren von Übermüdung.
Der Sergant schloss die Tür. Abel setzte sich und streckte die langen Beine von sich. Holland lächelte ihn an.
»Freut mich, dich mal wiederzusehen. Was gibt es Neues?«
»Nichts Gutes.« Abel scheuchte eine Fliege weg. »Ky Eagle ist tot. Sein Sohn Lupe will die White Mountains in einen Krieg verwickeln . . . und damit alle anderen Apachen auch. Sie wissen von dem Fort.«
Holland zog hilflos die Schultern hoch.
»Die Pläne sind schon genehmigt. Der Bau soll im Frühjahr beginnen.«
Abel sprach in ihrem üblichen vertrauten Umgangston weiter. Sie kannten sich schon lange.
»In der Apachensprache gibt es zwar kein Wort für Betrug – aber das hier ist als glatter Betrug zu verstehen. Sollten die Apachen den Kampf aufnehmen, wird kein Weißer in diesem Gebiet mit heiler Haut davonkommen.«
»Dann wird auch deine Stunde schlagen«, sagte Sam Holland. »Du solltest die Ranch aufgeben, solange du noch Zeit dazu hast.«
Abel verzog das Gesicht.
»In Cedar Creek riecht es mir zu sehr nach Pulver. Ich brauche frische Luft.«
»Du hast eine kleine Tochter.« Major Holland wiegte sorgenvoll den Kopf. »Ich denke ungern daran, was mit euch geschehen könnte, wenn ihr allein in der Wildnis bleibt.«
»Die Apachen kennen mich.« Abel lächelte unmerklich. »Sie nennen mich ›Kleiner Biber‹.«
Holland nickte.

»Du hast einen harten Schädel, Kleiner Biber.«
Abel grinste. »Das wissen auch die Apachen.« Er wechselte plötzlich das Thema. »Ich komme eigentlich wegen etwas ganz anderem hierher. Kennst du jemand in der Umgebung, der ein Zuchtpferd hat? Eine Vollblutstute mit seidigem Fell, bis zum Widerrist sechzehn Handbreit hoch, mit kräftiger Brust, feingliedrigen Beinen und kurzem Rücken?«
Holland starrte ihn an und ließ dann ein leises Glucksen hören.
»Hier ist niemand, der zum Bürsten und Striegeln Zeit hätte. Sogar der Hafer wird rationiert. Bist du sicher, dass du das Prachtstück nicht in deinen Tagträumen gesehen hast?«
»Dazu fehlt mir die Fantasie.« Er erzählte dem Major, was vorgefallen war. »In der gleichen Nacht wurde ihr Fohlen geboren und jetzt habe ich zwei fremde Pferde. Ich heiße ›Kleiner Biber‹ und möchte nicht unter dem Namen ›Kleiner Pferdedieb‹ bekannt werden.«
Holland schmunzelte.
»Recht hast du! Aber ich glaube eher, dass dein Wundertier von Santa Fe oder Phoenix hergekommen ist. Der Besitzer wird Jahre brauchen, bis er den Weg zu deiner Ranch findet. Immerhin will ich mal die Ohren spitzen. Wenn ich höre, dass jemand sein Vollblut vermisst, schicke ich ihn zu dir.«
»Er kann beide Tiere sofort mitnehmen.« Abel ergriff seinen Hut. »Jenny wird betrübt sein, aber sie glaubt schon lange nicht mehr an den Weihnachtsmann.«

4. Kapitel

Die Zeit verging, aber niemand kam, um die Pferde zurückzuholen. Nach einigen Monaten war es Jenny, als hätten die Tiere schon immer zu ihnen gehört. Die »Schwarze« erwies sich als ein wundervolles Reitpferd und Flammender Stern wuchs zu einem ungestümen Füllen heran, das sich auf der Koppel nach Herzenslust austoben konnte. Es lief Jenny wie ein Hund nach und manchmal wollte es ihr sogar ins Haus folgen. Schon jetzt zeugten seine breite Brust, sein leicht geschwungener Hals von Kraft und Ausdauer, von Temperament und Feuer.

Inzwischen wurde in Cedar Creek mit dem Bau des Forts begonnen. Die Arbeiten wurden von Major Hollands stark bewaffneter Garnisonstruppe bewacht. In der Nähe gab es keine ergiebigen Weiden, auch das Futter für das Vieh musste herangeschafft werden. Mehrere Monate vergingen, bis das Bewässerungssystem funktionierte. Solange am Fort gebaut wurde, hielten sich die Indianer nie in größerer Zahl in der Nähe auf, aber Holzfällerkommandos oder Einwanderertrecks wurden häufig angegriffen.

Abel und Jenny merkten von alledem wenig. Abel war jedoch aufgefallen, dass die Apachen sich nicht mehr bei ihnen blicken ließen. Ein schlechtes Zeichen, dachte er, doch er behielt seine Gedanken für sich.

Die Jahreszeiten wechselten. Jenny half Abel im Haushalt, im Stall und auf dem Acker. Abel hatte ihr auch Lesen und Schreiben beigebracht. Sie war jetzt dreizehn Jahre alt: ein schlankes Mädchen, die Haare so blond wie die Mähne eines Falben. Ihr immer noch kindliches Gesicht war sonnengebräunt, ihr Hals lang und schmal. Die schweren Haus- und Feldarbeiten hatten ihre Hände rau und rissig gemacht. Sie wirkte zarter, als sie eigentlich war.

Flammender Stern war noch nicht zwei Jahre alt, als Abel mit der Dressur begann. Er legte zuerst Sattel und Zaumzeug in die Nähe des Tieres, damit es sich an den Anblick gewöhnen konnte. Nach einigen Tagen legte er ihm zum ersten Mal Satteldecke und Sattel auf. Flammender Stern wehrte sich zuerst, tänzelte nervös und zeigte das Weiße seiner Augen, aber er gewöhnte sich bald an den Sattel. Gegen das Zaumzeug wehrte er sich länger, fand sich jedoch eines Tages damit ab. Nach und nach verlor er auch seine Scheu vor Sattel und Zügel, denn er hatte herausgefunden, dass sie ihm nicht schadeten. Das Schwerste war, ihm das Mundstück am Zaumzeug anzulegen, aber schließlich gewöhnte sich der junge Hengst auch daran. Eines Morgens dann holte Abel einen Sack Korn aus dem Schuppen und legte ihn Flammender Stern über den Sattel. Der Hengst krümmte sich, schlug aus, rollte die Augen und tanzte aufgebracht hin und her. Abel wiederholte mehrere Tage diese Prozedur, während er das Pferd im Korral herumführte. Früher als er eigentlich beabsichtigt hatte, gab er auf Jennys Drängen nach und ritt es zum ersten Mal. Es war noch früh am Morgen. Jenny saß auf dem Korralzaun und beobachtete jede Bewegung ihres Vaters mit klopfendem Herzen. Flammender Stern stand ruhig da und zitterte ein wenig, als Abel die Schlinge um seinen Hals warf. Mit gespitzten Ohren und misstrauischen Augen beobachtete er Abel, der am Lasso entlang auf ihn zu ging. Nach einigem Widerstreben ließ sich Flammender Stern das Mundstück anlegen. Er tänzelte, spannte den Rücken und schlug kurz aus, als Abel ihm Satteldecke und Sattel auflegte. Jenny lächelte. Später würde Flammender Stern noch lernen, sich aufzublähen, wenn die Sattelgurte angezogen wurden, denn diesen Trick kannte er jetzt noch nicht. Abel streichelte das Tier, um es zu besänftigen. Flammender Stern ließ die Ohren spielen und lauschte auf Abels leise, sanfte Worte. Er sprach mit dem Pferd in der Apachensprache. Jenny wusste, dass die Indianer solche Worte »Zauberworte« nennen, und tatsächlich schien der melodische Singsang das Tier zu beruhigen. Jenny kannte den Sinn dieser Worte, die ihr Vater ihr beigebracht hatte.

»Mein Pferd, wenn es will,
ist schnell wie der Sturmwind.
Und meine Hand hält die Zügel.
Mein Pferd, wenn es will,
ruft die Wolken herbei.
Und fliegt mit mir in den Himmel.«

Als Abel sich in den Sattel schwang, biss sich Jenny nervös auf die Lippen. Sie sah, wie Flammender Stern die Muskeln straffte. Seine Nüstern blähten sich. Einige Sekunden verharrte er bewegungslos, als ob er nicht verstand, was jetzt mit ihm passierte. Plötzlich durchlief ein heftiges Zucken seinen Körper. Seine Flanken wölbten sich, er beugte den Hals, senkte den Kopf und schlug aus, aber Abel hielt die Zügel mit eisenharten Händen. Doch kaum lockerte er die Zügel, als Flammender Stern ein schrilles Wiehern ausstieß. Er bäumte sich zu seiner ganzen Größe auf, die Hufe schlugen durch die Luft. Dann fiel er so schwer auf die Vorderhufe zurück, dass der Staub aufstieg, und drehte sich wütend um seine eigene Achse, während Abel fest im Sattel blieb. Er schien jede Bewegung des Tieres vorauszuahnen und fing jeden Sprung schon im Ansatz durch eine geschickte Gegenbewegung ab. In rasendem Tempo galoppierte das Pferd den Zaun entlang. Immer wieder wechselte es den Schritt oder versuchte, sich zu überschlagen, um den Reiter abzuwerfen. Mähne und Schweif peitschten die Luft. Immer schriller, immer wütender wurde sein Wiehern. Staub wirbelte auf. Große, feuchte Flecken bildeten sich auf seinen Flanken und aus seinem Maul trat Schaum. Plötzlich schrie Abel:
»Schnell! Mach das Tor auf!«
Jenny sprang zu Boden und gehorchte mit fliegendem Atem. Sie hatte kaum Zeit, sich zurückzuwerfen: Das Pferd jagte so nahe an ihr vorbei, dass sie die starke Ausdünstung seines dampfenden Körpers roch. Es raste den Weg entlang und unter dem niedrigen Ast hindurch. Es versuchte zuerst, Abel in die Büsche zu schleudern, und jagte dann in wildestem Ga-

lopp dem Haus entgegen. Jenny presste die Hand vor den Mund, um einen Schrei zu unterdrücken. Im allerletzten Augenblick, als Jenny Pferd und Reiter im Geist bereits gegen die Steinwand prallen sah, legte sich Abel zur Seite, schmiegte seinen Körper an die Flanke des Pferdes und ließ es wenden. Jetzt jagten Pferd und Reiter wie ein geflügelter Schatten den Bach entlang, den Hügel hinauf und über den Kamm hinweg.
Während sich langsam hinter ihnen eine Staubwolke senkte, stand Jenny da wie gelähmt. Der Hof war plötzlich so leer und still geworden, dass sie das Klopfen ihres Herzens deutlich vernahm. Die Minuten schleppten sich quälend langsam dahin. Jenny hatte volles Vertrauen in die Geschicklichkeit ihres Vaters, aber Flammender Stern war kein gewöhnliches Pferd. Hatte es ihn möglicherweise schon abgeworfen? Lag er irgendwo verletzt am Boden? Oder stürmte der Hengst weiter in die Wüste hinaus? Jenny bohrte vor Aufregung die Fingernägel in die Handflächen. Plötzlich vernahm sie das Trommeln der Hufe, sah Pferd und Reiter hoch oben auf dem Hügelkamm und stieß einen Freudenschrei aus. Abel hatte das Pferd so lange laufen lassen, bis seine überschüssige Kraft erschöpft war. Flammender Stern war mit Schweiß und Schaum bedeckt. Aber er fügte sich seinem Reiter.
Abel schwang sich aus dem Sattel und führte das Pferd in den Korral. Mit der Nagelspitze strich er ihm leicht und zärtlich über die Stirn. Flammender Stern ließ ein müdes Wiehern hören.
»Er hat heute eine Menge gelernt«, sagte Abel. »Jetzt können wir ihn beschlagen. Die Hornschicht ist schon zu sehr über die Hufe hinausgewachsen.«
Jenny streichelte den nassen Hals des Hengstes. »Wann werde ich ihn wohl reiten können?«
»Schon bald, nehm ich an. Er muss zuerst seine Fähigkeiten entwickeln und sich in Geduld üben. Aber sein Kampfgeist darf nicht gebrochen werden.«
Flammender Stern wurde abgesattelt. Jenny nahm eine Hand-

voll Heu und rieb ihn liebevoll trocken. Dem Hengst schien diese Behandlung zu gefallen: Er wieherte leise und dankbar. Während Jenny sich mit dem Pferd befasste, schürte Abel den Schmiedeofen und erhitzte die Hufeisen. Dann legte er sie auf den Amboss und hämmerte sie zurecht. Jenny beobachtete die stiebenden Funken und lauschte auf das helle Klingen des Hammers. Flammender Stern ließ sich erstaunlich willig beschlagen. Jenny sprach mit ihm und lenkte ihn ab, während ihm Abel die Hufe beschnitt und die Eisen anpasste. Danach beschlug er auch noch die Schwarze und seine anderen Pferde. Es wurde Mittag, als sie mit der Arbeit fertig waren. Beide, Vater und Tochter, waren müde und nass geschwitzt. Unten am Bach war es kühl, eine leichte Brise wehte. Sie besprengten sich Hände und Gesicht mit Wasser und setzten sich unter einen Baum. Jenny dachte nach. Plötzlich fragte sie:

»Gehört eigentlich Flammender Stern jetzt endgültig uns?«

Abel kaute an einem Grashalm.

»Wir haben ihn großgezogen und zugeritten. Ich möchte, dass du ihn bald reitest. Aber nach bestehendem Recht wird er uns nie gehören.«

Jenny senkte den Kopf. Ihr war, als ob die Welt sich verdunkelte.

»Dann kann ihn also sein Besitzer immer noch zurückverlangen?«

Abel lächelte beschwichtigend.

»Sorge dich nicht. Es ist schon so viel Zeit vergangen, seit die Schwarze zu uns kam. Und es wagen sich nur wenige Fremde ins Indianergebiet.«

Jenny holte befreit Atem. Abel sah wieder den gewohnten heiteren Ausdruck in ihrem Gesicht. Er trocknete seine Hände und stand auf.

»Wie wär's, wenn wir uns etwas kochen würden? Ich habe großen Hunger, du nicht?«

5. Kapitel

Es verging noch einige Zeit, bis Jenny Flammender Stern reiten konnte. Zuerst verließen sie nicht den Korral. Der Hengst duldete Jenny zwar ohne Weiteres auf seinem Rücken; er war jedoch an Abel gewöhnt und fühlte sich durch die Reiterin verunsichert. Jenny war leichter und hatte nicht die stählernen Hände ihres Vaters. Doch das Tier hatte gelernt, kleinsten Signalen von Knie und Zügel zu folgen, und merkte bald, dass es sich auf Jenny verlassen konnte.

Am einem strahlenden, blau glitzernden Morgen erfüllte Abel Jennys sehnlichsten Wunsch und ließ sie zum ersten Mal ausreiten. Jenny hatte das Pferd lange gebürstet und sich erst zufriedengegeben, als das Fell wie schwarze Seide glänzte. Die sorgfältig gekämmte Mähne fiel in schimmernden Wellen herab. Flammender Stern schien sich seiner Anmut bewusst. Er tänzelte stolz, ließ die Muskeln spielen und bog den geschmeidigen Hals. Seine Augen glänzten wie dunkle Spiegel. Jenny konnte sich nicht satt an ihm sehen.

»Wie schön er ist! Schau nur, er kommt zu mir!«

»Er hat dir sein Herz geschenkt«, sagte Abel.

Er führte die Schwarze aus dem Stall, während Jenny den Hengst sattelte. Als sie sich auf seinen Rücken schwang, ließ Flammender Stern ein sanftes Schnurren hören. Er schien Jennys Freude zu teilen.

Sie verließen den Korral. Abel ritt neben seiner Tochter und betrachtete sie mit sichtlichem Stolz. Jenny trug ein weißes Kleid und weich gegerbte Mokassins. Ihr blondes Haar wehte im Wind. Sie saß wie eine Feder auf dem großen Pferd und doch hatte Abel nie eine so vollendete Harmonie zwischen Mensch und Tier gesehen.

Sie ritten über den Kamm hinaus. Die Brise flüsterte in den Büschen. Ein Duft stieg auf, jener Duft nach trockenen Gräsern, Fichten und Salbei, der mit dem Wind von den Höhen weht. Jenny fühlte sich eins mit ihrem Pferd und vor ihr lag die Wildnis ohne Grenzen unter dem weiten blauen Himmel. Sie spürte, wie Flammender Stern seine Kräfte spielen ließ, und wandte ihrem Vater ihr lachendes Gesicht zu.

»Darf ich galoppieren? Ganz allein?«

Abel ließ die Augen über die Landschaft schweifen. Als er nichts Verdächtiges entdeckte, nickte er zustimmend. Schon stieß Flammender Stern ein nervöses, heiseres Wiehern aus. Jenny konnte ihn kaum halten.

»Jetzt?«, fragte sie atemlos.

»Entferne dich nicht zu weit«, sagte Abel.

Jenny hörte kaum die letzten Worte. Sie lockerte die Zügel, grub beide Knie in die Flanken des Pferdes. Flammender Stern spannte den Rücken. Der Sprung, mit dem er davonjagte, nahm Jenny fast das Gleichgewicht. Doch sie hielt sich im Sattel. In rasendem Galopp stürmte der Hengst über die Ebene. Seine Nüstern blähten sich, seine Ohren lagen flach am Kopf, die lange Mähne peitschte Jennys Gesicht. Immer wilder, immer schwereloser wurde sein Galopp. Er berührte den Boden nur, um sich mit einem neuen Sprung wieder abzustoßen. Jenny war, als ob das Pochen ihres Blutes, das Hämmern ihres Herzens mit dem Hufschlag im Gleichklang tönte. Sie trank in tiefen Zügen die warme, herbe Luft. Und die Glückseligkeit, die sie dabei erfüllte, überstieg alles, was sie sich je erträumt hatte. Immer noch den gleichmäßigen Bewegungen des Pferdekörpers unter sich folgend, beobachtete sie eine einsame weiße Wolke in der Weite des Morgenhimmels. Die Wolke, von sanftem Wind getrieben, zeichnete Schatteninseln auf die Ebene und bewegte sich auf einen Berghang zu. Ich werde vor ihr da sein, dachte Jenny, berauscht vor Glück. Sie beugte sich über die Mähne des Hengstes und stieß nahe an seinem Ohr einen schrillen, durchdringenden Schrei aus, den Schrei, mit dem die Indianer ihre Pferde zur höchsten Geschwindigkeit antrieben. Und Flammender Stern

steigerte seinen Galopp zu immer wilderer Hast. Wie ein schwarzer Speer flog der Hengst dem Berghang entgegen.
Stachelbirnen und dichtes Wacholdergebüsch wuchsen am Rand einer Schlucht. Während Flammender Stern auf dem weißen Sandboden dahinstürmte, bemerkte Jenny eine Bewegung im Unterholz. Ein Sonnenstrahl blitzte auf einem Gewehrlauf und plötzlich tauchte ein Reiter aus dem Schatten der Büsche.
Jenny erkannte ihn sofort: Es war Lupe.

6. Kapitel

Jenny straffte die Zügel. Flammender Stern fiel in Trab, dann in Schritt. Seine feuchten Flanken hoben und senkten sich. Jenny beobachtete den Indianer mit zusammengekniffenen Augen. Sie empfand keine Furcht vor ihm; sie wunderte sich nur über sein plötzliches Auftauchen, denn sie hatte ihn schon lange nicht mehr gesehen. Außerdem wusste sie, dass ihr Vater sie gleich einholen würde.
Lupe ritt ihr auf seinem Falben über den Rand der Mulde entgegen. Sein Gesicht mit dem hochmütigen Mund, der harten geraden Nase, den funkelnden Augen glich einer schönen, grausamen Maske. Sein nackter Oberkörper glänzte wie mit Öl eingerieben. Er trug ein Gewehr über der Schulter.
Jenny brachte ihr Pferd zum Stehen. Lupe ritt langsam um den Hengst im Kreis herum, wobei er das Tier von allen Seiten betrachtete. Jenny saß aufrecht im Sattel und rührte sich nicht. Schließlich sagte er:
»Du hast ein schönes Pferd.«
Jenny nickte stumm.
»Das ist ein Männerpferd«, sagte Lupe.
Jenny hob trotzig den Kopf. »Es ist mein Pferd.«
Lupe beugte sich vor, packte Flammender Stern an den Zügeln. Ein Schauer durchlief den Körper des Hengstes. Unter dem Fell begannen die Muskeln zu spielen. Lupe ließ ein leises, raues Lachen hören. Plötzlich wandte er sich um. Seine aufblitzenden Augen richteten sich auf Abel, der herangeritten kam und die Schwarze zum Stehen brachte.
»Lass die Zügel nur los«, sagte er ruhig.
Lupe grinste verächtlich, ließ die Zügel aber aus der Hand.
»Deine Tochter reitet das Pferd eines Kriegers.«
»Das Tier gehorcht ihr«, sagte Abel gleichmütig.

»Mir scheint, du verstehst was von Pferden.« Lupes Tonfall war höhnisch.
Abel nickte gelassen.
»Noch keiner vor dir hat das jemals anerkannt.«
Lupes hochmütiges Antlitz wirkte wie aus Kupfer.
»Ich besitze«, sprach er, »sieben gute, starke Mustangs. Einige Stuten darunter sind tragend. Ich biete dir alle sieben für den schwarzen Hengst.«
Jenny warf ihrem Vater einen erschrockenen Blick zu. Abels Gesicht war so ausdruckslos wie das eines Apachen. Er hob die Finger in der Zeichensprache der Indianer.
»Nein«, sagte seine Bewegung.
Keine Wimper zuckte über Lupes glitzernde Augen.
»Wie viele Pferde willst du? Nenne mir die Zahl!«
Abel sah ihm ruhig ins Gesicht.
»Weder die Pferde, die du besitzt, noch jene, die du zu stehlen gedenkst, reichen aus, um diesen Hengst zu bezahlen.«
Einen Augenblick war es so still, dass Jenny den Wind in den Bäumen rascheln hörte. Lupe starrte Abel finster an. Plötzlich hob er den Arm, löste sein Stirnband mit dem Türkis und hielt ihn Abel hin.
»Dieser Stein stammt von meinen Ahnen. Mein Großvater sagte, dass er einst vom Himmel fiel.« Seine tiefe Stimme wurde noch tiefer und nahm einen drohenden Tonfall an. »Gib mir das schwarze Pferd und der Stein gehört dir.«
Jennys Herz setzte für einen Schlag aus. Abel spürte ihre Erregung und legte ihr beruhigend die Hand auf die Schulter.
»Du würdest damit einen großen Frevel begehen, Lupe«, sagte er. »Ein Pferd, und sei es noch so kostbar, ist sterblich. Der Türkis aber ist so alt wie die Welt und wird ewig bestehen. Ich kann den Stein nicht annehmen! Du handelst aus Habsucht und die Geister deiner Ahnen werden dich deswegen hassen.«
Lupes Augen zogen sich zu Schlitzen zusammen. Sein Gesicht spannte sich, dass die Kieferknochen hervortraten. Mit einer blitzschnellen Bewegung richtete er sein Gewehr auf Abel. Der

rührte sich nicht, blickte gelassen in die Waffenmündung. Lupe holte geräuschvoll Luft und senkte das Gewehr.

»Kleiner Biber«, zischte er, »merke dir, du gehörst nicht mehr zu den Apachen. Die Deinen haben uns das verräterische Ehrenwort des weißen Mannes gegeben. Sie wollen uns in eine Reservation einsperren und unseren Bauch mit Wind und Versprechungen füllen. Das Fort wird gebaut und viele törichte Männer schlafen in Zelten. Wenn der Mond wächst, werden sich unsere Messer in ihre Herzen bohren. Ich werde den schwarzen Hengst erbeuten und deinen Skalp an seine Mähne hängen.«

Er riss sein Pferd auf der Hinterhand herum und jagte davon, dass die Erdklumpen in die Höhe flogen. In wenigen Sekunden war er in den Büschen verschwunden. Jenny suchte angstvoll die Augen ihres Vaters.

»Was wird er jetzt tun?«

»Er wird uns Verdruss bereiten«, sagte Abel düster. »Ein Mann, der aus Habsucht das Erbe seiner Ahnen verschleudert, hat weder Achtung vor den Lebenden noch vor den Toten. Von jetzt an müssen wir uns vor ihm in Acht nehmen.« Er ließ die Schwarze wenden.

»Komm. Wir reiten nach Hause.«

7. Kapitel

Abel erwachte kurz nach Sonnenaufgang. Er stand auf, zog sich rasch an und ließ vom Fenster aus seinen Blick über den Hof wandern. Die Sonne schimmerte hinter den Bäumen und der Himmel war strahlend blau. Hinter dem Korralzaun, der schräge Schatten auf den Sand warf, liefen die Pferde unruhig umher. Abel sah, wie die Schwarze den Kopf in Windrichtung hob und die Nüstern blähte, während Flammender Stern nervös stampfte. Abel hatte einen leichten Schlaf; die Unruhe der Pferde war es wohl gewesen, die ihn geweckt hatte.

Jenny schlief noch. Abel zögerte einen Augenblick, dann schnallte er seinen Gürtel um und steckte den Colt ins Futteral. Er schürte die Glut im Ofen, öffnete leise die Tür und trat in den kühlen Morgen hinaus. Er setzte sich auf eine Stufe, zog seine Stiefel an und zog den Hut in die Stirn. Dann ging er hinunter zum Bach. Das Wasser funkelte und plätscherte über die Kiesel. Abel kauerte nieder und wusch sich. Nachdem er sich gekämmt hatte, setzte er den Hut wieder auf, ging langsam um die Ranch herum und suchte nach Spuren. Ab und zu warf er einen Blick auf die Pferde. Flammender Stern spitzte die Ohren und wieherte dumpf. Abel runzelte besorgt die Brauen. Als er zum Haus zurückging, erschien Jenny blinzelnd auf der Schwelle und knöpfte hastig ihr weißes Kleid zu.

»Ich habe mich verschlafen.«

Das Haar hing ihr noch ungekämmt ins Gesicht. Als sie eine Strähne zurückwarf, fiel ihr Blick auf die Pferde.

»Was haben die denn?«

Abel drehte sich eine Zigarette.

»Keine Ahnung. Aber die Sache gefällt mir nicht.«

»Lupe?«, flüsterte Jenny.

Abel wiegte zweifelnd den Kopf. Während er den Rand des Papiers mit der Zunge benetzte und die Zigarette zuklebte, suchten seine Augen unablässig die Gegend ab. Inzwischen war Jenny zum Bach gelaufen; sie tauchte Gesicht und Hände ins Wasser. Die Kälte schmerzte auf der Haut, aber es tat gut. Sie richtete sich auf und bewegte die nassen Arme im Wind. Sie spürte, wie das Blut in den Fingerspitzen prickelte. Sie füllte einen Eimer mit Wasser und trug ihn ins Haus.

Abel saß auf der Stufe und rauchte.

»Der Kaffee ist gleich fertig«, sagte Jenny.

Sie setzte sich rittlings auf einen Stuhl und drehte die Kaffeemühle. Abel kam einige Minuten später ins Haus und beantwortete Jennys fragenden Blick mit einem Achselzucken. Während das Mädchen den Kaffee aufgoss, beobachtete er am Fenster die Pferde. Plötzlich stieß Flammender Stern ein schrilles Wiehern aus. Im selben Augenblick hörten sie Hufschläge. Abel nickte Jenny bedeutungsvoll zu: Die Hufe waren beschlagen. Es konnten also keine Apachen sein. Abel stand an der Tür, als ein Dutzend Reiter hügelwärts galoppierten. Sie waren wie Cowboys gekleidet und schwer bewaffnet. Zwei Männer ritten an der Spitze. Der eine war untersetzt, schmallippig und hatte einen zerzausten Spitzbart. Der andere war groß und wirkte gelassen. Er war glatt rasiert, seine wasserblauen Augen bildeten einen seltsamen Gegensatz zu seinem braun gebrannten Gesicht. Er trug ein Lederhemd, Reithosen, einen breiten Schlapphut und mexikanische Stiefel. Zwei Colts vom neuesten Modell hingen in Halftern tief und weit vorn an seinen Oberschenkeln. Er berührte seinen Schlapphut zum Gruß, während die Männer ihre Pferde anhielten.

»Guten Morgen«, sagte Abel. »Sie sind aber zeitig aufgebrochen.«

»Allerdings, wir haben im Hochland kampiert.« Er hatte eine harte, schleppende Stimme. »Ich heiße Frank Crosh und das ist mein Partner, Joe Wilson.« Er zeigte auf den Schmallippigen, der ebenfalls einen Gruß andeutete. »Sie haben eine wasserreiche Quelle hier«, fuhr Crosh fort. »Könnten wir wohl unsere Pferde tränken und uns ein bisschen waschen?«

»Gerne«, sagte Abel.

Crosh gab ein Zeichen. Die Cowboys wendeten ihre Pferde und ritten zur Quelle. Während sie ihre Tiere tränkten, ließen Crosh und Wilson ihre Blicke umherschweifen.
»Ihre Ranch liegt reichlich nahe am Indianergebiet, Mann«, sagte Crosh.
»Mein Name ist Abel Grey. Wir leben mit den Apachen in Frieden.«
Croshs Zähne blitzten. Seine wasserblauen Augen richteten sich auf Jenny, die schüchtern neben ihrem Vater stand.
»Sie haben eine hübsche Tochter. Wie heißt du, Kleine?«
Leise, kaum hörbar, sagte Jenny ihren Namen.
Der Schmallippige brach in Lachen aus.
»Sie ist wohl menschenscheu?«
»Geh ins Haus, Jenny«, sagte Abel in beiläufigem Ton. Sie gehorchte und beobachtete die Fremden verstohlen vom Fenster aus. Die Männer waren ihr unheimlich.
»Sie haben ein gutes Gelände gewählt«, sagte Crosh. »Das Land muss einiges wert sein. Schade nur, dass es so nahe am Indianergebiet liegt. Wenn das Fort erst einmal fertig gestellt ist, kann die Lunte das Pulverfass leicht entzünden.«
»Die Lunte glimmt schon lange«, sagte Abel gleichmütig. »Aber man gewöhnt sich an den Pulvergeruch.«
Crosh grinste.
»Nun ja, wenn unsere Konföderierten ein Fort an der heißesten Stelle auf Arizonas Landkarte errichten, dann sollen sie sich nicht wundern, wenn ihnen die Kriegstrommeln in den Ohren dröhnen!«
»Da bin ich ganz Ihrer Meinung«, sagte Abel.
Er wurde aus den Fremden nicht klug. Sie sahen eigentlich nicht wie Revolverhelden aus, aber Männer mit freundlichen Absichten hätten den Hut gezogen und wären abgesessen.
»Haben Sie Major Holland gesehen?«, fragte er, scheinbar beiläufig.
Crosh spitzte die Lippen und spuckte im hohen Bogen in den Staub.

»Wenn der glaubt, das Fort im Ernstfall halten zu können, dann ist das die Zuversicht eines Narren.«
»Wir haben ihm gestern fünfzig Reservepferde für die Ersatztruppen geliefert«, fuhr Wilson fort.
Abels Gaumen wurde trocken. Die Typen waren also Pferdehändler. Er hoffte, dass sie sich die Tiere im Korral nicht näher ansehen würden.
»Wollen Sie nicht zu einem Kaffee ins Haus kommen?«, fragte er.
Crosh zeigte wieder sein schiefes Grinsen.
»Das ist eigentlich keine schlechte Idee. Ich möchte mich mit der kleinen Lady ein wenig unterhalten.«
Er wollte absitzen, hielt aber in seiner Bewegung inne. Sein Blick war auf die Schwarze gerichtet, die neugierig witternd den Hals über den Korralzaun streckte.
»Augenblick mal. Woher haben Sie diese Stute?«
Hinter dem Fenster spürte Jenny ihre Knie weich werden. Sie hielt den Atem an.
»Sie ist schon lange bei uns«, hörte sie ihren Vater ruhig sagen.
»Der Teufel soll mich holen«, rief der Spitzbärtige, »wenn das nicht unsere Molly ist.«
Crosh stieß einen Fluch aus. Er sprang aus dem Sattel und ging mit großen Schritten auf den Korral zu. Die Männer an der Quelle wurden aufmerksam und verfolgten neugierig die Szene.
»Dann ist das womöglich Ihr Pferd«, sagte Abel ausdruckslos.
»Da bin ich ganz sicher, sie war eine unserer schönsten Stuten«, antwortete Wilson, der ebenfalls vom Pferd gestiegen war. »Vor mehr als zwei Jahren riss sie aus. Wir suchten vergeblich nach ihr. He, Molly!«, rief er und Jenny sah voller Schreck, wie die Stute die Ohren bewegte. Die Beine gaben unter ihr nach. Sie musste sich an die Wand lehnen.
»Was haben Sie denn für ein Brandzeichen?«, fragte Abel, immer noch ruhig. Doch Crosh glitt schon zwischen den Korralstangen hindurch und suchte die Stelle an der Hinterhand des Pferdes, wo sich das Brandzeichen befinden musste.

»Was ist denn das?«, rief er zornig. »Das Tier ist ja voller Narben.« Seine blassen Augen richteten sich auf Abel und ließen von ihm nicht ab.
»Nun raus mit der Sprache, Mann. Was haben Sie mit dem Pferd angestellt?«
Mit schwankenden Beinen tastete sich Jenny bis zur Tür. Ihr Herz klopfte gegen die Rippen, dass es weh tat.
Abel hielt Croshs Blick mit eiskalter Ruhe stand. »Wenn Sie glauben, dass ich dem Tier ins Fleisch geschnitten habe, um das Brandzeichen unkenntlich zu machen, dann ist Ihr Gehirn voll Pferdemist.«
Wilson fuhr plötzlich aufgeregt dazwischen.
»Frank, sieh mal den jungen Hengst da an. Ich erinnere mich genau, dass Molly damals trächtig war.«
Der Mann mit dem Schlapphut warf einen Blick auf Flammender Stern und dann sah er wieder Abel an. Seine Worte waren drohend.
»Die Sache sieht nicht gut für Sie aus, Mann. Sie haben die Stute gefangen und mein Brandzeichen entfernt. Als sie ihr Fohlen zur Welt brachte, bedeutete das für Sie ein gutes Geschäft.«
Abel zuckte die Schultern.
»Die Stute kam zu uns an einem Gewitterabend und das Fohlen wurde in der gleichen Nacht geboren. Zwei Tage später ritt ich nach Cedar Creek und suchte vergeblich nach dem Besitzer.«
»Ihre Lüge«, sagte Crosh, »stinkt wie ein Fisch, der sechs Tage in der Sonne liegt!«
»Ich sage die Wahrheit.« Abel sprach sehr langsam und in seinem schmalen Gesicht war keine Gefühlsregung zu erkennen.
»Ich bin überzeugt, dass Sie der Besitzer der Tiere sind. Doch meiner Tochter zuliebe, die sehr an dem jungen Pferd hängt, möchte ich Sie fragen . . .«
Crosh ließ ihn nicht ausreden. Er stürzte aus dem Korral und packte Abel am Hemd.
»Ihre Schuld zu bestreiten, ist sinnlos, Mann. In Ihrer Lage stellt man keine Fragen.«

Abel schaute auf die Hand an seiner Brust und sah dann dem Pferdehändler ins Gesicht.
»Nehmen Sie die Hand weg, Crosh.«
Crosh zeigte seine weißen Zähne.
»Du lausiger Pferdedieb, du.«
Abels Linke fuhr hoch und schlug die Hand an seinem Hemd weg. Dann wich er geschickt Croshs Fausthieb aus und schmetterte ihm die Rechte an die Kinnlade. Croshs Kopf fiel zurück. Er taumelte gegen den Korralzaun. Noch im Fallen zog er den Colt. Jenny sah die Waffe blitzen. Crosh feuerte aus der Hüfte und die Kugel warf Abel zu Boden. Sein Hemd färbte sich rot. Jenny hörte das angstvolle Wiehern der Pferde, das Flattern aufgeschreckter Vögel. Ihr Aufschrei vermischte sich mit dem Echo des Schusses, das von den Hügeln widerhallte. Sie stürzte aus dem Haus und rannte über den Hof. Abel sah sie und versuchte, sich aufzurichten. Crosh schoss ein zweites Mal. Abel fiel zurück in den Sand und rührte sich nicht mehr. Jenny blieb wie versteinert stehen. Der Schuss dröhnte in ihrem Kopf. Sie blickte zu ihrem Vater; sie wusste, dass er tot war. Dann hob sie die Augen und starrte sekundenlang auf Croshs rauchenden Colt. Er würde auch sie töten. Der Hof, der Zaun drehte sich im Kreis. Sie glaubte, ohnmächtig zu werden, doch sie hielt sich auf den Beinen.
Eine unheimliche Stille breitete sich aus. Die Männer rührten sich nicht. Nur das Klirren der Zaumzeuge, das leise Scharren der Hufe und das Rauschen des Wassers waren zu hören. Plötzlich löste sich Crosh aus seiner Erstarrung und fuhr mit dem Handrücken über sein schweißnasses Gesicht. Wilson, der schwer atmend neben ihm stand, deutete auf Jenny.
»Und was hast du mit ihr vor?«
Crosh starrte vor sich hin. Wilson spreizte nervös die Finger.
»Sie hat alles mit angesehen. Es ist besser, du bringst sie zum Schweigen.«
Crosh schüttelte langsam dem Kopf. Sein farbloser Blick nagelte Jenny am Boden fest.

»Sie gefällt mir . . .«, sagte er halb laut.
»Frank, mir ist nicht ganz wohl dabei.« Wilson sprach leise und schnell.
»Halt den Mund«, schnitt Crosh ihm das Wort ab. »Wir nehmen sie mit. Wenn sie uns lästig wird, können wir sie unterwegs immer noch loswerden.«
Er steckte den Colt wieder ins Futteral und winkte die Cowboys herbei.
»Treibt die Pferde zusammen und steckt das Haus in Brand.«
Zu Wilson gewandt, fügte er mit dreckigem Grinsen hinzu: »So schnell kommt schon keiner in diese gottverlassene Gegend. Und wenn, dann wird man natürlich die Apachen verdächtigen.«
Jenny stand da wie gelähmt. Wie in einem Albtraum sah sie die Männer ins Haus eindringen, sah durch die offene Tür, wie sie die Kohlenglut verstreuten. Funken sprühten auf. Die züngelnden Flammen griffen rasend schnell um sich, während die Männer alle Gegenstände, die sie brauchen konnten, aus dem Haus schafften. Der Qualm verbreitete sich wie blauer, dichter Nebel. Ein herber Duft stieg auf. Jetzt erleuchtete ein roter Schein das Haus, die Scheiben zerbarsten mit feinem, hellem Klirren. Das Feuer schwang sich durch die Fensterhöhlen und trug Rauch und Funken in den Himmel empor.
Das erschreckte Wiehern der Pferde riss Jenny aus ihrer Erstarrung. Schlagartig kehrte ihr Bewusstsein zurück. Ihr Vater war tot, sie konnte ihm nicht mehr helfen. Ihr Haus war geplündert und zerstört. Und sie selbst . . .
Jennys Augen hasteten umher. Im Augenblick achtete niemand auf sie. Crosh und Wilson schrien ihre Befehle und die Männer brachten ihre Beute in Sicherheit. Die verängstigten Pferde drängten sich an die Stallwand. Flammender Stern lief mit wild rollenden Augen im Kreis herum. Jenny erkannte blitzschnell ihre Chance. In drei Sätzen schnitt sie dem Hengst den Weg ab. Ihre Hand griff in die dichte Mähne auf seinem Rücken. Ihre Knie gruben sich in die bebenden Flanken. Das

Pferd schnaubte; wie beflügelt von übernatürlichen Kräften, stieß es sich vom Boden ab und setzte zu einem gewaltigen Sprung über den Korralzaun an. Es hatte seinen Schwung etwas zu kurz bemessen, denn einer der Hufe schlug gegen das Holz. Aber das Hindernis war überwunden. Ein harter Aufprall: Der Hengst hatte wieder Boden unter den Hufen. Jenny schmiegte sich an das Pferd, schlang beide Arme um seinen Hals. Flüche und Schreie ertönten hinter ihr. Ein Schuss krachte, dann noch einer. Sie hörte die Kugeln pfeifen und duckte sich noch tiefer. Flammender Stern erklomm die Böschung und sprengte den Hügelkamm hinauf. Die Erde dröhnte unter den trommelnden Hufen. Auf der anderen Seite war ein schräg abfallender Sandhang, den das Tier mit langen Sätzen hinunterstürmte. Als Jenny den Kopf wandte, sah sie, dass einige Reiter die Verfolgung aufgenommen hatten. Crosh führte die Gruppe an. Jenny erkannte ihn an seinem Schlapphut. Ihr Herz klopfte zum Zerspringen. Sie wusste, wenn er sie einholte, würde das für sie den Tod bedeuten. Wieder krachten Schüsse. Jenny riss ihr Pferd von einer Seite zur anderen, um den Kugeln zu entgehen. Sie versuchte zu überlegen. Sie ritt an einer senkrechten Felswand vorbei und wusste, dass vor ihr die Schlucht einen Bogen machte und in eine Ebene mündete, auf der ihre Verfolger sie mühelos ausmachen und einholen konnten. Kurz entschlossen lenkte sie ihr Pferd mitten in ein Geröllfeld. Flammender Stern erklomm den steinigen Hang. Hinter einem Felsbrocken sprang Jenny ab und führte den Hengst in den Schatten. Ihre zitternden Hände strichen über das schweißnasse Fell.

»Still«, flüsterte sie. »Rühr dich nicht . . . sonst sind wir verloren.« Das Trommeln der Hufe kam rasch näher. Sie packte die Nüstern des Pferdes und presste sie zusammen. In rasendem Galopp jagten die Verfolger an ihnen vorbei. Jenny wartete einige Atemzüge lang. Als das Geräusch der Hufe sich entfernte, schwang sie sich auf den Rücken des Hengstes und ritt in entgegengesetzter Richtung davon.

Ihr Vorteil war, dass sie sich in der Gegend gut auskannte. Der Wildbach war ganz in der Nähe; in der Trockenzeit führte er nicht viel Wasser. Dort, wo ein Birkenwäldchen das abschüssige Ufer bedeckte, zügelte sie Flammender Stern, lauschte und beobachtete das Gelände. Das Hufgeklapper war verklungen, aber ihr Instinkt sagte ihr, dass sie ihre Verfolger noch nicht los war. Sobald sie merkten, dass Jenny sie hinters Licht geführt hatte, würden sie umkehren und die Gegend absuchen. Sie ließ ihr Pferd im Schritt gehen und ritt schräg den Hang hinunter. Am Bachufer wechselte sie die Richtung und kurz darauf lenkte sie den Hengst in das Bachbett. Mit leisem Plätschern schritt Flammender Stern durch das seichte Wasser. Jenny lenkte ihn flussabwärts auf den Steinen am Ufer weiter, bis zu einem Höhenrücken, dem sie dicht unter dem Kamm folgte. Obgleich sie sich jetzt sicher war, dass ihre Verfolger ihre Fährte nicht finden konnten, trieb die Furcht sie immer weiter voran. Der Hengst bewegte sich in ruhigem, gleichmäßigem Schritt. Jenny ließ sich willenlos tragen. Die Tränen trübten ihre Sicht und liefen ihr über die Wangen. Ihr war, als löste sich ein Teil ihres Selbst und schwebte hinweg in unerreichbare Ferne.

Die Sonne stieg; die Luft wurde heiß und schwer. Jenny hielt das Pferd im Schatten der Bäume an. Im Unterholz war der Boden sandig und kühl. Sie kauerte sich nieder und schluchzte hilflos vor sich hin.

Plötzlich streifte warmer Atem ihr Haar. Sie hob ihr tränennasses Gesicht. Flammender Stern hatte seinen Kopf gesenkt und ihn zärtlich an ihre Schulter gelegt. Die braunen Pupillen glänzten sanft, die warmen Nüstern waren samtweich. Er spürte ihren Kummer und wollte sie trösten. Da warf sie beide Arme um den Hals des Hengstes, schmiegte sich an das raue Fell und weinte, bis ihr die Augen vor Müdigkeit zufielen und sie in einen tiefen, bleiernen Schlaf fiel.

8. Kapitel

Als Jenny plötzlich erwachte, lag der Wald schon im Schatten, während die Felsen noch in der Sonne leuchteten. Der Himmel funkelte wie Smaragd. Einige Atemzüge lang wusste Jenny weder, was mit ihr geschehen war, noch wo sie sich befand. Auf einmal fiel ihr alles wieder ein. Ihr Vater war tot. Sie würde nie wieder sein leises Lachen, seine ruhige Stimme hören. Sie erinnerte sich, wie er Flammender Stern zugeritten hatte, die Felder und den Garten besorgte; wie er ihr morgens geholfen hatte, die Haare zu flechten. Jennys Lider waren geschwollen und brannten. Sie wusste nicht, wie sie mit ihrem Schmerz fertig werden sollte.

Nach einer Weile richtete sie sich auf. Sie hatte einen Entschluss gefasst: Zuallererst musste sie zur Ranch zurückreiten und ihren Vater beerdigen. Es war kaum anzunehmen, dass sich Crosh und seine Bande dort noch aufhielten; aber vielleicht war jemand zurückgeblieben, um ihr aufzulauern? Jenny schüttelte den Kopf. Koste es, was es wolle, sie musste das Wagnis eingehen. Flammender Stern graste friedlich. Sie lockte das Pferd heran, stieg auf und machte sich auf den Weg, wobei sie darauf achtete, möglichst in Deckung zu bleiben.

Als sie in die Nähe der Ranch kam, sank die Sonne glutrot. Die langen Schatten gaben den Steinen gespenstische Formen. Fledermäuse huschten über die Sandhügel. Vom Hügelkamm aus konnte Jenny die Ranch überblicken. Sie ließ sich vom Pferd gleiten und duckte sich hinter einen Felsblock, um Ausschau zu halten. Bläulicher Qualm lag im Tal. Jennys Herz zog sich vor Schmerz zusammen: Dort, wo ihr Haus gestanden hatte, war nur noch ein rauchender Trümmerhaufen. Kleine Flämmchen flackerten über die verkohlten Stämme, die einst das Dach getragen hatten. Jennys Augen schweiften zum Korral hinüber:

Abel lag noch an der gleichen Stelle. Jenny presste die Lippen zusammen, um ihr Schluchzen zu unterdrücken. Der Ort wirkte völlig verlassen. Crosh und seine Leute hatten die Pferde mitgenommen und die Schafe vertrieben.
Als Jenny sicher war, dass niemand ihr auflauerte, ging sie wieder zu ihrem Pferd, stieg auf und ritt talabwärts. Hustend, mit brennenden Augen, lenkte sie den Hengst durch die Rauchschwaden. Beim Korralzaun ließ sie sich vom Pferd gleiten und kniete neben ihrem Vater nieder. Abels Augen waren nur halb geschlossen und sie sah unter den Lidern den glasigen Schleier, der die Pupillen überzog. Sein Hemd war rot von getrocknetem Blut. Zitternd fuhr Jenny mit der Hand über Abels Gesicht und schloss seine Augen. Eine Weile kniete sie neben ihm, den Kopf auf die Brust gesenkt, die Hände im Schoß gefaltet. Es war so still, dass sie sich selber atmen hörte. Als sie aufstand, war die Sonne untergegangen und die Nacht brach herein. Jenny holte eine Schaufel aus dem Schuppen, ging zu der Stelle, wo sich das Grab ihrer Mutter befand, und machte sich an die Arbeit.
Es wurde stockdunkel. Die Sterne am Himmel funkelten wie glühende Kohlen. Jenny taumelte vor Erschöpfung; bleierne Müdigkeit lähmte ihre Arm- und Rückenmuskeln und an ihren Handflächen bildeten sich dicke Blasen. Nachdem sie das Grab geschaufelt hatte, legte sie Flammender Stern Zaumzeug, Zügel und Sattel an, die sie aus dem Stall geholt hatte. Sie befestigte ein Lasso am Sattelknopf; das andere Ende ließ sie unter Abels Schultern gleiten und knotete es über der Brust. Sie führte den Hengst am Zügel. Flammender Stern ging Schritt für Schritt und schleifte den leblosen Körper hinter sich her. Am Rande der Grube löste Jenny die Schlinge und ließ Abel so behutsam wie möglich hinuntersinken. Eine Weile kniete sie nieder. Dicke, heiße Tränen liefen ihr über die Wangen. Jetzt ruhten ihre Eltern für immer beisammen. Sie faltete die Hände und betete. Das Gebet gab ihr neue Kraft. Sie begann, das Grab zuzuschaufeln. Als sie fertig war, suchte sie einige Steine und häufte sie über die lo-

ckere Erde. Sie brach zwei Äste ab, band sie zu einem Kreuz zusammen und streckte sie in das frische Grab. Dann saß sie erschöpft in der Dunkelheit. Sie hörte das Wasser gurgeln. Das vertraute Geräusch wirkte beruhigend: Sie legte sich hin, schloss die Augen und schlief ein.

Als sie erwachte, schimmerte der erste Schein der Dämmerung hinter den Hügeln und die Stimmen der Vögel ertönten im Gebüsch. Jenny richtete sich auf und bewegte Arme und Beine, um ihre erstarrten Muskeln zu lockern. Feuchte Erde klebte an ihrem Kleid. Sie ging zum Bach hinunter und wusch sich. Die Morgenluft war erfrischend. Jenny sah zu den verblassenden Sternen hinauf. Ihr Entschluss war gefasst: Sie würde Major Holland in Cedar Creek aufsuchen und Crosh und seine Bande anzeigen. Abels Mörder sollten nicht ungestraft davonkommen.

9. Kapitel

Der Himmel leuchtete rot, als Jenny sich auf den Weg machte. Sie hatte eine Pferdedecke und eine mit Wasser gefüllte Feldflasche bei sich; beides war aus dem Stall. Im niedergebrannten Vorratsraum hatte sie noch ein kleines Fass Pökelfleisch gefunden und im Garten hatte sie einige Tomaten gepflückt.

Der Pfad folgte der Biegung des Wildbaches. Der Himmel färbte sich rosa; die Helligkeit nahm ständig zu und auf einmal tauchte die Sonne die Felsen in schimmerndes Licht. Jenny ritt schnell, den Blick hatte sie in die Ferne gerichtet, wo Wolken wie Baumwollflocken am Himmel dahintrieben.

Die Zeit verging. Nichts war zu hören außer dem Aufschlag der Hufe auf den Steinen und dem schwachen Quietschen des Sattelleders. Bald schienen die Strahlen golden und warm, dann wurde das Licht grell und hart. Jenny kannte die Wüste und ihre Tücken, aber sie war zu sehr in ihren Kummer vertieft, um in den flirrenden Luftbewegungen eine Veränderung wahrzunehmen. Erst als ein heißer Wind Sandfahnen hochwirbelte, blickte sie mit gespannter Aufmerksamkeit umher.

Jenny hatte früh gelernt, dass Menschen in der Wildnis nur durch ständige Wachsamkeit überleben können. Sie merkte, wie Flammender Stern unruhig die Ohren spielen ließ; große Schweißflocken zeichneten sich auf seinem Fell ab. Der Wind nahm ständig zu. Die Sonne schien den Staub in feurige Asche zu verwandeln. Jenny erbebte. Die Zeichen waren eindeutig: Ein Sandsturm kam auf. Sie überlegte fieberhaft. Was tun? Zum Umkehren blieb ihr keine Zeit. Bald schon wehte der Wind in doppelter Stärke. Jenny beschloss, einen Unterschlupf in den Felsen zu suchen. Der Sturm peitschte ihr Sandkörner ins Gesicht, ihre Augen tränten. Sie band sich ein Taschentuch vor den Mund und lenkte Flammender Stern auf die nahen Felsen zu.

Die Sonne trieb wie eine riesige weiße Kugel am verdunkelten Himmel. Der Flugsand nahm Jenny jede Sicht, alle Umrisse verblassten. Flammender Stern atmete schnaufend, sein Gang war schwerfällig. Endlich wurden die Felsen im Dunst sichtbar. Jennys Kleid, ihre Haut waren überpudert mit Sand. Staub knirschte zwischen ihren Zähnen, der Schweiß rann ihr klebrig über den Rücken. Sie fand einen Spalt in der Felswand, groß genug, um das Pferd durchzulassen. Sie stieg ab und führte Flammender Stern in den Unterschlupf. Hier waren sie vor dem Sturm geschützt. Jennys Kehle brannte. Sie riss sich das Taschentuch vom Mund, schraubte ihre Feldflasche auf und nahm einen Schluck von dem lauwarmen Wasser. Dann kauerte sie sich mit dem Rücken an die warmen Steine, legte den Kopf auf die Knie und schloss die Augen. Regungslos saß sie da, während ihr der Flugsand in den Nacken und zwischen die Schulterblätter rieselte.

Sie hatte Glück: Gegen Abend legte sich der Sturm. Unmerklich senkte sich wieder Schweigen über die Wüste. Jenny richtete sich auf, schüttelte den Sand aus Haar und Kleidern. In der Luft schwebende Staubteilchen filterten die schrägen Sonnenstrahlen. Flammender Stern schnaubte leise: Sein schweiß- und sandverklebtes Fell hatte eine kupferne Tönung angenommen. »Du hast sicher Durst«, murmelte Jenny.

Sie wusste nicht, wo sie sich befand, aber Pferde verfügen über einen sicheren Instinkt, um Wasser zu finden. So stieg sie in den Sattel und ließ die Zügel locker. Das kluge Tier schien zu ahnen, was Jenny von ihm erwartete. Es hob den Kopf und witterte. Einen Augenblick wiegte der Hengst seinen Körper unschlüssig vor- und rückwärts, dann setzte er sich in Bewegung und schnupperte immer wieder mit den Nüstern. Noch einmal blieb er stehen, wieherte leise und trabte zielsicher auf einige Sandsteinsäulen zu, die in fremdartig-wilder Form aus der Ebene ragten. Das Tier suchte seinen Weg durchs Geröll und trottete, ohne zu zögern, auf eine Mulde zu, die Sickerwasser enthielt. Das stehende Wasser war trübe vom Sand, aber frisch. Jenny

sprang aus dem Sattel. Sie kniete nieder und trank in langen Zügen neben ihrem Pferd. Als sie ihren Durst gelöscht hatte, nahm sie dem Hengst den Sattel ab. Der Ort war friedlich und windgeschützt: Hier wollte sie die Nacht verbringen.
Auf einmal hob Flammender Stern ruckartig den Kopf. Seine Nüstern blähten sich. Ein Beben durchlief seinen Körper. Jenny sah das Weiße seiner Augen schimmern. Sie blickte verstört nach allen Seiten: Etwas hatte den Hengst erschreckt. Ein wildes Tier vielleicht? Der Wind trug ihr einen eigenartigen, aromatischen Geruch zu, den Jenny nicht zu deuten wusste. Vorsichtig ging sie dem Geruch nach – und kam zu einer Feuerstelle. Die Asche war schon kalt, aber jemand musste vor nicht allzu langer Zeit hier gewesen sein. Jennys Atem stockte. Wegreiten war ihr einziger Gedanke. Sie packte die Zügel des Hengstes, doch als sie sich auf seinen Rücken schwingen wollte, erstarrte sie: Obgleich sie nichts sah oder hörte, fühlte sie, dass unsichtbare Augen sie beobachteten.

10. Kapitel

Chuka saß unbeweglich in der Grotte. Er hatte seit drei Tagen und Nächten weder Wasser noch Nahrung zu sich genommen. Seine Mutter Nita hatte ihn genau unterwiesen und Chuka erinnerte sich an ihre Worte: »Du kannst deine Vision nur dann erleben, wenn du auf Essen und Trinken verzichtest und alle Sinne den Geistern zuwendest. Werde nicht ungeduldig, wenn sich dein Traum hinauszögert. Du musst deinen Körper schwächen, um deinen Geist zu stärken. Bestehst du die Prüfung, wird dir dein Schutzgeist erscheinen.«
Chuka wusste wie jedes Apachenkind, dass er ohne Schutzgeist nicht im Kreis der Erwachsenen aufgenommen werden konnte. Er konnte auch nicht ins Lager zurückkehren, ohne seine Vision erlebt zu haben. Nita hatte ihn schon lange auf diese Prüfung vorbereitet. Er hatte gelernt, auf Nahrung zu verzichten, zu wachen und seinen Körper abzuhärten. Nita hatte auch den Tag bestimmt, an dem die Prüfung beginnen sollte. Als Medizinfrau vermochte sie die Sprache der Erde, der Pflanzen und der Gestirne zu deuten. »Du musst leiden, weil ich dich liebe«, hatte sie ihm an jenem Morgen gesagt. »Es gibt keinen anderen Weg. Geh!« Sie hatte ihm mit gelber Pflanzenfarbe ein wellenförmiges Motiv auf Stirn und Wange gezeichnet: Die Zeichen stellten die Schlange, Sinnbild des Lebens, dar. Dann, bei Sonnenaufgang, hatte er – nackt bis auf einen Lendenschurz – ohne Waffe, ohne Wasser und ohne Proviant das Lager verlassen. Nita hatte geweint und geklagt, wie es der Brauch verlangte. Der Halbwüchsige galt von jetzt an als gestorben. Seine Rückkehr wurde einer Wiedergeburt gleichgesetzt.
Chuka war hinaus in die Wüste gewandert, bis er einen Ort erreichte, wo er Sickerwasser im Boden fand. Dort zündete er ein Feuer an und streute ein Pulver hinein, das Nita ihm mitgege-

ben hatte. Es war aus besonderen, zerriebenen Wurzeln hergestellt und der Geruch machte ihn schwindlig. Dann suchte er dornige Zweige und strich damit über seinen Körper, bis er überall blutete. Er wiederholte das unzählige Male, drei Tage und drei Nächte lang, und besprengte sich immer wieder mit Wasser. Als der Sandsturm losbrach, suchte er Schutz in einer Höhle und betete zu den Geistern:

»Ich bin waffenlos, ich bin arm und nackt. Habt Erbarmen mit mir. Schenkt mir einen Traum. Lasst mich meinem Schutzgeist begegnen.« Er hörte den Wind heulen: Alles war in gelben Dunst gehüllt. Er spürte kaum das Brennen seiner Wunden: Die Müdigkeit, die Schwäche machten ihn unempfindlich gegen Schmerzen, Hunger oder Durst. Seine Haut war trocken und gespannt, das Fieber pochte in seinen Schläfen. Der Sturm schien in seinem eigenen Kopf zu brausen. Seine Kehle war ausgedörrt, aber er rührte sich nicht. Er war in dieser Welt und zugleich entrückt. Stunden vergingen, doch er verharrte in seiner Erstarrung. Nach und nach spürte er, wie der Wind nachließ. Der Dunst hing wie ein glühender Vorhang vor der Grotte. Chuka blinzelte durch die geschwollenen Lider. Das sandverklebte Haar fiel ihm ins Gesicht. Plötzlich drang wie aus weiter Ferne ein Geräusch in sein Bewusstsein. Chuka fuhr mit der Zunge über die aufgesprungenen Lippen und lauschte, aber er hörte nur das Pochen seines eigenen Herzens. Da – schon wieder das Geräusch. Es klang, als ob ein Kiesel den Hang hinabrollte. Chuka starrte auf die Höhlenöffnung. Sein langes Haar, seine brennenden Augen und das Flimmern der Dunstschleier ließen ihn alles verschwommen sehen. Auf einmal kam Wind auf: Die Sandschwaden teilten sich und eine Gestalt löste sich aus dem flackernden Licht. Erschüttert und ungläubig sah Chuka ein Pferd am Wasserloch stehen. Das Tier war nicht gedrungen wie die meisten Mustangs, sondern hochgewachsen, mit einer so breiten Brust, so schmalen und doch kräftigen Beinen, dass es an Schönheit und Stärke alle Pferde übertraf, die Chuka jemals gesehen hatte. Sein Fell war nachtschwarz, aber die

Sandschicht, die seine Flanken bedeckte, schimmerte wie Gold. Der Wind spielte in seiner prächtigen Mähne und sein Schweif berührte den Boden. Chuka meinte, sein Herz müsse stillstehen. Die Geister hatten ihm dieses Pferd geschickt. Er nahm seine ganze Kraft zusammen und richtete sich auf. Er kam auf die Beine, schlug hin, stand wieder auf. Atemlos, benommen, tastete er sich zum Ausgang der Höhle und blinzelte ins grelle Licht. Das Pferd hatte ihn bemerkt. Sein ungeduldiges Stampfen, das leise Knurren, das aus seiner Kehle drang, ließen Chuka erkennen, dass es ein Pferd aus Fleisch und Blut war: Es lebte.

Plötzlich wich das Tier zur Seite. Da sah er neben dem Pferd ein Mädchen stehen, nicht älter als er selbst. Sie trug ein weißes, blutverschmiertes Kleid. Ihr Haar war goldbraun wie Honig. Sie hatte mandelförmige Augen, die erschrocken zurückstarrten. Einige Atemzüge lang rührte sie sich nicht. Plötzlich löste sie sich aus ihrer Erstarrung: Sie legte die Hand auf den Rücken des Pferdes und wollte aufsitzen. Chuka streckte den Arm aus.

»Warte!«

Die heftige Bewegung nahm ihm das Gleichgewicht. Er taumelte, fiel der Länge nach hin. Seine Stirn schlug gegen eine Steinkante. Rot glühende Helle zerbarst in seinem Kopf. Er verlor das Bewusstsein.

11. Kapitel

Brennendes weißes Licht traf schmerzhaft Chukas Lider. Er drehte den Kopf zur Seite. Ein Schatten schob sich vor die glühende Helle. Etwas Kaltes, Feuchtes benetzte seine Stirn. Er schlug die Augen auf und blinzelte geblendet. Der undeutliche Umriss formte sich zu einem Gesicht, das Chuka schon irgendwo gesehen hatte. Mit einem Mal kehrte sein Bewusstsein zurück und er erkannte das Mädchen neben dem schwarzen Pferd wieder. Sie war also kein Traum gewesen.
»Wer . . . wer bist du?«, stammelte er.
Noch mehr staunte er, als sie ihm in der Sprache der Apachen antwortete. Sie drückte sich zwar etwas unbeholfen aus, aber er verstand sie.
»Ich heiße Jenny.«
Er starrte sie an.
»Bist du die Herrin des Geisterpferdes?«
Sie schüttelte überrascht den Kopf.
»Mein Hengst ist kein Geisterpferd. Da vorne ist er. Sein Name ist Flammender Stern.«
»Flammender Stern«, flüsterte Chuka.
Mühsam richtete er sich auf und sah das Pferd friedlich grasen. Sein Schweif schlug gegen seine Fesseln, während es gemächlich um das Wasserloch streifte.
»Da, trink«, sagte Jenny.
Sie setzte ihm eine Feldflasche an die Lippen. Chuka trank in hastigen Zügen. Langsam fühlte er sich besser. Das Mädchen schraubte die Feldflasche zu und ließ sich auf ihre Fersen zurücksinken. Ihre braunen Augen, um die dunkle Schatten lagen, wichen nicht von seinem Gesicht. Schließlich deutete sie auf seine Wunden.
»Was ist denn mit dir passiert?«

Chuka zögerte, doch dann erwiderte er stolz: »Die habe ich mir selbst mit Dornen zugefügt. Und ich wachte drei Nächte lang, um meinem Schutzgeist zu begegnen.«
Abel hatte Jenny von den Unterweisungsriten der Indianer erzählt. So nickte sie verständnisvoll, während sie ihn weiterhin betrachtete. In seinen tiefschwarzen Augen lag etwas Heiteres. Trotz der Staub- und Schweißkruste, die seine Haut überzog, gewahrte sie die Ruhe, die sein Gesicht mit den breiten Backenknochen und der feinen geraden Nase ausstrahlte.
»Und? . . .«, fragte sie. »Hast du deinen Schutzgeist gefunden?«
Er wies auf Flammender Stern.
»Ich sah im Rauch der Träume dieses schwarze Pferd. Nun ist sein Geist in mir und gibt mir Mut und Kraft. Ich habe die Prüfung bestanden«, setzte er freudig hinzu. »Flammender Stern ist mein Totem.«
Jenny senkte die Stirn. Als sie den Kopf wieder hob, sah er Tränen in ihren Augen glitzern.
»Mein Vater musste seinetwegen sterben.«
Er blickte sie an und wartete auf eine Erklärung.
Stockend erzählte sie ihm, was sich zugetragen hatte. Jetzt endlich wusste Chuka, warum sie seine Sprache verstand. Auch der Name »Kleiner Biber« war ihm nicht fremd: Die Erwachsenen erzählten manchmal von dem weißen Jungen, der in ihrem Lager gelebt hatte, lange bevor er, Chuka, zur Welt kam.
Als Jenny schwieg, sagte er leise:
»Dein Vater ist nur scheinbar gestorben. Er schläft friedlich im Schoß unserer Mutter Erde. Er ist bei dir in jedem Baum, jedem Tier, im Flüstern des Windes und im Murmeln der Quellen.«
Jenny wischte sich die Tränen aus den Augen und Chuka lächelte sie an. »Du musst nicht traurig sein. Sei fröhlich, genauso fröhlich, wie du es warst, als er noch lebte. Versuche, immer glücklich zu sein, um ihm eine Freude zu machen.«
Jenny erwiderte scheu sein Lächeln. Chukas Worte befremdeten sie nicht. Er sprach das aus, was sie schon immer unbewusst

gefühlt hatte. Doch als Chuka sie fragte, was sie jetzt tun wolle, gefror ihr Lächeln. Ihre Augen blitzten zornig auf.
»Ich reite nach Cedar Creek. Der Mörder meines Vaters soll bestraft werden.«
Chuka dachte nach. Das Mädchen war mutig. Aber die weißen Männer bauten ein Fort und die Apachen bereiteten den Krieg vor. Die Wüste barg tausend Gefahren: Es war nicht gut, dass sie allein durch die Wildnis ritt.
So sagte er: »Dein Vater lebte einst bei uns. Du sprichst unsere Sprache. Komm mit mir. Lass dich vorher von meiner Mutter beraten. Ihr Herz spricht eine klare Sprache und sie wird dir den richtigen Weg weisen.«
Sie wich erschrocken zurück.
»Das kann ich nicht«, flüsterte sie.
»Warum nicht?«
Sie holte gepresst Atem.
»Lupe, euer Häuptling, will Flammender Stern um jeden Preis für sich. Er bot meinem Vater den Türkis seines Stirnbandes an. Mein Vater gab ihm den Hengst nicht und Lupe schwor sich zu rächen.«
Chuka erstarrte. Ein Mann, der den Stein seiner Ahnen missachtete, war nicht würdig, die Apachen zu führen! Doch Lupe führte die Stämme gegen die Weißen an; man fürchtete ihn. Viele ältere Häuptlinge waren gegen ihn: Sie hatten jahrelang gekämpft und dabei zusehen müssen, wie ihr Volk langsam zugrunde ging. So sprachen sie im Rat: »Wenn wir im Schoß der Mutter Erde ruhen, erlischt unsere Stimme für ewig. Wer soll unsere Kinder und Kindeskinder die Sprache des Wassers und des Windes lehren und das, was sich in ihr verbirgt?« Aber Lupe hörte nicht auf die Worte der Weisen. Er stimmte für den Krieg und die jungen Männer folgten ihm. Sie wollten viele Feinde umbringen und Skalps erbeuten, um damit vor den Frauen an den Lagerfeuern zu prahlen.
Doch Chuka behielt seine Gedanken für sich: Er wollte Jenny nicht noch mehr beunruhigen. Stattdessen sagte er:

»Wenn ein Apachenmädchen ins heiratsfähige Alter kommt, veranstalten ihre Eltern für sie den Sonnentanz. Vier Tage lang wird sie als Gottheit verehrt und erhält so eine starke Zauberkraft: Sie kann in dieser Zeit Wunden heilen und Kranke gesund machen. Auch für meine Mutter Nita fand mit dreizehn Jahren der Sonnentanz statt. Doch als die vier Tage verstrichen waren, blieb ihr die Heilkraft. Da errichteten ihr die Männer einen großen *Wickiup* mitten im Dorf. Sie besuchte die verschiedensten Stämme und übte überall ihre Heilkraft aus. Als Medizinfrau, die mit den Geistern Zwiesprache hält, gilt ihr Wort mehr als das des Häuptlings. Sie wird dich vor Lupe schützen.«
Jenny zögerte noch immer.
»Aber was geschieht, wenn Lupe das Pferd trotzdem für sich beansprucht?«
Da stand Chuka auf. Er warf das Haar zurück und antwortete stolz: »Lupe wird es nicht wagen, Flammender Stern anzurühren, denn er wurde mir als Totem gesandt.«
Er humpelte mühsam auf den Hengst zu. Flammender Stern hob wachsam den Kopf. Er streckte seinen Hals und sog tief die Luft ein. Chuka näherte sich langsam. Flammender Stern ließ die Ohren spielen und drehte ein wenig den Hals. Sein Kopf war jetzt mit Chukas Kopf auf gleicher Höhe. Behutsam hob Chuka den Arm und legte die Hand auf seine Stirn. Der Hengst senkte den Kopf noch tiefer. Seine Nüstern weiteten sich, während er Chuka beschnupperte. Chuka lächelte Jenny zu.
»Siehst du? Er erkennt mich. Wir sind jetzt Brüder.«
»Dann begleite mich, um den Mörder meines Vaters zu suchen.«
Chuka nickte.
»Das werde ich. Gleiches muss mit Gleichem vergolten werden: Wer Wind sät, erntet den Sturm.«
Jenny lächelte zurück; und obgleich sie den Sinn seiner Worte nicht verstand, fühlte sie sich getröstet.

12. Kapitel

Der Sandsturm war vorüber, der Hitzedunst hatte sich aufgelöst. Der Himmel war blank und durchsichtig, als sie gegen Abend das Indianerdorf erreichten. Jenny hatte Chuka die Zügel überlassen und saß hinter ihm im Sattel. Er lenkte Flammender Stern in eine Schlucht, die ein Wildbach wie ein schimmerndes Silberband durchzog. Plötzlich teilten sich die Felswände: Eine mit Büschen bewachsene Ebene wurde sichtbar. Die niedrigen Hütten aus Fellen und Buschwerk, in denen die Apachen lebten, standen im weiten Umkreis verteilt bis an einen Waldrand. Pferde grasten, Kinder spielten. Frauen mit langen, fransen- und perlengeschmückten Kleidern kamen und gingen. Überall brannten Feuer. Die Gerüche nach Holzkohle, Tang und Leder kamen Jenny eigenartig vertraut vor. Als sie den Bach überquerten, unterbrachen die Frauen ihre Arbeit. Die Kinder näherten sich schreiend und winkend und die Männer kamen mit gemessenen Schritten heran. Die breitwangigen Gesichter der Indianer waren ruhig und ausdruckslos, aber Jenny sah das Erstaunen in ihren Augen. Dann erblickte sie einen Mann, der etwas abseits stand, und ihr Herz begann wild zu klopfen. Lupe trug Lederhosen und ein Mieder, das mit Stachelschweinnadeln verziert war. An beiden Handgelenken trug er schwere, silberbeschlagene Armreifen. An seinem Stirnband funkelte der Türkis, das Zeichen seiner Häuptlingswürde. In der Hand hielt er eine Peitsche.

Er trat langsam näher; dicht vor dem Hengst blieb er stehen und schnalzte höhnisch mit der Zunge.

»Sieh an«, sprach er. »Chuka zog aus, um seinen Schutzgeist zu finden, und er kommt mit einem schwarzen Pferd und einem weißen Mädchen ins Lager zurück. Sein Schutzgeist muss sehr mächtig sein, dass er ihm diese Gunst gewährte.«

Jenny fühlte, wie Chukas Atem schneller ging. Doch er antwortete höflich und ruhig:
»Ich bestand die Prüfung. Die Geister schickten mir im Traum dieses Pferd. Aber das weiße Mädchen kam freiwillig mit mir.«
Lupe ließ die Peitschenschnur mit leisem Auflachen durch seine Finger gleiten.
»Das Mädchen ist mir nicht unbekannt. Sie ist die Tochter von ›Kleiner Biber‹, der einst in unserem Stamm lebte und sich jetzt zu unseren Feinden bekennt.«
»›Kleiner Biber‹ ist tot«, sagte Chuka. »Die Weißen haben ihn ermordet.«
Ein Raunen ging durch die Menge. Jenny sah, wie ein seltsames Lächeln die Lippen des Häuptlings umspielte.
»Erzähl uns, wie das geschah!«
Während Chuka sprach, drängten sich immer mehr Menschen in stummer Neugierde heran. Nur das Scharren der Füße, ein gelegentliches Flüstern oder Räuspern waren zu hören, bis Lupe in schallendes Gelächter ausbrach.
»Hätte ›Kleiner Biber‹, dieser Narr, meine sieben Mustangs zum Tausch angenommen, dann wäre er jetzt noch am Leben!«
Sein Lachen erlosch; sein Blick wurde kalt und berechnend. Jenny war es, als glitte eine scharfe Messerklinge über sie hinweg.
»Steig ab«, befahl er. »Dein Vater ist mir das Tier schuldig.«
Die Furcht schnürte Jenny die Kehle zu. Aber während sie noch vergeblich nach Worten suchte, antwortete Chuka deutlich und ruhig:
»Dieses Pferd, Häuptling, kann dir nicht gehören. Die Geister, die es mir als Totem sandten, würden es nicht zulassen.«
Jetzt wurde die Stille noch tiefer. Männer und Frauen hielten den Atem an. Etwas Unvorstellbares war geschehen: Ein Kind hatte es gewagt, dem Häuptling zu trotzen. Jenny sah an Lupes Stirn die Ader anschwellen. Sein Gesicht lief dunkelrot an. Plötzlich sprang er vor. Er riss Chuka brutal vom Pferd, schleuderte ihn zu Boden und hob die Peitsche. Während Jenny entsetzt den stampfenden Hengst beruhigte, ließ Lupe mit

aller Gewalt die starke Schnur auf Chukas Rücken niedersausen. Chuka fiel mit dem Gesicht in den Staub. Dreimal schlug Lupe zu; bei jedem Hieb stöhnte Chuka auf. Die Indianer standen wie erstarrt. Wenn ein anderer unter ihnen seine Selbstbeherrschung derart verloren hätte, wäre er der Verachtung des ganzen Stammes ausgesetzt gewesen. Doch Lupe war der Häuptling. Niemand wagte, sich zu rühren, geschweige denn einzugreifen.
Da brach eine tiefe, klangvolle Stimme die Stille. »Ein Kind, dem die Geister begegneten, sollte mit Ehrfurcht und Jubel empfangen werden. Weshalb missachtest du die Riten?«
Die Frau, die so gesprochen hatte, trat langsam näher. Sie ging mit leisen, katzenhaften Schritten, wie es Menschen eigen ist, die mit jeder Fußberührung die Erde wahrnehmen. Jenny wusste sofort, dass es Nita, Chukas Mutter, war. Sie war groß für eine Apachenfrau. Sie trug ein hirschledernes Gewand, mit Fransen und Korallen bestickt. Ihre Augen waren schmal und dunkel, die Nase flach, aber wohlgeformt, die Lippen voll. Ihre Haut hatte die Farbe dunklen Goldes. Die langen Haare wehten bis auf die Hüften. Eine Muschel war an einer Strähne auf ihrer hohen, glatten Stirn befestigt. Sie schritt auf Lupe zu und streckte die Hand aus. Wie aus einem inneren Zwang heraus überließ er ihr die Peitsche, die Nita achtlos zu Boden warf. Lupes Atem rasselte. Als er sprach, klang seine Stimme wie ein wütendes Bellen.
»›Kleiner Biber‹ verweigerte mir ein Pferd, das ihm selbst nicht gehörte. Seine Anmaßung kostete ihn das Leben. Mich aber hat er gedemütigt und verhöhnt. Als Vergeltung beanspruche ich jetzt das Tier.«
In Nitas Augen spiegelten sich zwei kleine tanzende Flammen. Ihre Worte kamen langsam und bedeutungsvoll.
»Heute Nacht erschien mir die Große Mutter im Traum. Sie trug weiße Federn im Haar und um ihre Arme ringelten sich Schlangen. Sie sprach zu mir: ›Deinem Sohn wird in der Wüste ein schwarzer Hengst begegnen, der im Zeichen der Sterne

geboren wurde. Dieser Hengst soll sein Bruder sein. Ihre Seelen werden einander vertrauen.‹«

Jenny stockte der Atem. Woher nahm die Frau ihr Wissen?

Lupes Gesicht glänzte vor Schweiß. Grimmig stieß er hervor: »Ein Krieger braucht ein Pferd, das ihn in die Schlacht trägt und nicht vor den Waffen des Weißen Mannes scheut!«

Nita betrachtete ihn ausdruckslos.

»Die Geister senden uns eine Botschaft, wenn unsere Ohren mit Staub verstopft sind. Gib acht, Häuptling. Ein Pferd ist ein doppeldeutiges Zeichen. Wenn es den Boden stampft, zittern die Menschen und sein Wiehern spaltet die Berge.«

Sie drehte ihm gelassen den Rücken zu, kniete neben Chuka nieder und half ihm, sich aufzurichten. Zu Jenny sprach sie:

»Sei willkommen. Mein Wickiup soll dein Wickiup sein.«

Sie wandte sich ab; die Hand auf der Schulter ihres Sohnes, ging sie auf ihre Hütte zu. Die Indianer traten zurück, um sie vorbeizulassen. Jenny stieg aus dem Sattel. Sie machte einige Schritte und führte Flammender Stern am Zügel. Plötzlich blieb sie stehen: Lupe versperrte ihr den Weg. Sie zögerte; dann hob sie trotzig das Kinn und ging an ihm vorbei. Sie hatte das Gefühl, dass sich sein Blick wie ein Skalpmesser in sie hineinbohrte, doch er sprach kein Wort und hielt sie auch nicht zurück.

13. Kapitel

Die Hütte, von Birkenlaub und Buschwerk bedeckt, wurde von geschnitzten Pfählen gestützt und wirkte sehr geräumig. Bunte Decken lagen auf dem weichen Sandboden. Die Feuerstelle befand sich unter einem Vordach aus Binsen und Weidenruten im Freien.

Nita saß mit untergeschlagenen Beinen neben Chuka, der erschöpft auf sein Lager gesunken war. Mit den Fingerspitzen fuhr sie leicht über die Striemen auf seinem Rücken. Sie rief einen kleinen Jungen und befahl ihm, frisches Wasser zu bringen. Der Junge war bald wieder zurück. Jenny sah zu, wie Nita aus einem kleinen Lederbeutel, den sie um den Hals unter ihrem Gewand trug, ein Pulver aus zerriebenen Kräutern im Wasser auflöste. Dann tauchte sie ein sauberes Tuch hinein und betupfte damit behutsam die Striemen.

»Die Wunden werden bald verheilt sein«, sagte sie zu ihrem Sohn. »Morgen wirst du keine Schmerzen mehr haben.«

Chuka wandte den Kopf und lächelte sie an.

»Ich spüre sie schon jetzt nicht mehr.«

Etwas später trug Nita eine Holzschüssel herein, die mit Fleisch und verschiedenen Gemüsen gefüllt war. Jenny spürte plötzlich, dass sie Hunger hatte. Während sie aßen, sprach Nita kaum und Jenny wagte es nicht, eine Frage an sie zu richten. Nach dem Essen zog Nita eine wunderschön geschnitzte Tabakspfeife aus einer Hirschhauthülle. Sie saß Jenny gegenüber, füllte sorgfältig die Pfeife, zündete sie an und rauchte einige Minuten schweigend. Dann sprach sie:

»Viele Weiße denken mit dem Kopf statt mit dem Herzen. Sie sind so zahlreich wie die Tannennadeln, die Regentropfen und die Sandkörner in der Wüste. Sie gründen Städte, erbauen Festungen und Straßen. Sie wühlen den Boden auf, fällen die Bäu-

me. Sie töten die Tiere, um ihre Felle zu verkaufen, und stören die Geister, die in den Bergen über uns wachen.«
Jenny nickte traurig. Nita fuhr fort:
»Die Augen und das Herz vergessen nicht so leicht, was sie einmal geliebt haben. Chuka war eben geboren, als die Weißen seinen Vater erschossen.«
Jenny senkte den Kopf. Nitas Gesicht war ruhig, doch ihre Stimme klang bitter.
»Dennoch«, sprach sie weiter, »bin ich glücklich, dass du zu uns gekommen bist. Alle unsere Handlungen sind im Buch des Lebens vorgezeichnet. Deine Begegnung mit meinem Sohn wurde vom Schicksal herbeigeführt.«
Ihr bläulich schimmernder Blick war fern und eindringlich zugleich. Jenny schwieg immer noch. Sie hatte das Gefühl, schon lange mit den Apachen verbunden zu sein, sie eine Ewigkeit zu kennen. Doch Nitas nächste Worte ließen sie erbeben.
»Die Apachen versammeln sich in den Bergen. Lupe hat für morgen eine Ratsversammlung aller Häuptlinge einberufen.«
Ein kalter Windzug strich durch die Hütte. Jenny spürte, wie sie fröstelte.
»Und was geschieht dann?«, fragte sie.
Nita starrte dem Rauch nach, der durch eine Öffnung nach oben entwich. Es war, als betrachtete sie in weiter Ferne unsichtbare Dinge.
»Die Apachen werden kämpfen, weil sie hoffen, so zu überleben, doch der Tod wird ihnen die Lippen versiegeln.«
Jennys Atem stockte. Sollten die Indianer das Fort belagern, hatte sie kaum noch eine Möglichkeit, Crosh zu stellen.
»Ich ... ich muss den Mörder meines Vaters anklagen, bevor der Kampf ausbricht«, stieß sie hervor.
Nita sog nachdenklich an der Pfeife und blies den Rauch aus. Ihre Augen glänzten im Feuerschein.
»Ist das ernstlich dein Wunsch?«
Jenny rang verzweifelt die Hände.
»Mein Vater starb unschuldig. Er war kein Pferdedieb.«

Nita nickte verständnisvoll.
»Dann tu, was du für richtig hältst. Mein Sohn wird dich begleiten.«
Ein erleichterter Seufzer hob Jennys Brust.
Nita fuhr fort: »Verlasse das Lager bei Sonnenaufgang. Doch ich warne dich. Dir bleibt nur wenig Zeit. Die Mondsichel wird schmal. Sobald sie verschwunden ist, wird die Erde unter Tausenden von Pferdehufen dröhnen.«
Sie erhob sich mit leichter, federnder Bewegung.
»Es ist schon spät. Du musst jetzt ausruhen. Morgen habt ihr einen langen Weg vor euch. Und er wird nicht ohne Gefahr sein . . .«
Sie breitete auf weichen Fellen eine Decke aus und Jenny legte sich nieder. Der Abendwind raschelte im Buschwerk und das Geräusch tönte wie das Schwirren von Insektenflügeln. Im Halbdunkel spürte Jenny, wie die Hand der Medizinfrau leise über ihre Stirn glitt. Schon halb im Schlaf, fragte sie:
»Hast du meinen Vater gekannt?«
Sie vernahm Nitas ruhige, etwas singende Stimme.
»›Kleiner Biber‹ war einer der Unsrigen. Er trug das unsichtbare Zeichen auf der Stirn, an dem die Tiere ihre Freunde erkennen. Auch du trägst dieses Zeichen.«
Zwischen Schlaf und Wachsein sah Jenny plötzlich ein Gesicht vor sich, ein Gesicht mit hohen Backenknochen, funkelnden Augen und harten, spöttischen Lippen. Eine plötzliche Angst überfiel sie. Erschauernd stieß sie einen Namen hervor:
»Lupe.«
Nitas heitere Stimme drang von weit her an ihr Ohr.
»Was befürchtest du? Er kann dir nichts anhaben.«
»Er will das Pferd«, flüsterte Jenny.
»Dein Pferd?«, sagte leise die Medizinfrau. »Weißt du denn nicht, dass die Fäden von Leben und Tod in seiner Mähne verflochten sind?«
Erst da schlief Jenny ein.

14. Kapitel

Die Sonne färbte den Himmel korallenrot, als Jenny und Chuka sich auf den Weg machten. Jenny ritt Flammender Stern und Chuka einen der gescheckten Mustangs seiner Mutter. Nita hatte ihnen Decken und Proviant mitgegeben: Brotkuchen aus getrockneten Wacholderbeeren, Feigen, Nüsse und Eicheln.
Die Apachen hatten ihnen keine Beachtung geschenkt, als sie das Lager verließen. Einzig Nita war eine Weile neben den Pferden hergegangen. Dann, in kurzer Entfernung von den Hütten, war sie stehen geblieben. Chuka hatte sich umgedreht, die Hand zum Abschied erhoben. Sie aber, in einen roten Umhang gehüllt, hatte sich nicht gerührt. Ihre hochgewachsene Gestalt warf einen langen, reglosen Schatten in der Sonne.
Der Wind flüsterte in den Wacholderbüschen und strich den beiden Reitern entgegen. Schweigend trabten sie durch den kühlen Morgen. Kein Laut, außer dem vertrauten Geräusch der Hufe auf den Steinen, war in der Einsamkeit zu hören. Langsam stieg die Sonne höher und mit ihr kam die Hitze. Der Himmel wurde dunstig; die Landschaft zitterte im flüssigen Blau der Luftspiegelungen. Plötzlich kniff Chuka aufmerksam die Augen zusammen. Jenny folgte seinem Blick und sah in weiter Ferne eine dünne Rauchfahne aufsteigen.
»Signale«, sagte er. »Es müssen Apachen sein, die zur Beratung kommen.«
Jenny nickte sorgenvoll. Sie wusste, dass jede Stunde kostbar war. Für sie stand fest, dass Major Holland ihr helfen würde. War er nicht der Freund ihres Vaters gewesen?
Ein Vogel schwirrte auf, glitt durch die dunstige Luft und verschwand im Gebüsch. Chuka wandte ihr sein lächelndes Gesicht zu.

»Hast du den Vogel gesehen? Komm, wir reiten ihm nach. Gleich werden wir Wasser finden.«
Er hatte sich nicht geirrt: Wenig später sahen sie eine Mulde unter der Felswand. Ein dünnes Rinnsal glitt über glatt geschliffenes Gestein und floss in ein von Schilf umwachsenes Becken. Sie stiegen ab und führten die Pferde in den Schatten. Während sie in der Mittagshitze rasteten, zeigte Chuka Jenny einige Pflanzen, die die Indianer als Nahrung, als Medizin und zum Feuermachen verwendeten. Aus anderen Pflanzen wurde Seife oder Farbe gewonnen. Manche hatten starke Fasern, die sich gut zum Flechten eigneten. Jenny hörte staunend zu. Sie begriff, dass die Indianer die Natur nicht als feindselige Kraft ansahen, sondern sich als ein Teil von ihr fühlten.
Als die Hitze nachließ, machten sie sich wieder auf den Weg. Mehrmals hielt Chuka an und prüfte den Boden. Einmal kreuzten sie die Fährte einer Gruppe unbeschlagener Pferde. Die Spuren waren noch frisch.
»Sie kommen aus dem Osten«, sagte Chuka. »Es sind Mescaleros.«
Jenny fuhr mit der Zunge über die trockenen Lippen. Die Mescaleros waren der größte und gefürchtetste Stamm der Apachen.
Chuka schien ihre Gedanken zu erraten.
»Es ist besser, wir begegnen ihnen nicht.«
Sie ritten schnell weiter. Der Nachmittag verging. Das Licht wurde sanfter, die Hitze schwächer. Dann schillerte der Himmel tiefblau. Die Spitzen der Berge schimmerten rötlich, bis der Abenddunst sie in Purpur verwandelte. Sobald die Sonne gesunken war, senkten sich die Schatten über die Weite der Wüste und die Nacht brach herein.
Die Schlafstelle, die sie sich auswählten, war eine Sandgrube unter schrägen Felsen. Chuka sammelte einige Äste von Büschen, die mit fast rauchlosen Flammen brannten. Es war sehr schwül. Jenny blickte auf den kupfernen Mondsplitter, der über die Berge wanderte, kaum groß genug, um einen Lichtschim-

mer auszustrahlen. Sie seufzte beklommen. Später zogen Wolken auf. Fernes Donnergrollen war zu hören. Plötzlich zuckte ein Blitz über die Berge. Im gleichen Augenblick kniete Chuka nieder, faltete die Hände und sprach:
»Blitz, störe unseren Frieden nicht. Geh deinen Weg ohne Groll. Leuchte uns, ohne uns zu verletzen. Zwinge unserem Geist keine Furcht auf.«
»Was ist der Sinn dieser Worte?«, fragte Jenny erstaunt.
Er erwiderte: »Blitze sind Kundgebungen unserer Großen Mutter. Wenn sie erscheinen, müssen wir zu ihr sprechen. Dann weiß sie, dass wir ihre Kinder sind, und ihr Zorn wird uns verschonen.«
Die Weißen, dachte Jenny, haben dieses Bündnis mit der Natur gebrochen. Sie fühlen sich nicht mehr als ein Teil der Schöpfung. Sie sind der Meinung, dass ihr Gott ihnen die Herrschaft über die Natur verliehen hat, und sie benehmen sich danach.
Sie blickte zum Himmel empor. Die Wolken verzogen sich und bald funkelten die Sterne wieder klar und strahlend. Ihr Vater hatte ihr gesagt, dass die Erde auch so ein Stern sei. Jenny fand es schön, sich vorzustellen, dass sie auf einem Stern lebten.
»Chuka«, sagte sie halb laut. »Ich gehe nicht mehr zu den Weißen zurück.«
»Dann bleibst du also bei uns«, sagte er in zufriedenem Ton.
Jenny holte tief Atem. Sie war nur ein Kind und wusste nicht, wie sie ihren Gefühlen Ausdruck geben konnte.
»Weißt du, Chuka, ich glaube nicht, dass es eine Rolle spielt, ob man mit heller Haut und blondem Haar oder mit brauner Haut geboren wird. Wir sind alle die Kinder dieser Erde.«
»Die Erde ist lebendig und du bist ein Teil von ihr«, sagte Chuka. »Denk immer daran und du wirst nie mehr Angst haben.«
Der Nachtwind spielte in Jennys Haaren. Die Dunkelheit umgab sie wie ein schützender schwarzer Mantel. Sie sah die Sterne in unendlicher Zahl, den rötlichen Widerschein des Feuers. Sie drehte sich aufs Gesicht und schlief ein.
Gegen Morgen weckte sie Chuka. Er hatte in der Ferne Lichter

gesehen. Jenny blinzelte benommen. Sie stand auf und machte einige Bewegungen, um ihre erstarrten Muskeln zu lockern.
»Apachen?«, fragte sie.
Er nickte.
»Mescaleros. Wir sollten sofort weiterreiten.«
Während Jenny Flammender Stern sattelte, löschte er das Feuer, begrub sorgfältig die Glut und fegte den Sand mit einem Zweig glatt. Dann schwangen sie sich auf den Rücken der Pferde und ritten eilig davon.
Der Himmel färbte sich gelb, dann rosa. Jennys Gesicht war feucht vom Tau. Als die Sonne aufging, hatten sie schon eine beachtliche Strecke zurückgelegt. Plötzlich bemerkte Jenny, wie Flammender Stern die Ohren spielen ließ. Im selben Augenblick zügelte Chuka seinen Mustang. Eine größere Gruppe Indianer ritt in einiger Entfernung aus einer Schlucht heraus. Chukas Gesicht wurde starr. Es hatte keinen Sinn, sich zu verstecken. Er gab Jenny ein Zeichen weiterzureiten, sodass die Apachen sie sehen konnten. Die Indianer wirkten unsicher. Sie wussten nicht, was sie von diesem seltsamen Paar halten sollten. Sie starrten von Chuka auf Jenny und wieder zu Chuka zurück. Zögernd kamen sie näher und hielten ihre Pferde an. Der Anführer war ein außergewöhnlich großer, starker Mann mit breiten Backenknochen und niedriger Stirn. Sein Mund war breit und grausam. Er trug mexikanische Hosen und ein Lederhemd, das vom Hals bis zum Gürtel offen stand. Er hatte ein Gewehr und zwei abgegriffene Colts bei sich. Auch seine Begleiter waren mit Gewehren und Speeren bewaffnet.
Er trieb seinen Rappen näher heran.
»Wer bist du? Was macht ihr hier?«, fragte er Chuka.
Dieser nannte höflich seinen Namen.
»Ich bin der Sohn von Nita, der Medizinfrau. Wir kommen von den White Mountains.«
Die Männer tauschten einen Blick und nickten. Offenbar war ihnen der Name nicht unbekannt. Der Anführer zeigte auf Jenny.
»Und wer ist sie?«

»Sie ist eine der Unsrigen«, antwortete Chuka. »Ihr Vater war ›Kleiner Biber‹.«

»›Kleiner Biber‹ ist tot«, sagte einer der Mescaleros.

Jenny wunderte sich, woher der Indianer das wusste. Sie merkte, dass der Anführer Flammender Stern betrachtete.

»Das weiße Mädchen reitet ein gutes, starkes Pferd«, sagte er schließlich. »Ich hörte, dass Lupe, der Häuptling der White-Mountains-Apachen, für diesen Hengst sieben Mustangs angeboten hat.«

»Das Pferd ist mein Totem«, sagte Chuka schnell.

Die Indianer sahen ihn mit neu erwachtem Interesse an, doch der Anführer sagte scharf: »Es ist ein Männerpferd.«

Plötzlich war die Stimmung angespannt. Jenny spürte, dass der Mescalero vorhatte, sich das Pferd anzueignen. Einen Hengst zu besitzen, den der Kriegshäuptling Lupe begehrte, musste für einen Anführer niedrigen Ranges eine große Genugtuung sein. Auch Chuka hatte die Gefahr gespürt.

»Der Hengst«, sprach er, »heißt Flammender Stern. Er trägt diesen Namen, weil seine Klugheit über das Verständnis der Menschen hinausgeht.«

Einer der Apachen lachte laut. Die anderen tauschten ironische Blicke.

»Und wie äußerst sich die Klugheit dieses Pferdes?«, fragte der Anführer höhnisch.

»Sie besteht darin, dass es sich nicht von einem Menschen täuschen lässt. Es erkennt die Wahrheit in uns und gehorcht nur jenem, dem es vertraut. Dem aber, der seinen Zorn erregt, bricht es die Knochen.«

»Und der Hengst gehorcht diesem Mädchen?«

»Nur ihr allein.«

Schroff wandte sich der Anführer an Jenny.

»Weißes Mädchen, hat er die Wahrheit gesagt?«

Jenny nickte stumm.

»Weißes Mädchen«, fuhr der Apache fort. »Mein Name ist Ochoa, der Pferdebändiger. Wenn der Sohn der Medizinfrau

gelogen hat und ich das Pferd bezwinge, dann soll es mir gehören.«
Im Schweigen, das folgte, hörte Jenny deutlich das Rauschen des Windes. Sie warf Chuka einen Hilfe suchenden Blick zu, doch es war ein Ausdruck in seinem Gesicht, der ihr Zuversicht gab. So ließ sie sich schweigend aus dem Sattel gleiten. Ochoa sprang leichtfüßig von seinem Rappen. Jenny hörte das Atmen der Männer, sah das aufgeregte Glänzen in ihren Augen. Sie fühlte, dass Ochoa auf Lupe eifersüchtig war und ihn demütigen wollte.
Obwohl er schwer war, hatte Ochoa schnelle, geschmeidige Bewegungen. Er trat an das Pferd und packte die Zügel. Flammender Stern stampfte und wölbte den Hals. Seine Nüstern weiteten sich. Ochoa ließ ein glucksendes Lachen hören. Er schlang die Zügel um sein Handgelenk und schwang sich in den Sattel. Flammender Stern erschauderte, doch die kräftigen Knie, die stählernen Hände hielten ihn für einige Sekunden so unbeweglich, dass Reiter und Pferd zu einem Standbild in der Sonne zu erstarren schienen.
Unvermittelt rammte Ochoa seine Fersen in die Flanken des Tieres. Die Augen des Pferdes verdrehten sich. Ein dumpfer, pfeifender Ton entfuhr seiner Kehle und plötzlich bäumte es sich zu seiner ganzen Größe auf. Die Hufe schlugen wie Keulen durch die Luft. Dann fiel es so schwer auf die Vorderhufe zurück, dass die Erde bebte, und mit gewaltigen Sätzen und gebleckten Zähnen drehte es sich im Kreis. Staub wirbelte auf und das Pferd war schaumbedeckt, aber Ochoa hielt sich im Sattel. Flammender Stern änderte plötzlich seine Taktik. Er rannte los, jagte durchs Geröll mit angelegten Ohren und wieherte, wieherte ohne Unterlass. Einen Augenblick sah es so aus, als ob das Pferd in der wütenden Flucht vor seinem Reiter immer weiter in die Wüste stürmen würde. Doch plötzlich senkte der Hengst den Kopf. Er blieb auf der Stelle stehen, als hielte der Boden seine Hufe fest, und schlug mit aller Kraft aus. Ochoa verlor das Gleichgewicht und kippte aus dem Sattel. Wutentbrannt und

mit ungläubigem Staunen landete er auf dem Boden und wurde wie ein Sack von dem Pferd weitergeschleift, weil sein Fuß noch im Steigbügel hing. Er wollte sich an der Mähne festklammern und hochziehen, aber seine Muskeln gehorchten ihm nicht mehr. Er konnte sich nicht befreien, erst als Flammender Stern stehen blieb, rutschte Ochoas Fuß aus dem Steigbügel, wobei er hart auf die Steine schlug. Ochoa versuchte, sich aufzurichten, aber das Bein gab unter ihm nach. Er fiel mit dem Gesicht auf den Boden. Da erst begriff er, dass er verloren hatte, und in rasender Wut schlug er mit beiden Fäusten auf das gebrochene Bein, damit der Schmerz das Denken in ihm auslöschte.
Flammender Stern aber schüttelte mit arrogantem Schnauben die Mähne, machte kehrt und trabte davon. Die Apachen standen wie erstarrt. Sie konnten nicht glauben, was sie sahen. Flammender Stern blieb bei Jenny stehen und legte zitternd den Kopf auf ihre Schulter. Seine Flanken hoben und senkten sich stoßweise. Seine schaumweißen Nüstern dampften. Wie von weit her vernahm Jenny Chukas Stimme: »Steig auf, schnell.«
Sie setzte den Fuß in den Steigbügel und schwang sich in den Sattel. Die Indianer rissen ihre Pferde zurück, als sie vorbeiritten. Hinter ihr setzte Chuka seinen Mustang in Bewegung.
»Schnell«, wiederholte er.
Sie ritten im Galopp durch das staubige Tal. Hier und da ragten Felsblöcke auf und in der flirrenden Luft ragten auch seltsam geformte Saguaro-Kakteen auf. Plötzlich ertönten Schreie: Ein Schuss krachte hinter ihnen. Jenny und Chuka wussten, was das bedeutete: Ochoa, in seiner Ehre getroffen, hatte seinen Kriegern den Befehl gegeben, sie zu stellen.
Die Gestalten der Reiter zeichneten sich geisterhaft im milchigen Licht ab. Zum Glück war Cedar Creek nicht mehr allzu weit entfernt. Fast Kopf an Kopf jagten die beiden Pferde über den Sandboden dahin.
Wieder ertönte aus der Ferne eine rasche Folge kurzer, gellender Schreie und abermals peitschten Schüsse durch die Luft. Chuka spürte, wie der Mustang unter ihm zusammensackte.

Die Erde kam ihm mit rasender Geschwindigkeit entgegen. Ein Stoß, ein harter Aufprall. Chuka begriff, dass sein Pferd getroffen worden war. Als er benommen den Kopf hob, sah er, wie Flammender Stern einen Bogen machte und auf ihn zukam. Jenny beugte sich aus dem Sattel zu ihm herunter und streckte ihm ihre Hand entgegen. Ein gewandter Satz brachte Chuka hinter sie auf den Rücken des Hengstes. Schon stürmte Flammender Stern mit hämmernden Hufen über die Ebene. Die Mescaleros hatten inzwischen aufgeholt und fluteten wie eine Woge hinter ihnen her. Jenny beschleunigte die Gangart des Hengstes, indem sie seine Zügel locker ließ und zugleich den Schenkeldruck verstärkte, um den Rhythmus seines Galopps auszugleichen. Die Indianer schossen jetzt nicht mehr: Sie fürchteten das Pferd zu verletzen.

Dann wurden nicht weit vor ihnen die ersten Telegrafenmasten sichtbar. Jenny sah die Hütten der Mexikaner und die weiß gekalkte katholische Kirche von Cedar Creek. Das neu erbaute Fort lag etwas abseits der Ortschaft, am Fuß eines Hügels in östlicher Richtung. Jenny hatte noch nie einen so großen Palisadenzaun gesehen. Trotz der Entfernung sah sie, wie die Flügel des Haupttores aufgingen. Ein Spähtrupp von etwa zehn Reitern galoppierte ihnen Staub aufwirbelnd entgegen. Die Schreie hinter ihnen verstummten: Offenbar wagten sich die Indianer nicht in die Nähe des Forts. Sie zügelten ihre sich aufbäumenden Pferde und ritten unschlüssig hin und her. Unvermittelt rissen sie ihre Tiere herum und verschwanden hinter den Felsen.

Jenny ließ Flammender Stern langsamer laufen. Der erschöpfte Hengst fiel in Trab. Sein Atem ging röchelnd. Seine Flanken waren staubverkrustet und schaumbedeckt. Die Soldaten kamen herangaloppiert. An der Spitze ritt ein junger Offizier. Sein schmales, gebräuntes Gesicht hatte einen überraschten Ausdruck. Er hob eine behandschuhte Hand und salutierte. »Mein Name ist Leutnant O'Brien. Irgendwelche Schwierigkeiten, Miss?«

»Danke, es ist schon wieder alles in Ordnung«, sagte Jenny atemlos, während die Männer sie ungläubig anstarrten.
O'Brien räusperte sich.
»Wenn ich fragen darf, Miss, haben Sie noch Ihre Familie draußen?«
Er glaubte wahrscheinlich, dass sie einem Überfall auf eine Ranch oder einen Wagenzug entkommen war. Doch Jenny schüttelte nur den Kopf und antwortete mit einer Gegenfrage:
»Ist Major Holland immer noch Befehlshaber der Garnison?«
»Jawohl, Miss. Er ist drüben im Fort.«
»Ich muss ihn sofort sprechen.«
O'Brien nickte, immer noch mit erstauntem Gesicht.
»Ich werde Sie zur Kommandantur führen.«
Er stellte keine Fragen mehr, während sie zum Fort ritten, aber die Soldaten beobachteten Chuka mit unverhohlenem Misstrauen. Der junge Indianer beachtete sie nicht, sondern blickte ruhig geradeaus. Eine staubige Piste, in der die Spuren der Hufe und Räder tief eingegraben waren, führte zum Haupttor. Jenny ließ ihre Blicke über die Palisadenwand wandern; sie sah die Sonne auf den Gewehrläufen der Wachen blinken. Das Portal stand offen. Sie ritten an den Wachhütten vorbei. Die Kommandantur – ein klotziges Holzgebäude, vor dem eine Fahnenstange stand – befand sich gleich hinter dem Exerzierfeld. Jenny und Chuka stiegen neben O'Brien am Haltegeländer ab. Chuka band das Pferd fest, als der Wachsoldat auf ihn zustürzte. Bei dem scharfen Klicken des Gewehrlaufes wandte Chuka den Kopf und sah in die Mündung der Waffe.
»Keiner der verdammten Apachen kommt hier in die Kommandantur«, schnaubte der Mann mit wutverzerrtem Gesicht. »Noch einen Schritt, und du bist so voller Löcher, dass deine roten Brüder eine Fährte durch dich hindurch lesen können.«
Chuka starrte den Wachsoldaten an. Dann wanderten seine Augen zu Jenny hinüber.
»Was sagt der weiße Mann?«

»Er will dich nicht hereinlassen«, sagte Jenny ruhig. Chuka nickte ausdruckslos.
»Dann werde ich eben draußen warten.«
Er führte das Pferd etwas abseits und kauerte sich an der Außenwand der Kommandantur nieder. Einige Männer lachten und ein junger Typ spuckte vor Chukas Füßen im hohen Bogen aus.
»Den sollten Sie lieber im Auge behalten, sonst macht der sich gleich mit dem Pferd aus dem Staub«, rief er Jenny zu.
Jenny beachtete ihn nicht, sondern wandte sich an O'Brien, dessen Gesicht mit einer leichten Röte überzogen war. Es lag etwas in dem ruhigen Benehmen des Mädchens, das ihn aus der Fassung brachte.
»Kommen Sie«, sagte er.
Sie nickte zustimmend und ging hinter ihm die Stufen hinauf.

15. Kapitel

Ein Grenzscout in speckigen, rußgeschwärzten Kleidern und ein Kavallerist mit müdem Gesichtsausdruck saßen auf einer Bank im Vorzimmer. Der Kavallerist sprang auf und bot Jenny höflich seinen Platz an. Jenny dankte und setzte sich, die Hände auf den Knien verschränkt. Einige Männer kamen aus Hollands Büro und starrten sie an, doch sie hob nicht die Augen. O'Brien sprach leise mit dem Sergeanten an der Tür. Der warf Jenny einen raschen Blick zu, nickte und verschwand. Einen Augenblick später war er wieder zurück. »Bitte, treten Sie ein, Miss. Major Holland erwartet Sie.«

Jenny erhob sich und folgte ihm.

Major Holland stand von seinem Schreibtisch auf, um sie zu begrüßen. Jenny hatte ihn schon jahrelang nicht mehr gesehen. Sie erblickte vor sich einen breitschultrigen Mann, mit langen Armen und Beinen. Unter der faltigen Stirn lagen große, weit geöffnete Augen. Seine Nase war kurz, sein Kinn glatt rasiert und um seinen Mund hatten sich schlaffe Falten gebildet.

»Mein Gott, Jenny«, sagte er. »Ich hätte dich fast nicht wieder erkannt.«

Jenny beobachtete unablässig seine Augen. Ihre halbwegs indianische Erziehung befähigte sie das Wesen eines Menschen oder eines Tieres schnell und unfehlbar zu erkennen. Irgendetwas an ihm war nicht mehr wie früher.

»Jenny . . . was ist passiert?«

Sie rang die Hände.

»Mein Vater ist tot.«

»Indianer?«

Jenny schüttelte den Kopf. Auf einmal fühlte sie sich kraftlos und erschöpft. Die Beine versagten ihr. Sam Holland kam auf

sie zu, nahm sie behutsam an den Schultern und führte sie zu einem Stuhl.
»Setz dich, Jenny. Hab keine Angst. Du bist hier in Sicherheit. Sag mal . . . wie alt bist du jetzt?«
»Dreizehn«, sagte sie tonlos.
Er wiegte nachdenklich den Kopf.
»Du hast gesagt, Abel sei tot«, nahm er das Gespräch wieder auf. »Wenn ich dich richtig verstanden habe, waren es nicht die Apachen?«
Jenny bewegte mühsam die Lippen.
»Es kam alles wegen des Pferdes . . .«
Holland runzelte die Stirn. Die längst vergessene Sache mit dem entlaufenen Vollblut kam ihm plötzlich wieder in den Sinn.
»Du willst doch wohl damit nicht sagen, dass der Besitzer den Weg zu euch gefunden hat und Abel wegen dieser Stute ermordete?«
Jennys Gesicht war erstarrt.
»Er beschuldigte meinen Vater, das Pferd gestohlen zu haben.«
Sam Holland starrte sie an.
»Wer war es? Kannst du dich an seinen Namen erinnern?«
»Er hieß Crosh.« Jenny sprach den Namen leise, aber deutlich aus. Holland beugte sich vor.
»Du meinst doch nicht Frank Crosh?«
Jenny nickte.
»Sein Partner war ebenfalls dabei. Er hieß Wilson. Und auch ihre Cowboys haben alles mit angesehen.«
Holland stieß zischend den Atem aus.
»Das hat gerade noch gefehlt.«
Jenny betrachtete ihn forschend. Er wirkte wie vor den Kopf gestoßen.
»Kennen Sie diese Leute?«
Der Major stand schwerfällig auf. Er stellte sich vor das Fenster und blickte auf das Exerzierfeld hinaus. Er schwieg eine volle Minute und begann dann zu sprechen; dabei kehrte er Jenny den Rücken zu.
»Frank Crosh gehört zu den reichsten Großgrundbesitzern un-

seres Staates. Er ist ein Enkel von General Edward Crosh, der sich im Krieg gegen Mexiko ausgezeichnet hat.«
Er holte tief Luft.
»Um einen solchen Mann vor Gericht zu stellen, braucht es handfeste Beweise.«
Jennys Augen waren auf seinen Rücken gerichtet. Sam Holland wandte sich um und ging zu seinem Schreibtisch zurück, wobei er ihrem Blick auswich.
»Die Sache sieht nicht gut für dich aus, Jenny. Ich glaube dir und weiß, dass du die Wahrheit sagst. Aber es wird sehr schwer sein, diese Wahrheit ans Tageslicht zu bringen. Du sagst, dass Wilson auch dabei war. Wilson ist Croshs Schwager. Er wird ihn decken. Was die Cowboys betrifft ... nun, auch die werden es vorziehen, vor Gericht ihren Mund zu halten.« Er schüttelte traurig den Kopf. »Du stehst ganz allein da, Jenny.«
Sie sah ihn fest an.
»Ich stehe nicht allein da, wenn Sie mir helfen.«
Hollands bleiche Wimpern zuckten.
»Nehmen wir mal an«, sagte er, »ich würde als Zeuge auftreten und berichten, dass Abel Grey schon vor zwei Jahren nach dem Besitzer einer entlaufenen Stute geforscht hat. So weit alles schön und gut, aber unweigerlich wird die Frage auftauchen: Wer war eigentlich dieser Abel Grey? Ein Waisenkind, in einem Apachenlager großgezogen und in einer Missionsschule aufgewachsen. Ein Mann also mit unklarer Vergangenheit ...«
Er stieß das Kinn vor, um seine Verlegenheit zu verbergen.
»Ich will dich nicht beleidigen, Jenny. Ich versuche dir nur klarzumachen, was uns bei Gericht vorgehalten werden kann. Ein guter Rechtsanwalt wird die Richter leicht davon überzeugen, dass deine Aussage nicht maßgebend ist. Und selbst wenn ich mit meinem Bericht deine Darstellung unterstützen würde, riskieren wir, den Kürzeren zu ziehen ...« Er warf Jenny einen Blick zu, als ob er auf ihre Zustimmung wartete. Sie schwieg hartnäckig und er räusperte sich.
»Hör zu, Jenny ... Abel war mein Freund. Sein Tod trifft mich

härter, als du vielleicht annimmst. Ich möchte dir ja helfen, ich weiß nur nicht, wie. Aus Croshs Aussage wird deutlich hervorgehen, dass Abel seine Stute gestohlen hat. Und reitest du nicht einen Hengst, der rechtmäßig ihm gehört? Hast du vergessen, dass in Arizona auf Pferdediebstahl die Todesstrafe steht? Wir sollten ... ich meine ...« Er stockte und fingerte nervös an seinem Hemdkragen herum.

»Sie haben Angst«, sagte Jenny leise.

Es war mehr eine Feststellung als eine Frage. Holland zuckte zusammen. Jenny sah, wie seine Stirn feucht wurde.

»Herrgott, ja!«, stieß er hervor. »Ich habe Angst! Angst, dass wir uns in eine dumme Geschichte einlassen. Außerdem bin ich hier Befehlshaber und habe andere Sorgen. Sämtliche Apachenstämme treffen sich zu einer Beratung. Selbst du wirst wissen, Jenny, dass eine Beratung im augenblicklichen Zeitpunkt äußerste Gefahr bedeutet.«

Eine große blaue Fliege summte durch den Raum. Jenny nickte langsam und stand dann auf. Sam Holland war jetzt wirklich bestürzt.

»Wo gehst du hin, Jenny?«

Sie schüttelte leicht den Kopf.

»Ich weiß es nicht«, sagte sie ruhig.

Sam Holland holte gepresst Atem.

»Aber Kind, hast du Verwandte, an die du dich wenden kannst? Hast du ...«

Er verfluchte sein eigenes Versagen. Natürlich hatte sie niemanden. Aber was konnte er in dieser Situation für sie tun? Wenn er sich mit Crosh anfeindete, würde das womöglich seine Streifen kosten. Der Kerl war ein hartgesottener Raufbold. Er hatte Beziehungen bis nach Washington und Vermögen genug, um ein Dutzend Rechtsanwälte zu bestechen. Jenny tat ihm aufrichtig Leid. Abel war ein Narr gewesen, das Pferd zu behalten. Vermutlich war es zu einem Wortwechsel gekommen. Crosh hatte Abels Argumente mit der Waffe beantwortet und dem Gesetz nach war er sogar im Recht.

Holland holte gereizt Luft. Es war eine hässliche Aufgabe gewesen, dem Kind das klarzumachen.
»Jenny«, sagte er, »du musst ein Zuhause haben. Hier im Fort kannst du nicht bleiben. Zivilisten werden nur vorübergehend hier aufgenommen, solange die Gefahr eines Überfalls besteht. In Cedar Creek gibt es eine Schule für Mexikanermädchen, die von Schwestern geleitet wird. Ich werde dir einen Brief an die Mutter Oberin mitgeben.«
Jenny zögerte und machte dann ein zustimmendes Zeichen. Sie spürte, er hätte sie sonst nicht fortgelassen. Er musste den Brief schreiben, um sein Gewissen zu entlasten. Sie wartete stumm, während seine Feder über das Papier kratzte. Die Fliege flog hastig hin und her und draußen stampfte ein Pferd. Holland unterschrieb den Brief, steckte den Bogen in einen Umschlag und gab ihn Jenny.
»So.« Er lachte gepresst. »Mach dir jetzt keine Sorgen mehr. Die Mutter Oberin wird sich um dich kümmern. Und wenn du etwas nötig hast oder einen Rat brauchst, bin ich immer für dich da.«
Jenny nahm schweigend den Brief. Immer noch stumm, machte sie einige Schritte zur Tür hin. Sam Holland sah ihren schmalen Rücken, ihr weißes, verschmutztes Kleid, und kam sich erbärmlich vor.
»Jenny?«, sagte er mit rauer Stimme.
Sie blieb stehen und drehte sich nach ihm um. Er blickte befangen zur Seite.
»Crosh ist immer noch in der Gegend. Geh ihm lieber aus dem Weg.«
Sie nickte wortlos, übersah seine ausgestreckte Hand und ging rasch zur Tür hinaus.
Im Vorzimmer standen einige Soldaten herum und die zwei Männer saßen immer noch auf der Bank. Jenny ging langsam die Stufen hinunter. Die Sonne sank. Der Himmel war feuerrot und die Palisaden zeichneten lange Schatten in den Sand. Einige Planwagen waren angekommen. Die Männer waren dabei, den

Pferden das Geschirr abzunehmen. In den Quartieren brannten schon die Petroleumlampen. Jenny hörte die Befehle der Sergeanten und das Prusten und Schnauben der Pferde in den Stallungen. Sie senkte den Blick auf den Brief in ihrer Hand und zerriss ihn mit wohl bedachten Bewegungen in kleine Fetzen, die sie in den Sand streute. Was konnte sie tun, wenn Ehrgeiz und Mangel an Selbstvertrauen einen Mann blind und taub machten?

Ihre Augen wanderten zu Chuka hinüber, der neben dem Hengst an der gleichen Stelle kauerte.

Bei ihm, dachte sie, gibt es keine Frage, die nicht ihre Antwort findet. Als sie über den Platz ging, merkte sie, dass viele Männer stehen blieben und den Hengst begafften. Die Vernunft riet ihr, das Fort so schnell wie möglich zu verlassen, aber da fiel ihr ein, dass Flammender Stern seit dem Morgen nicht mehr getränkt worden war. Die Wasserversorgung befand sich auf der anderen Seite des Exerzierfeldes. Mehrere Frauen und einige Männer standen Schlange, um ihre Eimer zu füllen. Jenny lieh sich einen Eimer bei einem Soldaten und schloss sich ihnen an. Einige Minuten später stellte sie den vollen Eimer vor Flammender Stern hin, der sofort durstig trank. Chuka richtete sich auf und warf ihr einen fragenden Blick zu.

»Wir reiten sofort«, sagte sie tonlos.

Sie warteten, bis Flammender Stern getrunken hatte. Jenny wollte gerade den Eimer nehmen, um ihn dem Soldaten zurückzubringen, als ein Schatten vor ihr in den Sand fiel.

Sie hob die Augen. Vor ihr stand Frank Crosh.

16. Kapitel

Es war Jenny, als stockte alles in ihr, Atem, Blut, das Leben selbst. Sie konnte nichts sagen, nichts denken. Sie starrte ihn an und wieder fiel ihr der unheimliche Gegensatz des dunkel gebräunten, harten Gesichts und der wasserblauen Augen auf. Unter dem schwarzen Schlapphut hing das Haar strähnig bis auf seine Schultern. Er trug ein Lederhemd und eine Reithose, die in mexikanischen Stiefeln steckte. Seine Colts baumelten an gekreuzten Revolvergurten.

Einige Atemzüge lang stand er ganz still, ganz ruhig da. Dunkel gegen den Himmel aufragend, wirkte er mächtig und eindrucksvoll. Dann legte er den Kopf ein wenig zur Seite und sagte in schleppendem Tonfall:

»Kennen wir uns nicht, Kleine?«

Plötzlich erfüllte Jenny eine seltsame Ruhe und sie sah ihm furchtlos ins Gesicht, während sie laut und deutlich sagte:

»Sie waren es, der meinen Vater ermordet hat!«

Eine Ader begann, an Croshs Stirn zu pochen, und seine Augen zogen sich zu Schlitzen zusammen. Er warf einen Blick um sich, und als er merkte, dass einige Leute Jennys Worte gehört hatten, rief er ebenso laut:

»Ich habe dem verdammten Pferdedieb nur einen Denkzettel verpasst!« Gebieterisch streckte er die Hand aus.

»Los, gib die Zügel her. Das ist mein Pferd.«

»Rühren Sie es nicht an«, schrie Jenny und warf sich vor den Hengst.

Sie sah, wie Crosh die Faust ballte, und duckte sich in Erwartung eines Schlages, doch er ließ die Hand wieder sinken. Immer mehr Leute kamen herbei. Ihre Stiefel knirschten auf dem trockenen Lehmboden. Es waren Scouts, Soldaten, Farmer und einige Frauen. Jetzt trat ein rotbärtiger Siedler, der einen ätzen-

den Schweißgeruch ausströmte, dicht an Crosh heran. Der nickte ihm zu.
»Hallo, Buffalo!«
Crosh zog ein silbernes Etui aus der Tasche und bot ihm eine Zigarette an, die der Rotbärtige in seine klobigen Finger nahm.
»Ein Mann soll das Recht haben, sein Eigentum zu verteidigen«, fuhr Crosh in beiläufigem Ton fort.
»Ganz meine Meinung, Mr Crosh«, sagte Buffalo, während einige der Zuschauer beipflichtend nickten. Er zündete ein Streichholz an seiner Stiefelsohle an und gab dem Rotbärtigen Feuer.
»Sag mal, Buffalo, was würdest du mit einem Pferdedieb machen?«
Die Antwort kam ohne Umschweife: »Ich würde ihm eine Kugel durch den Bauch jagen.«
Zustimmendes Gemurmel unterstrich seine Worte. Jennys verzweifelte Blicke blieben kurz auf einer schwarz gekleideten Frau haften, die still abseits stand. Ihr Haar war von einem ebenfalls schwarzen Stoffstreifen umwickelt. Das Gesicht war gebräunt und die Haut so voller Falten und Risse, dass sie aussah wie ein eng geknüpftes Netz, in dessen Maschen sich die dunklen, eindringlichen Augen gefangen hatten.
In diesem Augenblick trat ein großer, grauhaariger Mann vor. Er zeigte auf Jenny und rief: »Es ist immer verdächtig, wenn ein Weißer mit Indianern verkehrt. Ich kenne dieses Mädchen. Sie heißt Jenny Grey. Ihr Vater war einer dieser verdammten Indianerfreunde, die behaupteten, das Land hier gehöre den Apachen. Aber was kann man von einem Mann erwarten, der zehn Jahre seines Lebens bei den Wilden verbracht hat? Und seine Tochter scheint in seine Fußstapfen zu treten . . . hat sie doch auch so eine dreckige Rothaut mit ins Fort geschleppt.«
Alle Blicke richteten sich auf Chuka, dessen Augen schwarz und schräg aufglühten. Obgleich er die Worte nicht verstand, spürte er deren Feindseligkeit. Eine dicke Frau rief mit schriller Stimme:
»Was tut eigentlich der Indianer hier im Fort? Ich bin sicher,

dass er uns ausspioniert, um seinen roten Brüdern über die Anlagen hier zu berichten!«
Ein Korporal, der alles mit angehört hatte, versuchte, sie zu beruhigen.
»Regen Sie sich nicht auf, Madam. Er ist ja nur ein Kind.«
»Das ist es ja gerade«, kreischte die Dicke. »Sie schicken die Kinder, um nicht unser Misstrauen zu erregen.«
In diesem Augenblick traten einige Offiziere aus der Kommandantur. Unter ihnen war Major Holland. Er sah das Gedränge um das schwarze Pferd, erkannte Crosh und wusste sofort Bescheid. Ich hatte ihr doch gesagt, sie soll das Fort gleich verlassen, dachte er grimmig, während die Männer auf die Seite traten, um ihn vorbeizulassen. Crosh sah ihn kommen. Er hatte die Daumen in seinen Gürtel geklemmt und seine Finger berührten fast seine Colts. Holland nickte ihm kühl zu.
»Was ist los?«
»Die Kleine da hat ein Pferd, das mir gehört«, sagte Crosh. »Ihr Vater hat mir vor zwei Jahren eine tragende Stute geklaut. Das hier ist ihr Füllen. Als ich meine Tiere zurückverlangte, wurde der ausfallend. Jedermann weiß, wie so was endet«, schloss er in düsterem Ton.
»Ich bin schon unterrichtet«, sagte Holland kurz angebunden. »Sonst noch was?« Crosh zeigte auf Flammender Stern.
»Ich will mein Pferd zurückhaben.«
Holland sah, wie Jenny sich bebend an die Zügel klammerte, und wandte rasch den Blick wieder ab.
»Ich wäre Ihnen dankbar, wenn Sie mich mit diesen Angelegenheiten im jetzigen Moment verschonen würden.« Er hob seine behandschuhte Hand. »Die Wachen haben Rauch in den Bergen gesichtet. Eine Menge Rauch. Dünne Spiralen . . . und überall, wohin das Auge reicht. Ich fürchte, wir sind umzingelt, und bald wird die Hölle losbrechen. Ich habe schon nach Fort Ralston telegrafieren lassen und Verstärkung angefordert.«
Ein Raunen ging durch die Anwesenden und die Dicke schrie: »Die Heiligen mögen uns schützen, wenn die Apachen über die

Palisaden kommen.« Sie wies in höchster Erregung auf Chuka. »Ich wusste doch, dass er ein roter Spion ist! Nehmt ihn fest, bevor er draußen seine Brüder benachrichtigt.«
Crosh entblößte seine weißen Zähne.
»Sie sollten sich die Worte der Dame zu Herzen nehmen, Major. Der Apache hatte ausreichend Zeit sich jeden Balken im Fort anzusehen.«
Holland runzelte die Stirn. Der offene, ruhige Blick des Indianerjungen passte nicht zu der Anklage, die gegen ihn erhoben wurde.
»Sie könnten womöglich recht haben«, sagte er widerstrebend. »Der Ordnung halber wollen wir ihn vorläufig hierbehalten.« Er schwenkte seinen Lederhandschuh von rechts nach links. Ein Wachsoldat kam angelaufen und Holland deutete auf Chuka. »Schafft mir den Burschen da in den Zellenblock.«
Chuka sah die Wache auf sich zukommen. Für den Bruchteil einer Sekunde richteten sich seine Augen auf das nahe, offene Tor. Schon spannten sich seine Muskeln zum Sprung, als er Jennys erschrockenen, tränenerfüllten Augen begegnete. Da wusste er, dass er nicht fliehen konnte – nicht ohne sie und nicht ohne Flammender Stern, seinen Schutzgeist. Ein tiefer Atemzug hob seine Brust, während der Wachsoldat sein Gewehr auf ihn richtete.
»Komm mit«, sagte er mit schiefem Grinsen. »Aber schön brav und ohne deine Indianertricks, nicht wahr, mein Junge?« Er bohrte ihm die Gewehrmündung in die Rippen. »Vorwärts! Nur eine kleine Bewegung und du wirst sehen, dass mein Finger federleicht am Drücker liegt.«
»Chuka ist unschuldig«, schrie Jenny. »Ich war es, die ihn mit ins Fort nahm.« Ihre Worte waren an Major Holland gerichtet, der unbehaglich zur Seite sah.
»Jenny, wir sind im Krieg«, sagte er müde. »Ich fürchte, dein Vater hat dieser Tatsache nie genug Rechnung getragen.«
Immer noch an den Hengst gelehnt, dessen nervöses Muskelspiel sie spürte, sah Jenny voller Verzweiflung, wie Chuka ab-

geführt wurde. Die Umstehenden nickten befriedigt und Crosh setzte sein dreckigstes Lächeln auf.
»Wir danken Ihnen. In der gegenwärtigen Lage kann man nicht vorsichtig genug sein. Und jetzt bitte ich Sie, mir zu gestatten, das Pferd in meinen Besitz zu nehmen.«
Ein ärgerliches Zucken ging über das Gesicht des Majors. Sein schlechtes Gewissen Jenny gegenüber regte ihn schon genug auf. Die Umstände verlangten von ihm, dass er den Raufbold schonte, aber der sollte es nicht auf die Spitze treiben. Außerdem war er der Meinung, dass er mit der Festnahme Chukas den Leuten vorläufig genug entgegengekommen war.
»Gentleman«, sagte er schroff, »ich werde mich mit Ihrem Problem befassen, sobald ich eine freie Minute habe. Im Augenblick interessieren mich vor allem die zweitausend Apachen, die nach neuesten Berichten das Fort umzingeln.«
»Hol sie der Teufel, von mir aus können es zehntausend sein, die auf der Lauer liegen«, sagte Crosh zornig. »Ich will jetzt das Pferd. Das Tier ist mein Eigentum: Ich habe Beweise.«
»Die können Sie mir morgen erbringen, falls das Fort bis dahin noch steht.« Holland versuchte, seine Gereiztheit zu unterdrücken, weil er wusste, dass sein Widersacher am längeren Hebel saß. »Inzwischen soll der Hengst erst mal untergestellt und versorgt werden.« Er betrachtete Flammender Stern mit Kennerblick. »Gebt ihm eine Einzelbox«, sagte er zu einem Korporal, »sonst bringt er uns noch die anderen Pferde um.«
Crosh schmiss seine Zigarette auf den Boden und sah Holland lange und kalt an.
»Das werden Sie noch bereuen, Major.«
»Fassen Sie sich in Geduld, Crosh.« Hollands Stimme klang scharf. »Und lassen Sie das Mädchen gefälligst in Ruhe. Habe ich mich deutlich genug ausgedrückt?«
Crosh bewegte die Finger. Seine Zungenspitze fuhr über die Lippen, während er Jenny betrachtete und langsam nickte.
»Ja, das haben Sie, Major«, sagte er, ohne den Blick von ihr zu

wenden. »Und Sie können sich darauf gefasst machen, dass ich Ihnen das nicht so schnell vergesse.«
»Sie sollten sich lieber darauf vorbereiten, dass Sie in den nächsten vierundzwanzig Stunden Ihren Haarschopf verteidigen müssen«, sagte Holland. »Und jetzt, Gentleman, wenn Sie mich bitte entschuldigen würden, ich habe zu tun.« Er gab dem Korporal den Befehl, das Pferd wegzuführen, salutierte und ging davon. Der Korporal wollte Flammender Stern am Zügel nehmen. Doch der Hengst ließ ein raues Schnauben hören und wich nervös zur Seite. »Er lässt sich von niemandem anrühren«, sagte Jenny. »Es ist besser, ich bringe ihn selbst in den Stall.«
Die Leute sahen verwundert zu, wie der große schwarze Hengst den Kopf neigte, sodass seine Stirnlocke Jennys Gesicht streifte. Sein bösartiges Schnauben verwandelte sich in zärtliches Wiehern und er ließ sich gehorsam wie ein Hund von dem Mädchen führen. Doch kaum waren sie drei Schritte gegangen, als Croshs Stimme sie auf der Stelle bannte.
»Vergiss nicht, Kleine, das Pferd gehört mir.«
Sein Ton war hart und kalt wie das Klicken eines Abzughahnes. Jenny sah ihm fest in die erbarmungslosen wasserblauen Augen.
»Das Pferd gehört dem, der es am meisten liebt.«
Als sie sich abwandte, fiel abermals ihr Blick auf die schwarz gekleidete Frau. Es schien ihr, dass ein warmes, verstehendes Lächeln über die dünnen Lippen glitt, und ohne zu wissen, warum, fühlte Jenny sich beruhigt.

17. Kapitel

Der Korporal führte Jenny zu den Stallungen. Es gab einige Reihen von Gemeinschaftsboxen, denen ein Geräteraum angeschlossen war. Dann kam ein Veterinärstall, wo sich ein Maulesel mit aufgeschürftem Rücken an die Wand drückte. Dahinter lag der Raum des Stallsergeanten. Dieser, ein gedrungener, krummbeiniger Mann, hörte sich kurz die Erklärungen des Korporals an, warf einen prüfenden Blick auf Flammender Stern und führte ihn in eine große Einzelbox. Jenny band den Hengst dort an. Der Korporal brachte einen Futtersack voller Hafer. Flammender Stern war es nicht gewohnt, aus einem Futtersack zu fressen, und bockte. Jenny beruhigte ihn und hielt ihm den Hafer auf der offenen Hand hin. Der Stallsergeant schnalzte anerkennend mit der Zunge.

»Erstaunlich, wie die kleine Lady den großen schwarzen Teufel da zu nehmen weiß.«

»Das Tier scheint Frank Crosh zu gehören«, sagte der Korporal.

»Dem Schieläugigen aus Phoenix?« Der Stallsergeant verzog den Mund. »Schade um den schönen Hengst.«

Jenny sah den Stallsergeanten flehend an.

»Ich . . . ich würde gerne hier bei dem Pferd bleiben.« Die Männer tauschten einen Blick, wobei der Korporal errötete.

»Tut mir leid, Miss. Ich kann die Verantwortung nicht übernehmen. Die Stallungen gehören zur Militäranlage. Zivilisten sind nicht zugelassen.«

Jenny senkte den Kopf. Als Flammender Stern den Hafer gefressen hatte, berührte er mit den Lippen die Wange des Mädchens und beschnupperte ihr Haar. Jenny wandte sich um und folgte dem Korporal nach draußen. Die Sonne war inzwischen ganz untergegangen. Der Himmel leuchtete wie gelbgrünes Kupfer. Jenny lehnte sich an die Stallwand und verschränkte fröstelnd

die Arme. Die Tränen liefen ihr übers Gesicht, ohne dass sie versuchte, sie abzuwischen. Ihr war sterbenselend zumute.
Plötzlich fühlte sie eine Hand auf ihrer Schulter. Sie straffte sich und blickte zur Seite. Die welke, runzelige Hand gehörte der alten Frau, die sie kurz zuvor unter den Zuschauern bemerkt hatte.
»Komm, Kind. Du hast sicher Hunger.«
Jenny betrachtete die Frau. Etwas an ihrem Blick und an ihrer sanften, belegten Stimme erinnerte sie an Nita.
»Komm«, wiederholte sie freundlich. »Die Frauen geben in der Küche warmes Essen aus.«
Jenny richtet sich auf und folgte ihr schweigend. Die Fenster der Kompanieküche waren schwach erleuchtet. Einige Frauen kochten, während Soldaten an den Tischen saßen. Sie aßen langsam und ohne zu sprechen und mit jener Achtlosigkeit gegenüber Tischsitten, die sich die Männer an den Lagerfeuern schnell angewöhnen. Die Frau wies Jenny einen Platz an einem Tischende zu. Sie hantierte einen Augenblick am Herd und kam dann mit einem Teller Suppe und einer Kaffeekanne zurück. Beides stellte sie vor Jenny hin und setzte sich ihr gegenüber.
»Nun iss«, sagte sie. »Etwas Warmes wird dir guttun.«
»Ich kann nichts essen«, sagte Jenny, »mein Magen ist ganz verkrampft.«
»Der Mensch muss essen, auch wenn die Suppe nicht schmeckt«, sagte die Frau trocken. Sie goss Jenny Kaffee ein und fuhr gelassen fort:
»Ich kann gut nachfühlen, was du empfindest. Ich bin mit meinem Mann und meiner Tochter ausgewandert, um den Verfolgungen in Europa zu entgehen. Wir dachten, dass dort, wo ein neues Land geboren wird und neue Gesetze geschaffen werden, alles anders ist.«
Sie ließ einen glucksenden Laut hören.
»In Wirklichkeit aber ist hier überhaupt nichts anders, weil die Menschen überall die gleichen sind. Die Berge sind höher, die Wälder tiefer und die Flüsse breiter. Doch Geld ist Geld und

Macht ist Macht. Durchtriebenen Schurken gelingt es, das Schicksal ehrlicher Leute zu bestimmen. Es gibt jedoch ein Mittel, sich dagegen aufzulehnen . . .«

»Es gibt ein Mittel?« Ohne es zu merken, begann Jenny ihre Suppe zu löffeln.

»Du musst dir zwei grundsätzliche Wahrheiten einprägen: Erstens, der Mensch ist nicht dazu da, um über die Erde zu herrschen, und zweitens, die Frau ist nicht dazu da, um dem Mann unterworfen zu sein.«

Sie lächelte und ihre schwarzen Augen blitzten fast schalkhaft. »Wenn du das im Gedächtnis behältst, wirst du dich dein Leben lang frei fühlen.« Unwillkürlich lächelte Jenny zurück und fühlte sich für einen Augenblick wieder leicht und unbeschwert.

»Ich werde es nicht vergessen.«

Die alte Frau nickte zufrieden. Doch als sie die Kanne nahm und wieder aufstand, erlosch ihr Lächeln.

»Gib acht«, sagte sie eindringlich. »Es wird eine lange Nacht werden und viele werden den morgigen Tag nicht erleben. Du aber . . . nütze deine Chance.«

Sie berührte flüchtig Jennys Hand und ging dann weiter, um den Männern Kaffee einzuschenken. Jenny löffelte ihre Suppe aus. Einige Minuten später stand sie auf und suchte die Frau, um ihr zu danken, aber die war verschwunden. Und obgleich Jenny eine seltsame, fast schmerzliche Leere empfand, war ihr Herz von Zuversicht erfüllt.

Als sie aus der Küche trat, war es stockfinster. Die Sterne blinkten hart und weiß am Himmel. Auf dem Palisadenumgang gingen die Wachtposten auf und ab. Niemand achtete auf Jenny, als sie sich dem Gefängnisgebäude näherte. Im Wachlokal brannte Licht. Der Wachsoldat stocherte in seinen Zähnen herum. Jenny trat ganz nahe an die halb offene Tür heran. Im Schein der Petroleumlampe sah sie die Schlüssel zu den Zellen an einem Ring über dem Schreibtisch hängen. Ihr Herz begann, heftig zu klopfen. Sie hoffte, dass es ihr gelingen würde, Chuka zu befreien. Aber sie musste noch warten . . . Der Wachsoldat schien ihre Gegenwart zu spüren, denn plötzlich wandte er sich um. Rasch und lautlos wich Jenny zurück. Mit katzenhaft leisen Schritten ging sie um das Gefängnis herum und kauerte sich im Schatten des Palisadenzauns nieder. Sie spürte nicht die Kälte, die aus dem Sandboden aufstieg. Ihr Blick war auf den Nebelstrom der Milchstraße gerichtet, der sich über die ganze Breite des Himmels schwang. Jenny saß ganz still; ihr Atem ging ruhiger. Sie dachte: Die Erde ist auch ein Stern, und dieser Gedanke gab ihr Trost. Ganz plötzlich fielen ihr die Augen zu. Sie schlief ein.

Der Überfall auf das Fort begann zwei Stunden vor Tagesanbruch. Ein aufgeregtes Durcheinander auf der Nordpalisade riss Jenny aus dem Schlaf. Schon fielen die ersten Schüsse und in der Nähe des Forts war ein Geheul zu vernehmen, das sich zu einem ohrenbetäubenden Kreischen steigerte. Das Echo der Schüsse war noch nicht verhallt, als das Fort zu voller Aktivität erwachte. Die Sergeanten brüllten ein Durcheinander von Befehlen, Soldaten stürzten schläfrig, halb bewaffnet und verwirrt aus den Baracken. Frauen, Kinder und alte Leute versammelten sich in den Schlafräumen. Die einzelnen Abteilungen stellten sich auf und bezogen ihre Posten, während das Stampfen und Wiehern der Pferde aus den Stallungen drang.

Hinter einem Planwagen versteckt, sah Jenny, wie Major Holland und sein Offiziersstab aus der Kommandantur traten. Major Holland hatte seinen Säbel umgegürtet. Sie kletterten die Leiter am Palisadenzaun hinauf und spähten durch die Schießscharten. Der Wind trug Jenny ihre aufgeregten Stimmen herüber.

»Sie haben uns ganz schön in der Zange. Wenn wir sie nicht aufhalten, werden sie in fünf Minuten über die Palisaden kommen.«

»Verdammt. Dann sind wir erledigt.«

»Noch ist nicht alle Hoffnung verloren.« Hollands Stimme klang gefasst. »Fort Ralston hat zurückdepeschiert. Major Benson befindet sich mit zweihundert Reitern knapp zwei Stunden von hier und hinter ihm folgt Colonel Ward mit seiner Einheit. Wenn wir das Fort bis Sonnenaufgang halten, haben wir die Chance, unsere Skalps noch einmal zu retten.«

Jenny, die sich am Palisadenzaun entlangtastete, entdeckte plötzlich eine Ritze zwischen den Balken, groß genug, um hindurchzuspähen. Was sie sah, verschlug ihr fast den Atem. Der erste Schein der Dämmerung lag über der Wüste. Im fahlen Grau des anbrechenden Tages näherten sich die Indianer dem Fort. Sie ritten weit schwärmend und bildeten eine riesige, gebogene Sichel. Viele hatten Pechfackeln bei sich, mit denen sie ihre Pfeile in Brand setzen würden.

Hollands Stimme war von oben her ganz deutlich zu vernehmen.

»Schauen Sie sich das nur mal an. Da werden wir gleich was erleben!«

Er hatte kaum zu Ende gesprochen, als ein schriller, lang gedehnter Schrei die atemlose Stille brach. Der Donner der Pferdehufe rollte wie ein Trommelfeuer durch das Tal. Gleichzeitig sonderten sich zwei Trupps von der Hauptmacht ab und ritten wild schießend um das Fort herum.

»Feuer frei«, brüllte Major Holland.

Die Salve krachte und dann folgte von allen Seiten ein knatterndes Einzelfeuer. Die Karabiner trafen genau und die Männer hinter den Schießscharten waren erfahrene Schützen. Mehrere Mustangs stürzten wiehernd und um sich schlagend zu Boden. Andere Apachen brausten über das schreiende, wirbelnde Knäuel der gestürzten Reiter hinweg, stürmten an die Palisaden heran und schossen ihre brennenden Pfeile ab, bevor sie ihre Pferde herumrissen und nach rechts und links ins offene Tal zurückjagten. Im hohen Bogen durchschnitten die brennenden Pfeile die Dämmerung, senkten sich wie Sternschnuppen auf Dächer und Palisaden. Funken sprühten über das Holz, Flammen züngelten auf, Rauchfahnen wirbelten empor. Ein herber, ekelerregender Geruch breitete sich aus. Soldaten und Zivilisten liefen mit Eimern hin und her, andere bildeten eine Kette,

um das Feuer zu löschen. Von allen Palisadenzäunen zielten die Gewehrsalven in die Masse der angreifenden Indianer.
»Zum Teufel, was machst du denn hier?«
Ein Soldat, grau im Gesicht, kam mit einem Karabiner angerannt. Jenny drückte sich gegen die Wand, doch der Soldat packte sie, stieß sie rau vor sich her.
»Weg von der Palisade. Herunter auf den Boden ... verdammt.«
Plötzlich verzerrte sich sein Gesicht. Er ließ seinen Karabiner fallen und sank in die Knie. Jenny sah einen Pfeil in seinem Rücken stecken. Der Mann kippte nach vorn, stürzte auf die Seite und blieb liegen.
Jennys Herz hämmerte gegen die Rippen. Einige Atemzüge lang starrte sie auf den Toten, dann bückte sie sich und hob seinen Karabiner auf. Sie hatte noch nie einen Karabiner in den Händen gehalten, aber sie wusste, wie man damit umging. Niemand beachtete sie, als sie auf den Gefängnisbau zulief. Der Wachraum war leer. Jeder Mann im Fort wurde zur Verteidigung an den Palisaden gebraucht. Der Schlüssel zu den Zellen hing noch an der gleichen Stelle. Jenny hob ihn vom Ring ab. Ihre tastenden Finger fanden das Schloss. Sie drehte den Schlüssel. Die eiserne Tür ging quietschend auf. Vor ihr lag ein Gang mit vier Zellen. Drei davon waren leer.
»Chuka?«, rief sie leise.
Sie hörte eine Bewegung. Im blassen Licht, das durch das Viereck der offenen Tür fiel, konnte sie Chukas Hände zwischen den Gitterstäben erkennen und das Weiße seiner Augen sehen. Auch er hatte die Schüsse von draußen gehört.
»Die Apachen?«, fragte er atemlos. Sie nickte, während sie hastig versuchte, den Schlüssel im Schloss zu drehen. Doch der Schlüssel passte nicht. Jenny schüttelte ärgerlich den Kopf. Der Wachsoldat musste den Schlüssel zu den einzelnen Zellen bei sich tragen.
»Geh zur Seite«, sagte sie. Chuka wich zurück und presste sich an die Wand. Jenny richtete den Karabiner auf das Schloss und drückte ab. Der Schuss hallte dumpf durch den leeren Bau. Die

Tür sprang eine Handbreit auf und Chuka zwängte sich durch den Spalt. Ihre Ohren dröhnten, sie husteten vom Pulvergeruch, als sie durch den Wachraum liefen. Draußen war das Gefecht in vollem Gange. Stickiger Brandgeruch lastete über dem Fort. Einige Apachen waren bereits bis an die Palisaden herangekommen. Sie führten Seile mit sich, die mit Widerhaken versehen waren. Geschickt und blitzschnell wurden diese Seile in die Höhe geworfen, wo sie an den Pfählen hängen blieben. Die Indianer zogen sich mit größter Behändigkeit an ihnen empor. Einigen war es schon gelungen, über die Palisaden zu klettern. Die Luft war vom Kampfgeschrei und vom ständigen Donnern der Schüsse erfüllt. Jenny und Chuka sahen sich an, sie hatten die gleiche Verzweiflung in den Augen. Wie sollten sie nur dieser Falle entkommen?
Plötzlich stieß Jenny einen Schrei aus. Die brennenden Pfeile hatten die Stallungen getroffen: Das Dach fing Feuer. Sie rannten auf die Stallungen zu. Die Soldaten waren schon dabei, die Pferde und Maultiere aus den Boxen zu zerren. Andere versuchten, den Brand zu löschen, aber die Flammen griffen um sich. Jenny und Chuka liefen voller Angst im Gedränge hin und her. Wo war der Hengst? Jenny packte verzweifelt Chukas Handgelenk. Ihre Nägel gruben sich in seine Haut, ihre Stimme überschlug sich. »Sie haben ihn in einer Einzelbox angebunden. Die Soldaten haben ihn vergessen oder wissen überhaupt nicht, dass er da ist.«
Die Männer quälten sich mit den Pferden ab, die in panischer Angst ausschlugen und zur Seite sprangen. Jenny wollte in das Gebäude stürzen. Ein Soldat mit rußgeschwärztem Gesicht brüllte sie an und stieß sie heftig zurück.
»Aufpassen. Weg da. Du kannst hier nicht durch.« Jennys Gesicht glühte vor Hitze. Sie hustete, die Nase lief, ihre Augen füllten sich mit Tränen. Sie musste den Hengst retten, aber wie? Chuka packte sie an den Schultern und riss sie zurück.
»Warte, ich hole ihn.«
Panik erfasste sie. »Das wirst du nicht schaffen.«
»Er ist mein Bruder«, schrie Chuka. Halb betäubt vor Entsetzen

sah Jenny, wie er an den Soldaten vorbeirannte. Einer versuchte, ihm den Weg zu versperren. Chuka schlug einen Haken wie ein Hase und tauchte in den bläulichen Rauch ein.
Beißender Qualm machte sich in den Stallungen bemerkbar. Hier und da brannte schon das Stroh, doch durch die Fenster kam ein Luftzug, der den Rauch verteilte. Chukas Blick fiel auf ein Halstuch am Boden, das ein Soldat verloren hatte. Er hob das Tuch auf, knotete es sich hastig um Mund und Nase. Die meisten Pferde waren schon hinausgeschafft worden, aber Chuka begegnete noch einem Mann, der zwei wild ausschlagende Füllen mit sich zerrte. Chuka drückte sich an die Wand, um die Tiere vorbeizulassen. Der Soldat hatte ihn nicht bemerkt. Chuka rannte weiter. Er kam durch den Geräteraum, dann durch den Wachraum der Stallsergeanten. Hier war der Rauch noch kaum zu spüren. Durch den Lärm, der von draußen hereindrang, hörte Chuka plötzlich ein schrilles, angstvolles Wiehern. Es kam aus nächster Nähe. Chuka bemerkte eine Tür, die zu den Einzelboxen führte. Vor Erleichterung brach ihm der Schweiß aus, als er Flammender Stern mit gespreizten Beinen und wild rollenden Augen in einer Box stehen sah. Seine Zähne waren entblößt, die Ohren angelegt. Das Tier spürte die Gefahr und versuchte vergeblich, sich loszureißen. Behände kroch Chuka unter der Stange durch, die die Box teilte, und band das Pferd los.
»Komm«, keuchte er.
Flammender Stern hinter sich herziehend, trat er auf die Tür zu. Plötzlich ertönten ein Zischen, ein Krachen und Bersten: Eine blaue Rauchwolke, durchsetzt mit Funken, stieg auf. Chuka wich zurück. Sein Herz klopfte zum Zerspringen. Ein Teil des Holzdaches war eingestürzt und schnitt ihnen den Weg ab. Das Feuer griff im vorderen Raum schnell um sich. Die Hitze schlug ihm in stickigen Wellen entgegen. Der Rauch wurde dichter, die Flammen fraßen sich rasch durch das Holz. Hustend drängte sich Chuka an die klebrige Flanke des Hengstes. Sie riskierten, bei lebendigem Leibe zu verbrennen. Er kämpfte gegen die Panik an. Wenn ihm doch bloß ein klarer Gedanke kommen woll-

te! Einen Durchbruch versuchen? Aber nein, er würde es nicht schaffen. Nicht mit dem Pferd ... Das Fenster? Ja, das war eine Möglichkeit: Er konnte die Scheiben zerschlagen und entkommen. Aber dann musste er das Pferd seinem Schicksal überlassen. Chuka biss sich die Lippen blutig. Was tun? Auf einmal hatte er eine Idee. Die Stallwand war aus Brettern gezimmert. Vielleicht war der Hengst stark genug, sie mit den Hufen einzuschlagen? Aber wie konnte er Flammender Stern dazu bringen? Mit aller Kraft stemmte sich Chuka an die breite Brust des Pferdes und drängte ihn rückwärts gegen die Stallwand.

»Schlag zu!«, keuchte er. »Mach uns den Weg frei! Sonst sind wir beide verloren ...«

Und das Wunder geschah: Flammender Stern begriff, was von ihm erwartet wurde. Er spannte die Hals- und Rückenmuskeln, stemmte sich mit den Vorderhufen fest, während seine Hinterhufe mit aller Gewalt gegen die Stallwand schlugen. Chuka sah die Planken erzittern und schöpfte neue Hoffnung.

»Noch einmal!«, schrie er. »Streng dich an! Wir werden es schaffen!« Gelber Speichel floss aus dem Maul des Hengstes. Wieder und wieder hämmerten seine Hufe wie Keulenschläge gegen die Bretter. Der Rauch wurde dichter. Chukas Atem rasselte. Ihm war, als brenne das Feuer auch in seiner eigenen Brust. Noch einmal sammelte das erschöpfte Tier seine Kräfte und schlug so fest gegen das Holz, dass eine Planke mit splitterndem Krachen zerbarst. Im selben Augenblick entdeckte Chuka in einer Ecke einen Spaten. Er packte ihn und schlug gegen die Bretter, bis sie sich lösten. Jetzt hätte er hindurchgepasst, doch die Öffnung war für das Pferd nicht groß genug. Auf einmal wurden hinter der Wand aufgeregte Stimmen laut. Die Männer hatten das eingeschlossene Tier bemerkt. Mit Äxten und Karabinerkolben schlugen sie weitere Bretter los. Die Hitze wurde unerträglich, schon brannte das Stroh und die Flammen leckten die Wände, als es Chuka endlich gelang, den Hengst ins Freie zu ziehen. Halb erstickt, am Ende seiner Kraft, brach das Pferd durch die Stallwand. Rauch und glühende Funken wirbelten

hinter ihm auf. Chukas Lungen füllten sich wieder mit Luft. Er atmete wie ein Ertrinkender, stolperte und fiel auf die Knie. Alles wurde schwarz vor seinen Augen.
»Chuka! Schnell! Weg von hier!« Jennys Stimme riss ihn aus seiner Benommenheit. Sie half ihm auf die Beine, stützte ihn und führte ihn von der Stallwand weg, wo jetzt die Flammen knisternd und brausend loderten. Flammender Stern war nicht unverletzt davongekommen: Blutige Hautfetzen hingen an seinen Fesseln. Schweiß und Blut liefen in klebrigen Rinnen über seine Flanken.
Das Pferd mit sich ziehend, hasteten sie verstört weiter. Das Lärmen des Feuers, das zu einem dumpfen Prasseln anschwoll, erstickte alle anderen Geräusche. Doch plötzlich hob Chuka den Kopf und lauschte.
»Hör doch mal, was ist das?«
Jenny lauschte ebenfalls und traute ihren Ohren nicht. War sie von Sinnen oder blies da wirklich eine Trompete? Auf einmal ging ihr ein Licht auf. Ihr Herz klopfte in wilder Hoffnung.
»Das sind die Verstärkungstruppen. Jetzt werden sie die Tore öffnen.«
Sie spähten durch eine Ritze im Holz, gerade rechtzeitig, um einige hundert blau uniformierte Männer auf die Indianer losstürmen zu sehen. Als die Abteilung mit gezückten Säbeln die Apachen angriff, bog ein Teil der Indianer in weitem Bogen ab, sodass sich die ganze Schlachtlinie talabwärts nach Süden verlegte.
»Sie ergreifen die Flucht«, sagte Chuka halb laut, ohne dass Jenny herausfinden konnte, welche Gefühle diese Feststellung in ihm weckte. Die Truppe nahm mit fliegenden Wimpeln und Trompetengeschmetter die Verfolgung auf, als ein Ruf von der Palisade gellte:
»Da sind sie wieder. Sie kommen durch das Tal zurück.«
Die Staubwolke, die unter den galoppierenden Indianerpferden aufwirbelte, war deutlich zu sehen. An der Spitze der Indianer ritt ein hochgewachsener Krieger, dessen rotes Stirnband in der aufgehenden Sonne leuchtete.

»Das ist Lupe«, flüsterte Chuka. »Er greift erneut an . . .« Der Überraschungsvorstoß war jedoch für die Apachen nur von geringem Vorteil, denn die Armeetruppen formierten sich sofort zum Gegenschlag. Die Indianer vermochten ihrem Angriff nicht standzuhalten. Die Reihen brachen wieder auseinander und diesmal endgültig. Lupe setzte zum letzten Mal mit dreißig oder vierzig Kriegern zum Sturm an, aber er schwenkte vor dem Zusammenprall scharf ab. Die Indianer zogen sich bis an die Hügel zurück. Sie ließen ihre Pferde kreisen und schienen sich zu beraten. Aber schon wurde im Osten eine hohe Staubwolke sichtbar: Es waren die restlichen Reservetruppen, die heranrückten. Die Apachen schienen zu zögern, dann lief ein geheimnisvolles Signal durch die Reihen der Krieger. Die ganze Horde setzte sich in Bewegung und floh. Sie schleppten ihre Toten und Verwundeten mit, außer jenen, die beim Ansturm auf die Palisaden ihr Leben verloren hatten. Eine Weile später erreichten die Reservetruppen das Fort. Die Verpflegungs- und Munitionswagen, mit trabenden Pferden bespannt, rollten in einer Staubfahne hinterher. Die Männer auf den Palisaden jubelten und schwenkten ihre Gewehre. Frauen und Kinder stürzten aus den Baracken. Die Torflügel schwenkten auf. Im goldroten Sonnenlicht ritten die Truppen Staub aufwirbelnd in das Fort ein. Major Benson, der die Einheit anführte, brachte seinen Rappen in einer kunstvollen Parade vor Major Holland zum Stehen und salutierte mit dem Degen. Holland erwiderte den Gruß mit seiner behandschuhten Linken: Seine rechte Hand war mit einem blutbefleckten Verband umwickelt. Jetzt hielt er eine kurze Ansprache, lobte den Mut und die Tapferkeit seiner Soldaten, die Kühnheit der Verstärkungstruppen und schloss seinen Dank für Major Benson an. Eine kurze atemlose Stille folgte, dann brach der Jubel los. Die Männer warfen ihre Hüte in die Luft, die Frauen winkten und klatschten.

»Jetzt«, flüsterte Jenny.

Chuka verschränkte die Hände und half Jenny aufzusitzen. Sie ergriff die Zügel, während der Indianerjunge mit einem Satz hinter ihr auf dem Pferderücken landete. Eine Sekunde lang saß Jenny unbeweglich da, wie um ihre Kräfte zu sammeln. Dann biss sie die Zähne aufeinander und grub die Fersen in die Flanken des Pferdes. Sie spürte, wie der Hengst die eisenharten Muskeln spannte, dann schnellte er schon vorwärts. Er streifte einen Soldaten, der sich ihm entgegenstellen wollte, und raste in vollem Galopp über das Exerzierfeld, dem Tor entgegen. Stimmengewirr brandete ihnen entgegen. Chuka und Jenny sahen, wie Crosh sich durch ein aufgeregtes Menschenknäuel schob. Er warf beide Arme in die Luft und versuchte, dem Hengst den Weg abzuschneiden. Flammender Stern brach so wild zur Seite aus, dass Jenny fast zu Boden geschleudert wurde. Crosh wollte die Zügel packen. Da richtete Flammender Stern sich auf und wieherte schrill. Seine Augen flackerten. Der Schweif peitschte den Sand, die Hufe wirbelten durch die Luft, verfehlten um Haaresbreite Croshs wutverzerrtes Gesicht. Schon fiel der Hengst auf die Vorderhufe zurück, raste pfeilschnell an den Soldaten vorbei, die wie angewurzelt dastanden.

»Das Tor. Schließt das Tor«, brüllte Crosh in höchster Erregung.

Zwei Wachen stemmten ihre Schultern gegen die Flügel, doch Flammender Stern war schneller: In letzter Sekunde, bevor das Tor sich schloss, schoss er wie ein Pfeil durch die Öffnung. Und als die Soldaten schreiend zusammenliefen, raste das Pferd schon über die Ebene. Einige Atemzüge lang stand Crosh wie versteinert und starrte dem davonjagenden Hengst nach. Seine Augen funkelten wild und sein dunkles Gesicht war gerötet. Dann stieß er einen Fluch aus, warf sein Gewehr über die Schulter und lief erstaunlich schnell auf einen großen braunen Wallach zu. Er schwang sich in den Sattel, bohrte dem Tier die Sporen in die Flanken. Der Wallach streckte den Rumpf und sprengte durch das Tor. Crosh lockerte die Zügel und gab dem Tier den Kopf frei. Mit halsbrecherischer Geschwindigkeit donnerte der Wallach über den Sand. Nach mexikanischer Art hing eine Peitsche am Sattelschuh unter Croshs Knie. Der Mann schwang sie durch die Luft. Allein der Ton genügte: Der Wallach, der sich vor der Peitsche fürchtete, galoppierte noch schneller. Crosh zeigte grinsend seine weißen Zähne. Die Kleine würde er schon einholen und diesmal würde sie sich wundern. Er berührte mit der Spitze des Riemens die Flanken seines Pferdes. Immer wilder, immer ungestümer wurde der Galopp. Crosh sah die Gestalt des fliehenden Hengstes zwischen den Felsbrocken auftauchen und wieder verschwinden. Und obgleich sein Verstand ihm hätte sagen müssen, dass es fünf Meilen im Umkreis von feindlichen Indianern wimmelte, war er nur von dem Gedanken besessen, das Pferd einzuholen. Blind vor Wut, grub er die Sporen wieder und wieder in die blutenden Flanken seines Tieres. Und der Wallach, von Schmerz und Furcht getrieben, übertraf sich selbst: Er schien mit seinen hämmernden Hufen den Boden kaum noch zu berühren.

18. Kapitel

Chuka und Jenny hatten längst gemerkt, dass sie verfolgt wurden, doch sie vertrauten auf die Schnelligkeit des Hengstes. So stark waren seine Kräfte, dass er die beiden Reiter und seine zahlreichen Wunden kaum zu spüren schien. Doch sein Fell dampfte und dicke Schaumflocken lösten sich von seinen Nüstern.
Auf einmal sah Jenny vor sich auf dem Hügelkamm die Gestalt eines einzelnen Reiters. Sein rotes Stirnband war trotz der Entfernung deutlich zu erkennen. Jenny spürte, wie lähmendes Entsetzen in ihr aufstieg. Sie hatte eine Chance gehabt, Crosh zu entkommen, aber Lupe würde sie nicht abschütteln können.
Oben auf dem Hügel hob der Häuptling den Arm. Sein Speer blitzte in der Sonne. Gleichzeitig ertönte ein gellender, lang gezogener Ruf. Und kaum war das Echo dieses Rufes verklungen, als eine Reiterfront wie eine Meereswoge über den Hang flutete. Der Boden erzitterte unter dem Aufschlagen der unzähligen Hufe. Jenny stieß einen kurzen, verzweifelten Schrei aus. Sie riss den Hengst auf der Hinterhand herum, jagte ihn in die andere Richtung. Eine Gewehrsalve krachte; sie hörten die Kugeln pfeifen. Doch plötzlich trat Stille ein. Als Jenny und Chuka einen Blick über ihre Schultern warfen, sahen sie, dass die Apachen angehalten hatten. Nur ein einziger Reiter jagte ihnen mit selbstmörderischer Geschwindigkeit nach: Es war Lupe. Seine scharfen Augen hatten Chuka erkannt. Er wusste, dass er den Sohn der Medizinfrau schonen musste. Aber er wollte das Pferd. Er hatte auch den Weißen gesehen, der in kurzer Entfernung den Hengst verfolgte. Lupe ahnte, was der Mann wollte, und verzog geringschätzig die Lippen. Der Narr würde ihm nicht entkommen. Er hatte seinen Kriegern befohlen, das Feuer einzustellen: Er wollte dem Weißen keinen schnellen Tod ge-

währen. Die Apachen hatten eine schwere Niederlage erlitten und viele Tote waren zu beklagen. Der eine da sollte langsam sterben, um für alle anderen zu büßen. Jenny spürte, wie Flammender Stern am ganzen Körper zitterte. Wie lange würde er wohl noch durchhalten? Plötzlich hörte sie Chukas aufgeregte, atemlose Stimme:

»Jenny . . . wir reiten auf die Rote Schlucht zu.«

Das Blut gefror Jenny in den Adern. Zu spät merkte sie ihren verhängnisvollen Irrtum. Als sie vorhin die Richtung wechselte, hatte sie nicht mehr an die Rote Schlucht gedacht, die sich wie der Einschnitt eines riesigen Säbelhiebes durch die Ebene zog. Vor Tausenden von Jahren musste bei einem Erdbeben diese mehr als hundert Meter tiefe Kluft entstanden sein. Jennys Atem flog. Der Weg war ihnen abgeschnitten. Nie würde Flammender Stern dieses Hindernis überwinden. Es blieb ihr auch keine Zeit mehr, die Richtung zu ändern; ihre Verfolger kamen immer näher. Wieder krachte ein Schuss und dann ein weiterer. Crosh ballerte drauflos. Er musste gemerkt haben, dass sie auf die Schlucht zujagten, und wollte das Pferd um jeden Preis retten. Alles wickelte sich jetzt in höllischem Tempo ab. Crosh warf seine leeren Colts weg, zerrte sein Gewehr von der Schulter und zielte. Jenny hörte einen Schuss und spürte einen brennenden Schmerz im rechten Arm. Als sie instinktiv nach der Wunde tastete, verlor sie das Gleichgewicht, kippte seitwärts vom Pferd und schlug hart auf dem Boden auf. Sterne kreisten vor ihren Augen, doch sie verlor nicht das Bewusstsein. Wie durch einen Nebel sah sie Chuka an den Zügeln reißen. Noch bevor der Hengst stand, ließ er sich zu Boden gleiten.

»Lauf«, schrie er. »Schütz dich selbst.«

Er gab dem Pferd einen Klaps auf die Hinterhand. Flammender Stern schnaubte heiser und sprang zur Seite. Chuka hob ein paar Steine auf und warf sie nach dem Tier.

»Vorwärts!«, brüllte Chuka. »Mach, dass du wegkommst!«

Flammender Stern blähte die Nüstern. Mit dumpfem Hufschlag setzte er sich in Bewegung. Chuka schleuderte ihm noch einen Stein nach. Flammender Stern schwenkte ab und fiel in Galopp. Staub wirbelte unter seinen Hufen auf. Seine Mähne loderte wie dunkle Flammen. Er hatte jetzt nur noch einen kurzen Vorsprung. Chuka sah die beiden Reiter heranstürmen. Er lief auf Jenny zu, die benommen am Boden lag, und warf sich schützend über sie. Vielleicht musste er jetzt sterben, aber auch das war ihm gleichgültig. Doch die beiden Männer in ihrer Besessenheit hatten nur den Hengst im Sinn. Chuka schloss bebend die Augen, als sie von einem Hagel von Steinsplittern getroffen wurden, den die Hufe der vorbeigaloppierenden Pferde aufwirbelten. Fassungslos hob er den Kopf und half Jenny, sich aufzurichten. Der Arm des Mädchens blutete, aber sie beachtete die Wunde nicht. Ihre vor Schreck weit aufgerissenen Augen waren auf den Hengst gerichtet, der in langen Sätzen auf die Rote Schlucht zuraste. Lupe und Crosh galoppierten fast auf gleicher Höhe hinterher. Beide wussten, dass die Kluft, die sich wie eine ungeheure Narbe über die Ebene zog, dem Pferd den Weg versperrte. Crosh hatte seinen Hut verloren. Er kniff die Augen in der prallen Sonne fest zusammen, als er sein Gewehr auf den Indianer richtete. Lupe ließ sich auf die Seite seines Falben gleiten, sodass er durch den Körper seines Pferdes geschützt war. Crosh feuerte noch zwei Schüsse ab, dann war sein Magazin leer. Schon richtete Lupe sich auf, während er sein Pferd in vollem Galopp auf Croshs Wallach zu lenkte. Er hob seinen Arm mit kraftvoller Gebärde. Der lange Speer mit der blinkenden Spitze flog durch die Luft. Er sirrte an Crosh vorbei und bohrte sich in den Sand. Und in dem Augenblick, da beide Pferde Seite an Seite stürmten, erreichte Flammender Stern den Rand der Schlucht. Ungläubig, fassungslos, sahen Chuka und Jenny, wie sich der Hengst mit einem gewaltigen Sprung vom Boden löste und über die Schlucht setzte. Für den Bruchteil einer Sekunde schien er in einer Luftspiegelung zu fliegen. Dann ein harter Aufprall, ein Aufsprühen von Sand. Der Hengst erklomm die Böschung. Doch jetzt, da er vor seinen Verfolgern sicher war, versagten ihm die Kräfte. Er zitterte am ganzen Körper. Ein dumpfes Schnauben ließ seine Kehle und Flanken beben.

Jenny klammerte sich an Chuka.

»Hast du es gesehen?«, stammelte sie. »Hast du es gesehen?«

»Die Geister schützen ihn«, flüsterte der Indianerjunge mit bleichen Lippen.

Crosh und Lupe hatten ihre Pferde gezügelt. Sekundenlang starrten sie sich hasserfüllt an. Dann trieb Lupe seinen Falben gegen das sich aufbäumende Pferd des Weißen. Crosh nahm sein Gewehr als Keule und schwang es über seinem Kopf. Der Apache duckte sich vor der Waffe, packte den Weißen von hinten und riss ihn vom Pferd. In enger Umklammerung fielen sie zu Boden, doch es gelang Crosh, den Apachen zurückzustoßen. Nur knapp voneinander entfernt kamen beide gleichzeitig auf die Beine. Einige Atemzüge lang standen sie sich glühend vor Hass gegenüber, dann – wie auf Verabredung – griffen beide zur einzigen Waffe, die ihnen noch blieb: dem Messer. Zuerst duckte sich Crosh in Abwehrstellung und wartete auf Lupes Angriff, der ihn mit gleitenden Schritten umkreiste. Plötzlich schnellte der Apache vor. Crosh sah den blitzschnellen Bogen, den die Klinge beschrieb, bevor sie ihn von unten her traf. Er spürte, wie die Messerspitze sein Lederhemd aufschlitzte und eine rote Linie auf der Haut hinterließ, aus der Blut hervorquoll. Doch es gelang ihm, das Messer abzuwenden, während Lupe seinen Angriffsschwung in einer geschmeidigen Drehung auffing. Crosh versuchte einen Kniff, indem er geschickt sein Messer von der rechten Hand in die Linke hinüberwechselte, aber Lupe als erfahrener Kämpfer kannte den Trick. Er täuschte einen Rückzug vor, und als Crosh auf ihn losging, trat er mit aller Kraft gegen seine linke Hand. Crosh stieß ein Grunzen aus und öffnete die Finger: das Messer fiel in den Staub. Doch er warf sich sofort auf seinen Gegner und beide fielen zu Boden. Und während sie miteinander rangen und sich auf dem Boden wälzten, kamen sie dem Rand der Kluft immer näher. Crosh versuchte, sich zu befreien, und packte Lupes Arm, der das Messer hielt. Er drehte den Arm so weit, bis der Ellbogen mit hässlichem Knacken aus dem Gelenk sprang. Das hübsche Gesicht des Indianers verzerrte sich vor Schmerz. Und in dem Augenblick, als er das Messer fallen ließ, rollten beide Männer, vom eigenen Schwung mitgerissen, über den Rand. Der Schrei, der ihren Sturz in den Abgrund begleitete, wurde vom Echo über die Ebene getragen. Er dehnte sich, dehnte sich endlos . . . und plötzlich kehrte wieder Stille ein. Das Sirren und Poltern vereinzelter Steine, die von Absatz zu Absatz in die Tiefe sprangen, war noch eine Weile zu hören. Dann verhallte auch dieses Geräusch und nur der Wind strich flüsternd über die Felsen.

Keuchend, nach Atem ringend, wandten Chuka und Jenny einander das Gesicht zu. Ihre Haut war schweißverklebt und das gleiche Entsetzen spiegelte sich in ihren Augen wider. Chuka schlang die Arme um das zitternde Mädchen, drückte sie so eng an sich, dass er das dumpfe Schlagen ihres Herzens vernahm.

»Es ist vorbei . . .«, flüsterte er. »Flammender Stern hat seine Feinde besiegt.«

Er nahm sie behutsam an den Schultern und zog sie hoch. Ihr Gesicht verzog sich schmerzvoll, sie presste die Hand auf ihre Verletzung. Die Kugel hatte den Arm nur gestreift. Die Wunde blutete stark, aber sie würde rasch heilen. Und während Chuka ihr half, ihren Ärmel in Streifen zu reißen, um die Wunde zu verbinden, stand Flammender Stern mit wehender Mähne auf einer Erhebung am Rand der Kluft. Er wölbte den Hals, warf den Kopf zurück und sandte über die Rote Schlucht sein helles, triumphierendes Wiehern.

19. Kapitel

Düstere Rauchfahnen zogen sich über die Lichtung. Wie es der Brauch vorschrieb, sammelten die Familien der getöteten Apachen alle Gegenstände ein, die den Toten gehört hatten, um sie zu verbrennen. Auch ihre Pferde und ihre Hunde wurden getötet und der Name der Verstorbenen durfte nicht mehr erwähnt werden. Die Witwen schnitten ihr langes Haar ab, entfernten jede bunte Verzierung von ihren Kleidern und rieben ihr Gesicht mit Asche ein. Ihr Wimmern und Schluchzen stieg mit den Rauchschwaden in den Morgenhimmel.

Eine Gestalt zeichnete sich vor dem Eingang der Hütte ab und Nita trat ein. Die ganze Nacht über hatte sie die Verwundeten gepflegt und versucht, ihre Schmerzen zu lindern. Jenny blickte traurig auf Nitas abgezehrtes Gesicht. Ihre Augen wirkten wie von Rauch getrübt, ihre Nasenflügel waren seltsam eingefallen. In einer Ecke der Hütte stand ein Gefäß mit frischem Wasser. Chuka füllte einen Schöpflöffel und reichte ihn Nita. Die Medizinfrau trank in durstigen Zügen. Dann sprach sie leise:

»Hört das Wehklagen unseres Volkes. Das Schluchzen der Frauen ist wie Wind in den Weiden. Ich wünsche, dass dieses Geräusch in eure Herzen dringt.«

Chuka und Jenny senkten den Kopf. Ein Seufzer hob Nitas Brust.

»Folgt mir«, sagte sie zu den Kindern.

Sie traten hinter ihr aus dem Wickiup. Flammender Stern, der neben der Hütte stand, rieb zärtlich seine Wange an Jennys Haar und trabte hinter ihr her.

Sie folgten Nita durch den lichten Wald am Bachufer und den Berghang hinauf. Nita ging langsam mit hoch erhobenem Kopf und setzte die Füße leicht einwärts. Ihr Haar bedeckte ihre Schultern wie ein schimmernder schwarzer Schleier.

Hoch oben auf einem Felsabhang blieb Nita stehen. Der Wind kam ihnen entgegen und die Luft war klar. Unter ihnen dehnte sich die Landschaft aus: die roten Berge, die dunklen Waldzüge und die Wüste voller Licht und Sand, die am Horizont mit dem türkisblauen Himmel verschmolz.
Nitas gedämpfte Stimme brach das Schweigen. »Dies war einst das Land der Apachen. Von jetzt an wird es auch das Land der Weißen sein. Aber sie werden erst lernen müssen, was Land und Erde wirklich bedeuten . . .«
Sie zog einen kleinen, sichelförmigen Dolch aus ihrem Gürtel, ergriff Chukas Linke und Jennys rechte Hand und ritzte unter dem ersten Gelenk des Ringfingers die Haut leicht ein. Dann presste sie die Wunden aufeinander, sodass das Blut sich vermischte, und sprach:
»Nun seid ihr nicht mehr ein Indianer und eine Weiße, sondern ihr seid Kinder der Erdmutter. Sie wird zu euch sprechen im Rauschen des Windes, im Murmeln der Quellen, im Flug der Vögel und im summenden Tanz der Bienen . . .«
Sie lächelte Jenny an.
»Die Erde lebt. Fühlst du es?«
Sie nahm behutsam ihre Hand und legte sie auf einen Felsen. Und Jenny spürte den Pulsschlag der Erde, der wie ein Strom in ihr Blut überging und bis in ihr Herz drang.
Nita fuhr fort:
»Flammender Stern ist für euch das Zeichen des Lebens. Für jene aber, die ihn missbrauchen wollen, stellt er den Tod dar. Die Natur lässt sich nicht bezwingen. Aber es wird noch viel Zeit vergehen und großes Unheil wird geschehen, bevor die Menschen einsehen, dass eine verwüstete Erde ihren eigenen Untergang bedeutet. Denn erst wenn sie die Mutter wieder verehren, werden sie die Waffen für immer niederlegen . . .«
»Werden wir diese Zeit erleben?«, fragte Chuka mit glänzenden Augen.
»Nein, ihr nicht.« Nitas Lächeln war traurig, aber ihre Stimme war voller Zuversicht. »Doch ihr müsst die Vorbedingungen

dazu schaffen und eure Kindeskinder werden euch dafür danken.«

Sie wandte sich ab und blickte traumbefangen in die Ferne. Ihr Geist war so weit entrückt, dass nichts mehr von ihrer Umgebung für sie wahrnehmbar schien.

Chuka berührte Jennys Hand.

»Komm«, sagte er. Beim Klang seiner Stimme hob Flammender Stern den Kopf und es war, als schauten sie einander an. Dann trabte er ihnen voraus, den langen Schweif hin und her schwingend. Und seine Hufe hallten, deutlich und klar, bis in das Herz der lauschenden Erde.

Ein Pferd für mich

1. Kapitel

Auf der Höhe des Bergrückens hielt Cathy ihr Pferd an. Drückende Hitze lag über dem ausgedörrten Tal. Die Ranch ihres Vaters sah von hier oben wie ein von Zündhölzchen umstellter Holzwürfel aus. Die Pferde im Korral machten einen erschöpften Eindruck. Der alte Lord hatte sich an einer schattigen Stelle beim Zaun ins dürre Gras gelegt, doch Ruby, die nervöse Stute, schlug unaufhörlich mit dem Schweif, um die Mücken zu vertreiben. Buster, den Cathy gerade ritt, hatte den schwierigen Charakter seiner Mutter; welche Mühe hatte sich Cathy gemacht, um das Pferd an Sattel und Zaumzeug zu gewöhnen! Auch jetzt duldete Buster nur Cathy auf seinem Rücken.
Ben O'Malley hatte es zu spüren bekommen. Selbstgewiss hatte er erklärt: »Ich treib dem Gaul schon die Flausen aus!« Nach langen Mühen saß er endlich im Sattel – doch zehn Sekunden später flog er durch die Luft und landete im Staub. Cathy, über den Zaun gelehnt, lachte Tränen. Fluchend und tief beleidigt hatte sich Ben hochgerappelt; doch im Grunde war er auf seine

Tochter stolz. Cathy war anders als die langweiligen Zierpuppen in Santa Fé, die mit einem rosa Schirmchen ihren Teint vor der Sonne schützten. Nein, da war doch seine Tochter aus anderem Stoff gemacht! Auf sie konnte man sich wie auf einen Sohn verlassen. Sie hatte Mumm in den Knochen. Unermüdlich und zäh – und dabei fröhlich und ohne Launen. Manchmal etwas frech und das war gut so. In diesem Land musste man schlagfertig sein, wenn man nicht unter die Räder kommen wollte!
Für junge Männer begeisterte sich Cathy überhaupt nicht. Das war ihm nur recht. »Wenn die Mädchen anfangen, nach den Jungen zu schielen, geht der Ärger los«, pflegte er zu sagen.
Kürzlich hatte Cathy lachend bemerkt: »Pa, wenn mich einmal einer heiraten will, muss er zuerst auf Buster reiten. Wenn er länger als fünfzehn Sekunden im Sattel bleibt, dann will ich es mir überlegen.«
»Bevor du ans Heiraten denkst«, war Bens Antwort, »musst du reich sein; sonst bekommst du nur einen Landstreicher. Aber nur Geduld, Cathy; lass deinen alten Vater nur machen. Bald haben wir in Santa Fé ein großes Haus, du bekommst die schönsten Kleider und dazu ein Gespann mit einem Kutscher, wenn du zum Tanzen fahren willst.«
Cathy zuckte nach dieser schönen Rede nur mit den Schultern. Sie hatte nicht die geringste Lust, gestärkte Unterwäsche zu tragen, sich in Kleider zu zwängen, in denen man kaum atmen konnte, unter Hüten wie Wagenräder hervorzuschielen und sich mit Bändern und Blumen zu behängen. Morgens bis abends lief sie in einem alten Baumwollkleid oder Blue Jeans herum und fühlte sich frei wie ein Vogel. Außerdem, was sollte sie mit einem Gespann anfangen? Sie brauchte keinen Kutscher, um zum Tanzen oder sonst wohin zu fahren. Selber zu reiten, war doch viel besser! Obendrein konnte sie gar nicht tanzen, und falls diese eingebildeten jungen Dinger aus der Stadt sich über sie lustig machen sollten, würde sie ihnen die schauderhaften, mit Blumen und Federn garnierten Hüte von den Köpfen reißen und Buster zum Fressen geben!

Übrigens machte sich Cathy keine Illusionen: Sie und ihr Vater würden niemals reich sein. Ben beackerte zwar mit der sprichwörtlichen irischen Hartnäckigkeit seine Mais- und Süßkartoffelfelder, verschwendete aber die meiste Zeit damit, auf seinem Besitztum eine Goldader zu suchen. Stundenlang sah man ihn im Staub, Kies und Geröll unter der brennenden Sonne herumkriechen. Cathy spaltete unterdessen Holz, pumpte Wasser, versorgte die Pferde, die Schafe und die Kaninchen. Kam Ben abends mürrisch und zerschlagen nach Hause, weil er den ganzen Nachmittag auf den Knien herumgerutscht war und sich außerdem noch in ein Nest Riesenameisen gesetzt hatte, so empfing ihn Cathy fröhlich, munter, die Haare noch nass von einer Dusche unter der Pumpe. Sie gähnte nicht einmal nach ihrem anstrengenden Tag und wäre lieber stundenlang im Mondenschein spazieren gegangen, als sich ins Bett zu verziehen.
Ben aber stöhnte und jammerte: »Da sieht man es wieder! Du verspielst den ganzen Tag mit deinen Pferden im Korral und ich kann den ganzen Tag nur schuften, um die Familie zu ernähren!«
»Ja, Pa«, sagte Cathy freundlich, »du hast recht. Hier ist warmer Kaffee. Ich habe dir noch einen Kuchen gebacken. Setz dich und ruh dich aus; ich will inzwischen die Schafe eintreiben.«

Jetzt war Cathy gerade von Santa Fé zurückgekommen, wo sie, wie jede Woche, im Drugstore eingekauft hatte: Zucker, Mehl, Gewürze und einiges anderes. Buster war schwer beladen! Cathy hatte nicht den Laden verlassen, ohne eine riesige Tüte Pfefferminzbonbons mitzunehmen. Pfefferminzbonbons waren ihre Leidenschaft: Sie klebten so schön an den Zähnen! Danach war sie zwei Stunden in der Stadt umhergeschlendert. Es gab in Santa Fé eine Menge interessanter Dinge: dreistöckige, aus Ziegeln erbaute Häuser, Luxusläden, spanische Landhäuser mit Höfen voller Blumen und Sträucher, in denen schmachtende Señoritas, die süßen Gesichterchen mit schwarzen Spitzenschleiern verhüllt, gelangweilt auf und ab gingen. Hübsche und dekorative Zierpuppen, zu nichts anderem nutz als stundenlang zu sticken, Blumen zu pflücken, den Jungen nachzuschielen und zu klatschen. Von morgens bis abends aßen sie Torten und Kuchen. Kein Wunder, dass sie schnell dick wurden! Mit dreißig Jahren sahen sie aus wie ein Sack! Cathy wusste genau, dass sie selber nie so werden wollte!

Diese jungen Damen schauten sich die Augen aus dem Kopf, weil Cathy keine Strümpfe trug und im Herrensitz ritt. Sie zu ärgern, war zu jener Zeit Cathys liebster Spaß. Im tollen Galopp ritt sie auf die Gärten zu und stieß dabei gellend den Kriegsruf der Navajos aus, den Sarita sie gelehrt hatte. Wie aufgescheuchte Hühner stoben dann die Dämchen kreischend auseinander – und Cathy bog sich vor Lachen. Santa Fé machte Cathy zwar Spaß, aber wohnen wollte sie hier nicht. Zu viel Lärm, zu viele Wagen, zu viel Getratsche und zu viel ungesunder Staub. In den Straßen staute sich die Hitze. Regnete es einmal, so waren die hölzernen Gehwege von schmutzigem Schlamm überschwemmt. In dieser Stadt durfte man nicht einmal unbekümmert schlendern. Cathy dachte mit Schrecken an jenen Tag, als plötzlich ein roter, achtspänniger Feuerwehrwagen mit Getöse um die Ecke gebraust war und sie um ein Haar überfahren hätte!

Außerdem und vor allem gab es in Santa Fé eine Mrs Collins. Wie konnte es der Himmel nur zulassen, dass es auf Erden eine Mrs Agatha Collins gab!

Jedes Mal, wenn Cathy sich zu einem Ritt in die Stadt aufmachte, sagte Ben unweigerlich: »Vergiss nicht, bei Mrs Collins reinzuschauen!«

Und jedes Mal antwortete Cathy gereizt: »Ach Pa! Ist das wirklich notwendig? Du weißt doch, dass sie mich ganz verrückt macht! Wenn ich endlich von ihr loskomme, bin ich so gereizt, dass ich Revolverschüsse in die Luft feuern möchte!«

»Ich kann gut verstehen«, hatte Ben heute Morgen gesagt, »dass du sie nicht magst. Ich selber bin gar nicht damit einverstanden, dass sie dich beeinflussen will. Gehst du aber nicht hin, so macht sie mir die größte Szene, wenn ich ihr das nächste Mal meinen Mais bringe, und ich kann dir sagen, zum Donnerwetter, dass das kein Spaß ist! Wenn ich dann entwischen kann, habe ich jedes Mal die größte Lust, zwölf Whiskys auf einmal hinunterzustürzen, nur damit ich spüre, ich habe noch einen eigenen Willen.« Cathy lachte. »Doch die Lage ist so«, fuhr der Vater fort, »sie mag uns. Es ist gemein, einen Menschen zu enttäuschen, der einem gutgesinnt ist. Freundschaft ist kostbar; wir dürfen so etwas nicht aufs Spiel setzen!«

Cathy schnitt eine Grimasse. Sie persönlich hätte liebend gern auf diese Freundschaft verzichtet! Mrs Collins roch nach Mottenpulver und Minzentee. Sie strotzte vor Tugend und steckte bis an den Hals in allen möglichen Wohltätigkeitsvereinen. Ihr Mann, Joe Collins, war Hilfssheriff von Santa Fé. Seine Autorität galt überall, außer bei sich zu Hause. Dort führte Mrs Collins das Regiment! Zweimal in der Woche leistete sie freiwilligen Hilfsdienst im Krankenhaus. Sie hatte vor drei Jahren Cathys Mutter, die an Typhus erkrankt war, gepflegt und war bei ihr, als sie starb. Daraus leitete sie den Anspruch ab, sich um die Erziehung, oder genauer: den Mangel an Erziehung, bei Cathy zu kümmern.

Sooft Cathy den vornehmen, halbdunklen Salon betrat, in dem es immer muffig roch, war sie verlegen und hatte ein schlechtes Gewissen. Sie fühlte sich ungeschickt, schmutzig und so fehl am Platze wie ein Cowboy in einem New Yorker Tanzsaal. Da Mrs Collins Engländerin war, hielt sie streng an der Sitte des Fünfuhrtees fest. Cathy musste steif auf einem Sessel sitzen – in der einen Hand die volle Teetasse, in der anderen den Kuchenteller – und zitterte vor Angst, es könnte irgendetwas auf ihr Kleid oder, noch schlimmer, auf den Teppich fallen.

Mrs Collins hegte sehr bestimmte Anschauungen über die Art, wie ein Mädchen erzogen werden sollte: Von früher Kindheit an muss ein Kind weiblichen Geschlechtes auf seine zukünftige Rolle als Gattin und Mutter vorbereitet werden. Ein Mädchen muss kochen, nähen, sticken und stricken lernen. Zur Unterhaltung: etwas Musik, ein wenig Zeichnen. Keine Lektüre; das verwirrt und lenkt den Geist auf Nichtigkeiten. Nur die Bibel und einige erbauliche Werke sind erlaubt. Ein Mädchen muss eine bescheidene und würdige Haltung einnehmen. Wenn ein Mann das Wort an sie richtet, soll sie die Augen niederschlagen; einem Unbekannten darf sie nicht antworten. Ein Mädchen darf sich nicht allein auf der Straße zeigen, sie soll nicht tanzen, nicht rennen und nicht laut singen. Sogar bei der größten Hitze muss sie hochgeschlossene Kleider mit Ärmeln bis zu den Handgelenken tragen. Nur auf diese Weise kann es ihr, wenn Gott es will, gelingen, einen Mann zu bekommen.

Cathy hatte nicht die geringste Lust, einen Mann zu bekommen, und vor allem nicht auf solche Weise. Ihr größtes Vergnügen bestand darin, allein spazieren zu gehen, zu reiten und laut zu singen. Sie sah überhaupt keinen Grund, vor einem Mann die Augen niederzuschlagen. Sie konnte so schnell wie ein Junge laufen und verstand sogar, einen Dolch zu schleudern, arbeitete auf dem Feld und niemand außer ihr konnte Buster zähmen. Lesen langweilte sie; außerdem hatte sie keine Zeit dafür.

Heute Nachmittag hatte Mrs Collins sie getadelt, weil sie keinen Unterrock trug.

»Eine Dame darf von ihren Beinen nie mehr zeigen, als gerade die Fesseln. Es ist sehr unpassend, dass du deine Waden zeigst. Zieh bitte deinen Rock tiefer! Was, du trägst keinen Unterrock?«

Cathy gehorchte nervös und schielte nach ihrer schwankenden Teetasse.

»Aber ich . . .«

»Sprich nicht mit vollem Mund!«

Eilig schluckte Cathy.

»Ein Unterrock«, erklärte sie, »ist beim Reiten hinderlich! Er klebt an den Beinen.«

»Um Himmels willen!«, stöhnte Mrs Collins, »schämst du dich nicht, so zu reden? Wo bist du denn erzogen worden?«

Cathy wusste nicht, was sie Falsches gesagt hatte. Wirklich, Mrs

Collins musste verrückt sein! Bei ihr konnte man nicht den Mund auftun, ohne eine Dummheit zu sagen.
Mrs Collins ihrerseits war der Meinung, noch nie ein so unhöfliches Mädchen gesehen zu haben. Wahrscheinlich handelte es sich um reine Naivität, aber umso schlimmer! Sie schien kaum mehr Verstand zu haben als eine Zehnjährige. Wie ein wild wachsendes Unkraut war sie: trocken, spröde, ohne jeden Reiz. Und dieses ins Gesicht hängende Haar – schrecklich!
»Streich dein Haar hinter die Ohren zurück, wie es sich für ein anständiges Mädchen gehört«, befahl Mrs Collins. »Woher hast du denn diese kitschige Halskette? Das ist kein vornehmer Schmuck!«
Vornehm. Anständig. Wohlerzogen. Mrs Collins hatte keine anderen Ausdrücke zur Verfügung. Oh, wie geht sie mir auf die Nerven!, dachte Cathy verzweifelt.
»Das ist ein Glücksbringer, er soll böse Geister vertreiben«, erklärte sie unwillig. »Ein Geschenk von Sarita.«
»Wer ist Sarita?«
»Meine beste Freundin. Ihr Vater ist Häuptling der Navajos in der Reservation. Sie besitzt einen kleinen gezähmten Fuchs; er geht immer mit ihr, wie ein junger Jagdhund. Sie . . .«
Klirrend fiel Mrs Collins Silberlöffel von der Untertasse auf den Boden. Sie schnappte nach Luft.
»Du – du verkehrst mit Wilden in der Reservation?« Cathy bückte sich höflich und hob den Löffel auf.
»Warum nicht?«, fragte sie freundlich. »Papa sagt immer, die Indianer seien besser erzogen als die meisten Weißen!«
Mit zitternden Händen stellte Mrs Collins ihre Tasse weg und betupfte sich mit der Spitzenserviette die Mundwinkel.
»Das ist ja – das ist ja nicht denkbar!«, brachte sie endgültig heraus. Cathy wartete resigniert. Na meinetwegen, da war eine neue Predigt fällig! Seltsam: Die meisten Menschen sind immer gegen irgendetwas oder gegen irgendjemand. Es gab Anti-Indianer, Anti-Mexikaner, Anti-Neger; warum gab es nicht auch Anti-sich-Selber? Doch Mrs Collins war in diesem Au-

genblick viel zu schockiert; sie konnte nicht einmal mehr predigen. Jetzt begriff sie wieder, woher Cathys Unbekümmertheit und Frechheit stammte. Dass ein seines Verstandes mächtiger Vater seiner einzigen Tochter erlaubte, mit schmutzigen primitiven und kaum dem Steinzeitalter entwachsenen Wilden zusammenzukommen – nein, das ging über ihren Horizont! Da musste etwas geschehen, und zwar rasch! Sobald wie möglich würde sie mit Ben O'Malley sprechen und ihn auf die furchtbare Gefahr aufmerksam machen, in der Cathy schwebte! Aber würde er auf sie hören? Diese Iren sind so bäurisch, so dickköpfig!

O'Malley wäre fähig, ihr ins Gesicht zu sagen, das ginge sie gar nichts an. Nun, dieses Risiko musste sie eingehen, wenn sie diesem armen, verkommenen Wesen helfen wollte. Saß sie doch da wie ein Gassenjunge, mit staubigen Schuhen und schmutzigen Fingernägeln Und sie schlürfte, wenn sie den Tee trank – wie grässlich!

»Es ist gut, mein Kind«, sagte Mrs Collins eisig und räumte mit spitzen Fingern das Teegeschirr zusammen. »Wir werden uns noch darüber unterhalten.«

Die Erinnerung an diesen Nachmittag hob bei Cathy ein leises Unbehagen empor. Unterhalten, worüber?, dachte sie verärgert. Sie schnob verächtlich durch die Nase und ließ Buster im leisen Trott den Abhang zur Farm hinuntertraben. »Nun, wir werden ja sehen! Auf alle Fälle: Ich lasse mich nicht beeindrucken!

Als sie sich der Ranch näherte, trat ihr Vater mit Werkzeug in der Hand aus dem Haus. Er gähnte. Cathy wusste, dass er wahrscheinlich gerade ein Schläfchen gemacht und nicht etwa gearbeitet hatte. Müde ging er seiner Tochter entgegen.

Mit seinem gutmütigen, breiten Gesicht sah er aus wie ein Weihnachtsmann ohne Bart. Cathy hatte seine lebhaften grünen Augen geerbt, doch das war die einzige Ähnlichkeit. Ben O'Malley war eher breit und klein, Cathy hatte endlos lange Beine, war schlank wie ein Junge, hielt sich schlecht und ließ die

Schultern hängen. Sie hatte einen schmalen Hals, ein ovales, braun gebranntes und mit Sommersprossen übersätes Gesicht. Ihre Augen standen schräg über einer Stupsnase, der Mund war immer offen, entweder lachte oder redete sie. Auf ihrem schwarzen Haar, das so dicht wie das einer Indianerin, aber feiner war, rief die Sonne kupferne Reflexe hervor. Im Grunde war sie ein hübsches Mädchen, aber sie wusste es nicht und es war ihr egal. Außerdem kannte sie niemand, der ihr Komplimente hätte machen können.

»Du kommst spät!«, brummte Ben.

Cathy stieg vom Pferd und nahm das Zaumzeug ab.

»Die alte Ziege hat mich wieder zum Tee dabehalten – ach, reden wir nicht davon! Es war schrecklich!«

»Sprich nicht in diesem Ton von Mrs Collins«, mahnte Ben würdevoll, »vergiss nicht, dass sie deine Mutter gepflegt hat.«

»Sie ist trotzdem eine alte Ziege«, murmelte Cathy. »Ihre schönen Redensarten haben Mama auch nicht gerettet.« Ben schüttelte besänftigend den Kopf.

»Das lag nicht an Mrs Collins.«

»Jaja, ich weiß! Aber ich kann nichts dafür; ich ertrage sie jedes Mal weniger. Heute gab es Krach, weil ich keinen Unterrock trage. Als ich ihr sagte, mir sei das unbequem, bekam sie beinahe einen Schlaganfall. Was geht sie das an, ob ich einen Unterrock trage oder nicht?«

Ben grinste. »Du riechst nach Pfefferminz«, sagte er. Er liebte Süßigkeiten und wusste, dass Cathy immer welche aus der Stadt mitbrachte. Lachend hielt Cathy ihm die Bonbontüte hin.

»Das ist für dich, Pa. Hast du gut geschlafen?« Ben warf ihr einen entrüsteten Blick zu.

»Geschlafen? Ich? Wo es doch so viel zu arbeiten gibt? Was denkst du denn? Sehe ich so verschlafen aus?«

»Überhaupt nicht!«, sagte Cathy und bemühte sich, ernst zu bleiben.

»Ich habe viel zu tun«, beteuerte Ben und lutschte ein Bonbon.

»Das Rad am Wagen ist locker geworden; ich muss das heute noch reparieren.«
Ben brauchte den Wagen zum Transport seiner Süßkartoffeln und seines Maises. Er verkaufte die Ernte den Viehzüchtern in der Umgebung. Es war ihm, dank seiner aus der irischen Heimat stammenden Kenntnisse gelungen, trotz des trockenen Klimas Produkte von außergewöhnlicher Qualität zu erzeugen, die sehr geschätzt wurden.
Während Ben sich mit seinem Wagen beschäftigte, lud Cathy Buster ab und führte ihn in den Korral. Dann pumpte sie kräftig, um das ausgetrocknete Tränkebecken zu füllen. Die Pferde, matt durch die Hitze, kamen träge herbei; es waren schöne und kräftige, wenn auch etwas magere Tiere; die Muskeln spielten unter ihrem seidigen Fell. Die herrische Stute Ruby stieß ihren Sohn beiseite, um als Erste an die Tränke zu kommen. Entrüstet bleckte Buster die Zähne und schlug aus, gab aber nach. Der alte Lord, staubbedeckt und gelangweilt, folgte langsam und würdevoll.
Cathy brachte den Pferden Stroh und Hafer und ging dann mit ihrer Einkaufstasche ins Haus. Drinnen nahm sie ihren Strohhut ab und hängte ihn an einen Nagel. Ihre hohen Stiefel warf sie im hohen Bogen durch die Küche; aufatmend bewegte sie ihre Zehen. Sie pfiff vergnügt zwischen den Zähnen, fachte die Glut im Herd an und setzte Kaffeewasser auf. Plötzlich schlug sie sich an die Stirne. Die Schafe! Sie hatte vergessen, die Schafe in den Pferch zu treiben! Schnell schlüpfte sie in ihre Sandalen und fegte wie der Wind aus dem Haus.
Die Schafe weideten verstreut am Hügelhang; Cathy trieb sie mit einem langen Stock zusammen gegen den Korral. Brach ein widerspenstiges Tier aus der Gruppe aus, so warf Cathy mit Kieseln nach ihm, um es zurückzutreiben. Das Geblöke klang durch die abendliche Luft. Cathy mochte Schafe nicht; sie hielt sie für dumm und langweilig. Ein Pferd, sogar gesattelt und gezäumt, bleibt immer frei und bewahrt seinen eigenen Willen. Wäre Cathy kein Mädchen gewesen, so hätte sie ein Pferd sein wollen. Ein Schaf, niemals!

2. *Kapitel*

Am frühen Morgen war Ben weggefahren, um eine Ladung Mais abzuliefern. Cathy hatte die Schafe wieder auf die Weide getrieben und mit ihrer gewohnten Energie die Hausarbeit erledigt. Als sie den Kaninchenstall reinigte, vernahm sie Pferdegetrappel. Hinter dem Haus erschien ein kleines geschecktes Pferd, auf dem ein Mädchen mit dünnen, auf dem Rücken tanzenden Zöpfen saß. Cathy sprang erfreut auf und wischte sich die schmutzigen Hände an der Schürze ab.

»Guten Morgen, Sarita!«

Sarita sprang vom Pferd. Die sechzehnjährige Tochter Nehadschis, des Häuptlings der Navajo-Reservation, war zart, scheu, und lebhaft. In ihrer Beweglichkeit glich sie einem zierlichen braunen Füllen. Sie trug einen weiten roten Leinenrock und eine perlenbestickte Bluse; an ihrem Hals funkelte eine Kette aus Glasperlen.

»Du bist schon lange nicht mehr bei uns gewesen«, sagte sie lächelnd. »Ich habe dich vermisst!«

»Ich auch«, gab Cathy zu. »Weißt du, ich hatte viel Arbeit. Pa hat wieder einmal seinen Goldminen-Spleen!«

Sarita lachte. Die beiden Mädchen gingen ins Haus. Sarita setzte sich auf eine Bank und ließ belustigt die Beine baumeln; sie war es gewohnt, auf der Erde zu sitzen. Unterdessen holte Cathy zwei Tassen und füllte sie mit Schafmilch, die in einem Wasserbecken kühl gestellt war. »Willst du auch etwas essen? Feigen? Es gibt auch noch ein paar Maiswaffeln – mit Marmelade schmecken sie toll!«

Saritas Augen glänzten sehnsüchtig, doch höflich sagte sie: »Lass nur! Du hast sicher nicht mehr viel davon ...«

Cathy lachte; sie wusste, Sarita hätte den ganzen Tag essen können. In der Reservation gab es immer Probleme mit der Verpflegung. Oft, besonders im Winter, mussten die Indianer wochenlang Hunger leiden. Im vergangenen Jahr – Cathy erinnerte sich genau – hatte Sarita wie ein ausgehungertes Kätzchen ausgesehen; sie bestand nur noch aus Augen und Knochen. In jenem Winter hatte sich der Stamm infolge der unfähigen Verwaltung in Santa Fé einzig von Hammelfleisch und erfrorenen Süßkartoffeln ernährt. Seitdem hatte die Verwaltung allerdings versprochen, dass sich dies nicht wiederholen werde und dass ausreichende Nahrungsmittel zur Verfügung gestellt werden sollten. Es blieb abzuwarten, ob das Versprechen gehalten würde. Die Indianer waren schon zu oft mit leeren Worten abgespeist worden!

Cathy füllte einen Teller mit Marmeladewaffeln und eine Schale mit frischen Feigen, setzte sich ihrer Freundin gegenüber, stützte die Ellbogen auf den Tisch und sah ihr mit sichtlicher Freude beim Essen zu.
»Nun, was gibt es Neues in der Reservation? Geht alles gut?«, fragte sie.
»Onathi wird bald von Tucson zurückkommen«, berichtete Sarita mit vollem Mund. »Vater hat ihm einen Boten geschickt, er müsse kommen.«
Onathi war Saritas ältester Bruder; er sollte nach dem Tod seines Vaters Häuptling werden. Der alte Nehadschi war der Überzeugung, ein Navajo-Häuptling müsse mehr verstehen als Jagd, Kriegskunst und Goldschmiedearbeiten; er hatte deswegen seinen Sohn nach Tucson in eine Landwirtschaftsschule geschickt. Onathi hatte schon vor sieben Jahren die Reservation verlassen und Cathy erinnerte sich kaum an ihn; er war ein uninteressanter, schlaksiger Junge gewesen.
»Eine Schlafmütze«, behauptete Cathy, geradeheraus wie immer. »Ist er mit seinem Studium fertig?«
Sarita kaute munter weiter.
»Er muss aufhören. Vater sagt, es genüge. Er wird alt und will Onathi bei sich haben. Du weißt, dass er auf Naitsche nicht zählen kann.«

»Ja, wirklich nicht«, bestätigte Cathy. Naitsche, der zweite Sohn des Häuptlings, war ein vierzehnjähriger und großsprecherischer Junge; er hielt sich für den Mittelpunkt der Welt und fiel aus allen Wolken, wenn er nicht ernst genommen wurde. Er fürchtete besonders den Spott von Sarita, die sich gerne über ihn lustig machte. Als Mädchen konnte sie tun, denken und sagen, was sie wollte. Zudem war sie die Tochter des Häuptlings. Cathy wusste, welch bevorzugte Stellung die Frauen bei den Navajos einnahmen. Diese Stämme verehren die »Mutter-Erde« und sehen in jeder Frau eine Verkörperung dieses göttlichen Wesens. Frauen sind Trägerinnen des Besitzes, und wenn ein Mann heiratet, nimmt er den Namen seiner Gattin an. Wenn ein Mann eine Frau beleidigt, so wird er bestraft, denn in der Frau beleidigt er die Gottheit.

»Hast du sonst etwas von Onathi gehört?«, fragte Cathy interessiert. Sarita hörte zu essen auf und verzog das Gesicht.

»Sehr wenig. Er schreibt nie. Und außerdem kann bei uns ja niemand lesen«, sagte sie traurig.

»Das hat nichts zu bedeuten«, erklärte Cathy großzügig. »Ich habe es zwar gelernt, aber ich lese fast nie. Ich habe keine Zeit!«

»Ich möchte aber lesen lernen«, seufzte Sarita. »Vielleicht lehrt es Onathi mich, wenn er zurück ist.«

»Aber wie könnt ihr dann von ihm Nachrichten bekommen?«

»Vater schickt von Zeit zu Zeit einen Boten aus der Reservation. Onathi scheint sich sehr geändert zu haben; er ist wie ein Fremder. Er hat sogar einen amerikanischen Namen angenommen; ich habe vergessen, welchen.«

Cathy musste laut loslachen.

»Er hat den Namen gewechselt? Spinnt er plötzlich?!«, und bedeutungsvoll tippte sie sich an die Stirn.

»Vielleicht will er nicht, dass man ihn als Indianer ansieht«, sagte Sarita nachdenklich.

»Aber das ist doch lächerlich!«, widersprach Cathy.

»Nein«, antwortete Sarita. »Du weißt doch, wie die Leute sind. Sie verachten uns.«

»Du hast recht«, gab Cathy bekümmert zu. »Ich bin gar nicht besonders stolz darauf, eine Weiße zu sein.« (Sie brauchte nur an Mrs Collins zu denken – und schon kochte die Wut in ihr.) »Sie wollen ihre Gesetze und ihren Willen aufdrängen; sie bilden sich ein, immer recht zu haben. Nein, nein, damit bin ich nicht einverstanden!«

Sarita zeigte lächelnd ihre weißen Zähne.

»Du gleichst auch nicht den anderen Amerikanern. Im Herzen bist du eine Navajo.«

»Das stimmt!«, rief Cathy strahlend.

»Wenn du wie die anderen wärst, könnten wir gar nicht befreundet sein«, sagte Sarita, deren Gesicht plötzlich ernst wurde.

Cathy füllte wortlos die Milchtassen. Wie immer fühlte sie sich bei Sarita verstanden und glücklich. Trotz ihres harten Lebens blieb die Indianerin immer fröhlich, unbekümmert und voller Unternehmungslust. Obwohl sie fast ein Jahr jünger war, galt sie als Cathys beste Freundin.

»Vater muss bald zurückkommen. Willst du heute bei mir bleiben? Wir können zusammen ausreiten.«

Sarita nickte begeistert. Dann fragte sie: »Wie geht es Buster?«

»Möchtest du ihn reiten?«, fragte Cathy schelmisch.

»Vielleicht!«, antwortete Sarita und zwinkerte vergnügt mit den Augen.

»Komm!«, rief Cathy. Sie sprang auf. Es war für sie fast unmöglich, mehr als fünf Minuten untätig herumzusitzen. Arm in Arm verließen die beiden Mädchen das Haus und schlenderten zum Korral. Die Mittagshitze lag brütend über dem Tal. Nur über die Gipfel der ferner liegenden Berge ging ein leichter Wind und bewegte die Wipfel der Tannen. Kleine flockige Wölkchen zogen langsam am Himmel vorbei. Plötzlich blieb Sarita stehen.

»Pass auf! Ich höre einen Wagen kommen. Das muss dein Vater sein!«

Cathy gab sich die größte Mühe, etwas zu hören. Vergebens! Sie

vernahm nur das leichte Rauschen des Windes. Wieder einmal bewunderte sie das feine Gehör ihrer Freundin.
»Wie machst du das bloß?«, fragte sie kopfschüttelnd.
»Ich kann mich anstrengen, wie ich will, ich höre nichts.«
»Höre doch! Es ist ganz deutlich . . .«
Cathy spitzte angestrengt die Ohren und vernahm endlich das entfernte Geräusch von Rädern, die über einen steinigen Weg rollten. Weit weg auf dem Hügel erschien eine sich schnell verbreitende Staubwolke und einen Augenblick später konnte Cathy den Wagen, kaum größer als ein Käfer, entdecken. Das Gespann kam mit hoher Geschwindigkeit voran. Cathy runzelte die Stirn.
»Er sollte Ruby auf einem so steilen Abhang nicht galoppieren lassen! Das ist gefährlich. Aber Vater ist entsetzlich dickköpfig. Ihm ist nicht zu raten und nicht zu helfen. Sieh dir bloß diese Geschwindigkeit an.«
In der Sonne blinzelnd, beobachteten die beiden Mädchen den schnell herankommenden Wagen.
»Vielleicht hat er Hunger«, meinte Sarita. »Wenn es was zu essen gibt, beeile ich mich genauso!«
Der Wagen war schon beinahe in der Ebene angekommen und die Räder rasten polternd über das Geröll. Plötzlich, die Mädchen sahen es voller Entsetzen, löste sich ein Rad vom Wagen, rollte einige Sekunden frei neben dem Gefährt her und überschlug sich. Der Wagen selbst blieb noch kurze Zeit im Gleichgewicht. Dann schwankte er immer stärker und fiel schließlich krachend um. Ruby wieherte schrill. Sie bäumte sich auf, schlug nach allen Seiten aus, um sich frei zu machen. Dann raste sie in wilder Panik davon und schleppte den umgestürzten Wagen polternd hinter sich her. Die Seitenbretter fielen im hohen Bogen weg. Ben war nicht mehr zu sehen. Endlich blieb das Pferd, schweißnass und an allen Gliedern zitternd, unten im Tal stehen.
»Um Himmels willen«, seufzte Cathy, bleich vor Schrecken. Sie raffte ihren langen Rock zusammen und fing an zu laufen. Bar-

fuß eilte sie über die spitzen Steine, fühlte jedoch nicht den geringsten Schmerz. Ihr Herz klopfte zum Zerspringen. Sarita folgte ihr, so schnell sie konnte. Ihre langen Zöpfe flatterten im Wind. Keuchend erreichten die beiden Mädchen die Unglücksstelle. Cathy sah ihren Vater, das Gesicht nach unten, im Geröll liegen. Atemlos kniete sie bei ihm nieder, versuchte, ihn aufzurichten.

»Pa! Bist du verletzt? Sag – sag doch etwas! Ich bin's, Cathy!«

Dann fühlte sie Saritas Hand auf ihrer Schulter.

»Lass mich schauen«, sagte die ruhige Stimme der Indianerin. Sie beugte sich zu Ben O'Malley nieder und hob mit großer Sorgfalt seinen Kopf. Auf seinem Gesicht sah man nur wenige Schrammen, doch als Sarita langsam die Hand unter seinem Kopf wegzog, war sie voller Blut. Cathy fuhr zusammen. Kreidebleich und ohne ein Wort starrte sie auf Saritas blutige Hand. Das Indianermädchen senkte die Augen. Wortlos legte es Bens Kopf zurück. Ihr Gesicht war völlig ausdruckslos. Dann sah sie wieder zu Cathy auf, deren Zähne heftig aufeinanderschlugen; sie legte ihr sanft einen Arm um die Schultern und zwang sie aufzustehen. Immer noch schweigend zog sie sie von der Unglücksstelle weg, dem Hause zu. Willenlos ließ Cathy alles mit sich geschehen.

3. Kapitel

Die Beerdigung Ben O'Malleys fand drei Tage später auf dem kleinen Friedhof von Santa Fé statt. Die Farmer der Umgebung waren in ihren Sonntagskleidern erschienen. Mit ernsten, starren Gesichtern folgten sie dem Trauerzug.
Cathy wurde von Mrs Collins und ihrem Mann, dem Hilfssheriff, begleitet. Auch Frank Thornton, der Lehrer, war mit seiner Frau und seinen zwei Söhnen anwesend.
Cathys Trauerkleid war viel zu lang und zu weit. Es war erst am Tag vorher von Mrs Collins in aller Eile und ohne Anprobe genäht worden. Es schlotterte um ihren mageren Körper und gab ihr das Aussehen eines kranken, verlorenen Vogels. Das Gesicht des Mädchens war hart und verschlossen; sie hielt die Lippen fest aufeinandergepresst; es schien ihr abscheulich, ihre Gefühle überall zur Schau zu stellen. Überhaupt, was wollten alle diese Leute um sie herum? Konnten sie sie nicht allein lassen? Sie müssten doch wissen, dass sie niemand sehen wollte!
Unter dem schwarzen Kreppschleier hervor beobachtete Mrs Collins Cathy mit würdevoller Missbilligung. Eine Waise, die nicht weint, nicht ihr Taschentuch in den Händen zerknüllt, die nicht um Riechsalz bittet und schließlich bald in Ohnmacht versinkt – so etwas hatte man doch noch nie gesehen! Diese Gleichgültigkeit war ja fast unschicklich! Mrs Collins zog daraus den Schluss, Cathy sei herzlos und habe ihren Vater nicht wirklich geliebt. Mehr als je wurde sich Mrs Collins ihrer Mission bewusst; diese kleine Wilde musste in den Frieden eines arbeitssamen und würdigen Lebens geführt werden! Frank Thornton und seine Frau waren über die Gefühllosigkeit Cathys ebenso empört. Ihr verschlossenes Gesicht war ihnen fremd und unbehaglich; sie wussten nicht, was sie denken sollten.
Cathy war sich nicht bewusst, dass sie Missfallen erregte. Sie

starrte auf den Sarg. Im nächsten Augenblick würde er in der Erde verschwinden. Noch nie hatte sich Cathy so allein gefühlt. Ihr Vater, tot! Nie mehr würde sie sein lautes Lachen, seine dröhnende, herzliche Stimme und seine irischen Wutausbrüche vernehmen. Es war unerträglich, sich vorzustellen, dass nun alles vorbei sei – für immer.

Warum musste gerade mir das geschehen?, dachte sie verzweifelt. Jeder hat seinen Vater, hat seine Mutter – und ich bin ganz allein. Ich habe nur noch Buster. Wenn er wenigstens sprechen könnte! Ich weiß, er liebte meinen Vater – auch wenn er ihn einmal abgeworfen hat!

Plötzlich flossen die Tränen und rannen Cathy über die braunen Wangen. Sie schlug die Hände vors Gesicht und schluchzte laut. Voller Genugtuung stellte Mrs Collins fest, dass Ben O'Malleys Tochter endlich etwas christliches Mitleid zu zeigen geruhte!

Irgendjemand flüsterte Cathy zu, ob sie nicht Blumen ins Grab werfen wolle; ein Strauß wurde ihr gereicht. Cathy ergriff ihn automatisch und warf ihn auf den Sarg. »Adieu, Pa«, flüsterte sie. »Mach dir keine Sorgen um mich – du siehst, ich will mutig sein . . .«

Von Schmerz überwältigt, schloss sie die Augen. Mrs Collins sah, dass sie schwankte. Sollte sie doch ohnmächtig werden? Hastig kramte sie in ihrer Handtasche, nahm das Fläschchen mit Riechsalz hervor. Doch schon hatte sich Cathy wieder gefasst. Sie zeigte erneut ihr starres Gesicht. Gut. Sie würde also doch nicht in Ohnmacht fallen. Mrs Collins klappte kopfschüttelnd ihre Handtasche wieder zu.

Schluchzen erschütterte Cathys magere Schultern. Sie machte sich tausend Vorwürfe. War es vielleicht mein Fehler? Wir fühlten uns allzu glücklich! Ich war oft vorlaut und dachte nur an dumme Streiche. Ich habe nicht jeden Abend gebetet. Gott wollte mich strafen . . .

Nein, das war unmöglich! So grausam konnte Gott nicht sein. Es ist kein Verbrechen, glücklich zu sein. Freude und Glück gehören zum Leben.

Nach der Beerdigung legte Mrs Collins Cathy den Arm um die Schultern.
»Komm mit uns, liebes Kind«, sagte sie. »Eine Tasse Tee wird dir gut tun. Außerdem habe ich mit dir zu sprechen.«
Sogar an einem solchen Tag bietet sie mir ihren Tee an!, dachte Cathy bitter. Doch sie war zu niedergeschlagen, um eine Entschuldigung zu finden, und so nickte sie nur zustimmend.
Sie fuhren zurück in die Stadt. Als Cathy nach der grellen Hitze draußen Collins kühlen Salon betrat, empfand sie, wohl zum ersten Mal, diese Frische als wohltuend und friedlich.
»Setz dich, mein Kind«, flötete Mrs Collins. Cathy ging auf ihren gewöhnlichen Platz zu, doch Mrs Collins sagte, heute und bei dieser Gelegenheit dürfe sie auf dem Sofa sitzen. Das war eine große Ehre! Cathy wusste, dass Mrs Collins selber nur bei feierlichen Gelegenheiten darauf Platz nahm. Steif und befangen setzte sie sich und trocknete mit dem Taschentuch ihre nassen Wangen. Mrs Collins beobachtete sie schweigend. Plötzlich schritt sie hinter das Sofa, und ehe Cathy recht begreifen konnte, was los war, fühlte sie, wie Mrs Collins ihr das Haar energisch zusammenraffte und nach hinten zog. Vergeblich versuchte Cathy, den Kopf wegzudrehen.
»Au!«, rief sie entrüstet.
»Rühr dich nicht!«, befahl Mrs Collins. »Ein gut erzogenes Mädchen lässt sein Haar nicht ins Gesicht hängen; das ist ungesund und hässlich. Ich werde es festbinden.«
Sie drehte die braunen Strähnen wie eine Schraube zusammen und knüpfte sie mit einem Band so fest, dass Cathy meinte, die Haare würden ihr mitsamt der Haut vom Kopf gerissen.
»So! Endlich sieht man dein Gesicht! Wie fühlst du dich jetzt?«
»Es ist kühler«, gab Cathy ohne Begeisterung zu. Sie war zu niedergeschlagen und hatte keine Lust zu streiten, aber sie drehte den Kopf nach allen Richtungen, um die straff gefassten Haare zu lockern.
Nun brachte Priscilla, die kleine Negermagd, den Tee. Cathy nahm kaum Zucker und trank den Tee ohne Milch, braun und

bitter wie eine Medizin; sie lehnte auch den Apfelkuchen ab, den Mrs Collins ihr anbot. Dann, nachdem sie eine Weile geschwiegen hatten und Cathy abwechselnd Tee trank und sich die Tränen trocknete, räusperte sich die alte Dame und begann würdevoll:

»Nun, mein Kind, jetzt bist du dir also selbst überlassen . . .«

»Das weiß ich, zum Donnerwetter!«, entfuhr es Cathy.

Mrs Collins schaute erhaben ins Leere. Ausnahmsweise vermied sie es, auf diese Taktlosigkeit einzugehen. Cathy biss sich nervös auf die Lippen. Lieber Himmel, sagte sie sich, ich wollte doch nicht frech sein! Vor allem nicht heute . . .

Nach einem Augenblick begann Mrs Collins von Neuem: »Hast du schon an deine Zukunft gedacht?«

Cathy schüttelte den Kopf und erklärte kurzerhand, sie habe weder Zeit noch Lust dazu gehabt.

Wieder schien Mrs Collins ihre Bemerkung zu überhören. »Es ist doch ganz klar, dass du die Farm nicht ganz allein bewirtschaften kannst.«

»Weshalb nicht?«, fragte Cathy und zuckte gleichgültig die Achseln. »Solange Pa – solange Pa da war, habe ich doch auch die meisten Arbeiten verrichtet.«

Sie stellte einen einfachen Tatbestand fest. Dies war aber nicht die Meinung von Mrs Collins:

»Hüte dich vor allem, mein Kind, vor der Sünde des Hochmutes. Vergiss nicht, dass Bescheidenheit der schönste Schmuck eines Mädchens ist.«

So ein Blödsinn!, dachte Cathy voll ehrlicher Empörung. Ach, warum war sie gezwungen, diese ewigen Predigten über sich ergehen zu lassen? Völlig erschöpft von Schlaflosigkeit und Kummer hatte sie nur den einzigen Wunsch: sich auf ihrer Farm in eine Ecke zu verkriechen, die Augen zu schließen und versuchen, an nichts mehr zu denken.

Mrs Collins sah auf Cathys Gesicht den störrischen Ausdruck, den sie seit Langem kannte. Sie wusste, dass sie heute nichts mehr erreichen würde. Sie zwang sich zu einem Lächeln. Es gelang nicht sehr gut. Sieht aus, als lutsche sie an einer sauren Zitrone!, dachte Cathy misstrauisch.

»Mein Mann und ich fühlen uns für dich verantwortlich. Wir möchten dir gerne helfen. Du musst verstehen: Du bist Waise und außerdem minderjährig. Du kannst nicht ganz allein leben . . .«

»Aber selbstverständlich kann ich das!«, rief Cathy lebhaft. »Pa sagte, dass . . .«

Sie stockte plötzlich. Jedes Mal, sooft sie den Namen des Vaters aussprach, stiegen ihr Tränen in die Augen. Mit aller Kraft biss sie die Zähne zusammen. Um nichts in der Welt wollte sie angesichts dieses alten Drachens weinen.

»Beruhige dich, mein Kind«, sagte Mrs Collins nachsichtig. »Wenn es dir recht ist, können wir diese Unterhaltung verschieben. Auf morgen vielleicht.«

Nein, nein, dachte Cathy. Ich werde morgen nicht wieder in die Stadt kommen, und wenn sie mir einen Revolver unter die Nase hält!

»Bitte, sprechen Sie weiter!«, seufzte sie resigniert.

»Nun«, begann Mrs Collins voller Freude über diese plötzliche Fügsamkeit, »wir haben an verschiedene Möglichkeiten gedacht. Zum Beispiel kennen wir ein sehr ehrenhaftes und fleißiges Ehepaar, das bereit wäre, deine Farm ordentlich zu verwalten. Du wärst nicht mehr allein.«

Natürlich!, dachte Cathy voller Groll, damit ich den lieben langen Tag unter ihren Fuchteln stehe! Ich höre sie schon: »Tu das nicht, tu jenes nicht.« Und wenn sie meine Tiere schlecht pflegen? Und wenn sie Buster vor einen Wagen spannen wollen? Und wenn sie den Mais nicht wie mein Vater anbauen, verlieren wir alle Kunden . . .

»Dreimal in der Woche kommst du zu mir«, fuhr Mrs Collins fort. »Ich werde dich nähen, sticken, backen lehren, kurz all das, was eine Frau zur Hüterin des heimischen Herdes macht.«

Cathy starrte die alte Dame mit offenem Mund an. Ihr schien, sie sei in eine Falle geraten, hoffnungslos.

»N. . . n – nein«, stammelte sie endlich. »Das ist nicht nötig. Ich – ich versichere Ihnen, dass ich gut alleine fertig werde.«
Mrs Collins verzog beleidigt die dünnen Lippen. Cathy bemerkte es nicht oder wollte es nicht bemerken. Energisch fuhr sie fort:
»Es ist gar nicht schwierig, eine Farm zu betreuen! Ich kenne mich aus. Wenn ich Hilfe benötige, brauche ich nur dem Häuptling der Navajo-Reservation ein Wort zu sagen; er stellt mir dann ein paar Indianer zur Verfügung, die . . .«
Mrs Collins zuckte zusammen.
»Cathy!« Sie schnappte nach Luft. »Das ist ja unmöglich! Mit diesen Leuten kannst du doch nicht verkehren! Ein anständiges Mädchen spricht nicht mit Wilden!«
Nun aber ging Cathy hoch.
»Wilde? Was soll denn das heißen? Sarita ist meine beste Freundin. Sie ist genauso gut erzogen wie jedes Mädchen in Santa Fé und lange nicht so zimperlich. Ihre Eltern sind sehr nett und ihr Bruder studiert in einer Landwirtschaftsschule . . .«
»Schweig! Die Indianer sind schmutzig und voller Ungeziefer. Die Krankheiten . . .«
»Sarita ist in ihrem Leben noch nie krank gewesen. Sie ist gut angezogen und pflegt sich sehr. Und Ungeziefer gibt es überall, sogar in Santa Fé . . .«
»Oh!«, rief Mrs Collins, »willst du damit sagen, dass . . . dass . . .«
Vor Empörung versagte ihr die Stimme. Sie schlug ihren schwarzen Schal fest über der Brust zusammen und stand kerzengerade auf, um diesem Redeschwall ein Ende zu bereiten.
Cathy aber war in Fahrt: »Die Indianer sind nicht schmutzig! Das ist grundfalsch ! Sarita und ihre Freundinnen baden jeden Tag im Fluss – die Mädchen hier aber reiben sich einmal in der Woche den Hals mit Kölnischwasser ab, weil sie wasserscheu sind und weil sie sich schämen, sich nackt auszuziehen und richtig zu waschen!«
Mrs Collins Augen schienen ihr aus dem Kopf zu fallen. Wahrscheinlich hatte seit Jahrzehnten das Wort »nackt« nicht mehr

ihre Ohren gestreift. Sie brauchte einige Zeit, um ihre Fassung wiederzugewinnen.
»Cathy O'Malley«, begann sie endlich in dramatischem Ton: »Ich sehe jetzt, dass deine schlechten Instinkte mit Sanftmut nicht bekämpft werden können. Von nun an mache ich keine Vorschläge mehr – ich befehle! Du wirst dich sofort nach Hause begeben und dort auf die Ankunft der Familie Barker morgen Vormittag warten. Sie werden dir meine weiteren Instruktionen übergeben. Ich erwarte, dass du dich danach richtest.«
Sie stolzierte röckerauschend durch den Salon, den Schal eng um die flache Brust gezogen. Plötzlich blieb sie stehen, schaute das Mädchen scharf an, um die Wirkung ihrer Rede festzustellen. Cathy schien zerschmettert. Mit rundem Rücken ließ sie den Kopf hängen und starrte verzweifelt auf ihre Schuhe. Trotz ihrer Empörung fühlte Mrs Collins etwas Mitleid; vielleicht sollte sie dieses Kind am Beerdigungstag des Vaters nicht allzu hart anfassen? War das Mädchen durch den Schmerz vielleicht etwas geistesverwirrt, dass sie solch fürchterliche Dinge äußern konnte? Mrs Collins empfand das Bedürfnis, ein freundliches Wort zu sagen. Sie suchte nach einer gleichermaßen poetischen wie moralischen Wendung – und fand sie.
»Nun, liebes Kind, zeige, dass du vernünftig bist. Es gibt viele schöne Blumen in der Wildnis, doch nur unter der wachsamen Pflege in unseren behüteten Gärten können sie in voller Pracht erblühen!«

4. Kapitel

Cathy verließ Mrs Collins völlig benommen und ratlos; es war ihr, als hätte sie einen Schlag auf den Kopf bekommen. Sie konnte keinen klaren Gedanken fassen. Auf den Treppenstufen war ihre erste Bewegung, das Haarband zu lösen, es wegzuwerfen und dann kräftig den Kopf zu schütteln. Die Haare flogen nach allen Seiten. Erleichtert atmete sie auf. So war es besser! Eingeengt in ihrem Trauerkleid und mit schmerzenden Füßen schleppte sie sich zur Poststation, wo sie Buster eingestellt hatte. Das Pferd begrüßte sie mit einem zufriedenen Schnauben.
»Ach, Buster! Wenn du mich nur verstehen könntest!«, seufzte sie niedergeschlagen. Buster bewegte die Ohren; er war zwar voller Mitgefühl, doch leider stumm. Mühsam stieg Cathy in den Sattel. Sie durchquerte Santa Fé in leichtem Trab und ritt danach auf der alten Poststraße in Richtung der Berge. Langsam wurde sie ruhig. Es war, als öffneten sich Schluchten und Täler, um sich hinter ihr wie durch einen Zauber wieder zu schließen. Zwischen ihr und der Stadt legte die Natur einen schützenden Wall. Langsam gewann sie ihre gewohnte Energie zurück. Sie dachte nach: Nein, sie hatte keine Lust, die Familie Barker auf ihrer Farm zu sehen! Sie kannte Jonas Barker als einen verdrossenen, o-beinigen Mann; er trug einen schmutzig roten Schnurrbart, hatte eng zusammenstehende Augen unter bürstenförmigen Brauen und andauernd eine geschwollene Backe, weil er Tabak kaute. Seine Frau Geraldine war rund wie eine Kugel. Ihre Haut glänzte fettig, als hätte sie sich mit Butter bestrichen, und am Morgen trug sie Lockenwickel. Ihr Sohn Stuart machte den Eindruck, als hätte er nie gelernt, bis zehn zu zählen. Wenn man versuchte, mit ihm zu reden, grinste er blöde: sonst nichts. Er war schwerfällig, träge, und sogar gemein: Cathy hatte sich einmal mit ihm geprügelt,

weil sie ihn dabei überrascht hatte, wie er einem Pferd einen Fußtritt gab.
Es war ihr völlig unmöglich, mit solchen Leuten zusammenzuleben. Cathy sah nur eine einzige Lösung: die unerwünschte Gesellschaft mit dem Gewehr zu empfangen! Dann würden sie verschwinden, aber für wie lange? Mrs Collins Mann war Hilfssheriff; mit den Behörden kann man nicht spaßen, das sagte schon ihr Vater. Cathy zog eine Grimasse. Es schien vernünftiger, das Gewehr wegzulassen. Ja, aber was tun? Sie grübelte hin und her . . . und ganz plötzlich war die Lösung da. Wie einfach! Warum hatte sie nicht schon früher daran gedacht? Sie würde zu ihren Freunden in die Reservation gehen und sie bitten, bei ihnen aufgenommen zu werden. Für die Eltern Saritas gehörte sie schon fast zur Familie. Sie würden ihr bestimmt erlauben, bei ihnen zu wohnen. Und selbst wenn Mrs Collins eines Tages Wind von ihrem Versteck bekäme, so würde sie sich niemals zu den Indianern wagen, um sie zu holen!
Cathy drückte ihre Absätze in Busters Flanken, das Pferd raste mit wehendem Schweif den steinigen Pfad hinauf.
Zu Hause angekommen, holte sie eine Wolldecke, breitete sie auf dem Boden aus und legte alles, was sie zusammensuchte, darauf: den Hut ihres Vaters, seine Handschuhe, seine in Leder gebundene Bibel, eine Brieftasche mit Papieren und eine kleine hölzerne Kassette, worin er Andenken an seine verstorbene Frau aufbewahrt hatte: den Ehering, ihren Fingerhut und ein kleines silbernes Kreuz. Aus allen diesen Gegenständen machte Cathy ein Bündel. Danach ging sie in ihr Zimmer, ein kleiner Raum unter dem Dach, und suchte das Wenige, was sie besaß, zusammen: zwei oder drei Kleider, verwaschene Bluejeans, einen Schal, der noch von ihrer Mutter stammte, etwas Wäsche. Auf einer kleinen Holztruhe lagen ein Kamm, ein Spiegel und ein kleiner silberner Armreif, den Cathy als kleines Mädchen getragen hatte und der ihr nun viel zu eng war. Cathy verschnürte alles in ein Kopftuch, dessen vier Enden sie verknotete. Sie hatte in größter Hast ihre Sachen zusammengeräumt und

stand nun mit einem Male da, ohne recht zu wissen, warum sie sich so beeilen musste. Wozu diese Aufregung? Es blieb ihr doch so viel Zeit! Sie setzte sich einen Augenblick aufs Bett, um Atem zu schöpfen.

Ich muss versuchen, mich zu entspannen, dann geht bestimmt alles besser ...

Mit einem erleichterten Seufzer streckte sie sich auf dem Bett aus und schaute durch das kleine Fenster auf die Berge, die durch die untergehende Sonne vergoldet wurden. Die Augenlider fielen ihr zu. Es war so angenehm, unbeweglich zu liegen und an nichts zu denken! Das Leben war so traurig und schwierig und Schlafen schien ihr plötzlich das Schönste auf der Welt.

Als sie erwachte, dämmerte bereits der Morgen. Der Himmel war grau und blau, von zarten rosa Streifen durchzogen. Cathy richtete sich auf, noch ganz schlaftrunken und sehr erstaunt, so lange geschlafen zu haben! Sie raffte ihre Sachen zusammen, lief eilig die Treppe hinunter. Als sie aus dem Hause trat, erschien die Sonne wie eine riesenhafte, flammende Blüte; ihre Strahlen fielen über Abhänge und Täler. Überall zwitscherten Vögel. Im Korral wieherte ein Pferd. Cathy ging zur Pumpe. Sie knöpfte ihr Kleid auf, zog es über den Kopf und wusch sich unter dem kalten Wasser. Dann kleidete sie sich wieder an und bürstete energisch ihre Haare. Unterdessen kochte das Wasser für den Kaffee; sie aß hastig ein paar Bissen Brot, trank eine Tasse Kaffee und lief nochmals zur Pumpe, um ihre Feldflasche zu füllen. In der Küche packte sie alle vorhandenen Lebensmittel in einen großen Beutel; dann sattelte sie Buster. Als sie ihr Gepäck hinter dem Sattel mit einem starken Riemen befestigte, wehrte sich Buster entrüstet, schlug aus und zeigte seine gelben Zähne: Er hasste es, wie ein Maulesel beladen zu werden.

»Ruhig jetzt!«, rief Cathy ungeduldig und gab ihm einen Stoß. Ihr war nicht zum Scherzen zumute. Sie griff nach den Zügeln und schwang sich in den Sattel. Buster schnaubte und rollte erbost die Augen.

»Jetzt aber Schluss damit, Buster! Wollen wir Freunde sein, ja oder nein?«
Schnaubend warf Buster den Kopf hin und her; er war sehr schlechter Laune. Mit kräftigem Schenkeldruck lenkte Cathy ihn zu der die ganze Farm umgebenden Umzäunung. Vom Sattel aus bückte sie sich, öffnete die Gattertüre und warf sie dann mit einem energischen Fußtritt wieder zu. In lockerem Trab ritt sie im Staub der Ebene davon, in Richtung des Gebirges.

5. Kapitel

Als Cathy in der Navajo-Siedlung ankam, die wie ein Adlernest in einem Bergabhang lag, schienen die Hütten in der Mittagsglut wie ausgestorben. Cathy strich mit der Hand über die feuchte Stirn. Endlich war sie da! Langsam ritt sie durch das offene Tor und quer durch das Dorf. Die Indianer kamen aus ihren Hütten. Sie beobachteten sie schweigend. Ihre unbeweglichen Gesichter zeigten weder Sympathie noch Feindseligkeit, doch Cathy wusste: Die meisten hassten die Amerikaner. Und keine Friedensversprechungen konnten diesen Hass auslöschen: Er war im Volke verwurzelt, es hatte zu viele Demütigungen ertragen müssen.

Mit Cathy wurde eine Ausnahme gemacht: Man schenkte ihr Vertrauen, denn sie war anders als die meisten Menschen ihrer Hautfarbe. Als im vergangenen Winter die große Hungersnot ausgebrochen war, die den Stamm beinahe zum Aussterben gebracht hatte, waren Cathy und ihr Vater mit ihren eigenen Vorräten den Leuten zu Hilfe geeilt. Sie hatten Schafe herbeigeführt, um für die kleinen Kinder Milch zu besorgen, und von früh bis spät die Kranken gepflegt. Die Indianer vergessen nie jemand, der gut zu ihnen war. Außerdem wussten sie, dass Cathy die Freundin von Sarita war.

Vor der Hütte des Häuptlings stieg Cathy vom Pferd; sie stolperte in ihrem langen Trauerkleid, ihr Gesicht war mit Schweiß und Staub bedeckt.

Im gleichen Augenblick trat Melida, Saritas Mutter, aus der Hütte. Sie war eine kleine, schmale Frau mit feinen kupferfarbenen Zügen. Das dichte und feine Faltengewebe auf ihrem Gesicht gab ihr einen sorgenvollen Ausdruck. Sie trug eine schwarze Bluse mit bunter Stickerei und einen weiten, bis auf den Boden reichenden Rock. Roter Staub bedeckte ihre Mokas-

sins aus weichem Leder. Sie schien über Cathys Erscheinen nicht erstaunt.
»Komm herein, Cathy«, sagte sie freundlich. Ihre Stimme war klangvoll, ihre Bewegungen gemessen und voller Würde. Aus ihrem Wesen strahlte Mütterlichkeit und Ruhe. Cathy lächelte müde; sie fühlte sich erschöpft und zerschlagen. Das Kleid klebte an ihren Schultern und schnürte sie überall ein. Sie hätte es am liebsten heruntergerissen. Als sie in die Hütte trat, war sie überrascht, wie angenehm kühl und dunkel es drinnen war. Im Winter war die Luft durch das in der Mitte des Raumes unterhaltene Feuer erstickend heiß gewesen.
Langsam gewöhnten sich ihre Augen an das Halbdunkel und sie sah den alten Häuptling Nehadschi auf einem Bärenfell liegen; seinen hageren Körper in eine rot-weiß gestreifte Decke gehüllt. Man sah nur sein mageres gelbliches Gesicht, dessen Haut wie dünnes Pergament über die hervorstehenden Wangenknochen gespannt schien. Seine Handgelenke und seine langen, knochigen Hände waren so schmal wie die eines Jungen.
»Komm näher, Cathy«, sagte er, als das Mädchen zögerte. »Setz dich.«
Die Hand, die er leicht zum Gruß erhoben hatte, fiel wieder kraftlos zurück.
»Danke«, sagte Cathy. Sie setzte sich nach indianischer Sitte mit gekreuzten Beinen auf den mit vielen Teppichen bedeckten Boden. Melida kniete ihr gegenüber.
»Wir wussten, dass du kommen würdest«, sagte sie lächelnd.
Cathy blinzelte überrascht. Wie konnten sie ahnen, dass sie käme, da sie es selber vor einem Tag noch nicht gewusst hatte? Sie schlug die Augen nieder und zupfte nervös an ihrem Rock herum.
»Ich – ich bin sehr allein«, murmelte sie.
»Wenn du bei uns bleiben willst«, sagte der alte Häuptling mit seiner brüchigen Stimme, »so bist du willkommen. Wir sind arm und unsere Hütte ist eng, aber wir haben immer Platz für die Freundin unserer Tochter.«

»Danke«, sagte Cathy bewegt, »ich danke von ganzem Herzen! Ich – ich habe es so nötig, bei euch sein zu dürfen!«
Melida rutschte auf den Knien näher zu Cathy und legte ihr den Arm um die Schulter.
»Ich habe schon drei große Kinder«, sagte sie mit ihrem ruhigen Lächeln. »Doch habe ich mir immer gewünscht, noch eine kleine Tochter zu haben.«
Voller Vertrauen legte Cathy den Kopf an die Schulter der Indianerin; silberne, mit Türkis beschlagene Medaillons leuchteten sanft auf den Falten der einfachen Baumwollbluse. Cathy atmete tief und beruhigt. Sie wusste, sie hatte ein Zuhause gefunden.
Hier gab es keine Morallehren und keine Predigten über Anstand und Tugend. Hier wurden auch keine indiskreten Fragen gestellt. Man schenkte ihr ganz einfach Verständnis und Güte.
Etwas später brachte Melida eine Tonschale mit frischem Wasser und einige getrocknete Feigen. Cathy hatte keinen Hunger, nur Durst. Gierig trank sie das Wasser.
In diesem Augenblick wurde der Türvorhang heftig beiseitegeschoben und Sarita stürzte mit fliegenden Zöpfen herein.
»Cathy!«, rief sie atemlos. »Ich war beim Schafehüten, als ich sah, wie dein Pferd in den Korral geführt wurde! Ich kam, so schnell ich konnte!«
Ihre Armreifen klirrten, als sie sich dicht neben Cathy niederkauerte. Ihr schelmisches Gesicht zeigte eine Mischung von Freude und Bedrückung, denn Cathys Schmerz, den sie mit empfand, lag im Widerstreit mit der Begeisterung ihre Freundin bei sich zu haben.
»Cathy wird nun bei uns bleiben«, sagte Melida. Mit ruhigen Bewegungen räumte sie einige Gegenstände weg, breitete Decken auseinander.
Sarita biss sich auf die Lippen. Sie konnte es nicht glauben. Ihre schwarzen Augen wanderten von einem zum andern.
»Ist das wirklich wahr?«
Cathy nickte mit schwachem Lächeln.

»Ja, es stimmt. Ich habe die Farm verlassen. Es ist ja niemand mehr dort . . .«
»Oh!«, rief Sarita. Voll ungestümer Freude klatschte sie in die Hände – »Wunderbar! Jetzt werden wir zusammen wohnen . . .!« Vor lauter Freude unfähig stillzuhalten, sprang sie auf und raste aus der Hütte; einen Augenblick später war sie wieder da und trug etwas im Arm. Keuchend vor Aufregung setzte sie sich neben Cathy.
»Sieh mal! Von nun an wird er auch dir gehorchen! Habe keine Angst! Du kannst ihn streicheln.«
Belustigt sah Cathy auf den kleinen Fuchs, den Sarita an sich drückte. Er war noch sehr jung. Schnuppernd bewegte sich die zierliche Schnauze. Die schwarzen, lebendigen Augen glänzten.
»Er hat schon große Zähne für sein Alter«, stellte sie fest. »Wie heißt er?«
»Fuchs«, sagte Sarita einfach.
Cathy musste lachen. Sie streckte vorsichtig die Hand aus – sofort fletschte das Tier mit den Zähnen. Cathy zog eilig die Finger zurück.
»Vorsicht!«, warnte Sarita kichernd. »Er ist noch nicht an dich gewöhnt. Aber er wird dich bald kennen. Du musst ihm den Kopf streicheln, so, ganz sanft, dann hat er dich bald gern.«
»Dieses Tierchen wird zu groß«, sagte Nehadschi lächelnd. »In kurzer Zeit geht er auf eigene Faust jagen und du wirst ihn nicht mehr halten können.«
»Ach, nein«, meinte Sarita unbekümmert, »ich werde schon gut aufpassen!«
Sie wiegte den Fuchs wie ein Baby und rieb ihre Wange an dem kleinen, spitzen Kopf. Das Füchslein gähnte, zeigte eine rosa Zunge und die zwei Reihen milchweißer, scharfer Zähne. Cathy lachte laut auf.
Cathys Traurigkeit verschwand, sie entspannte sich, fühlte sich frei und gelöst. Wie fern war Santa Fé! Wie fern waren Mrs Collins – und alle die Leute, die sie nicht verstehen konnten und

wollten. Alles löste sich schon in ihrer Erinnerung auf – Gedanken an eine andere Welt, mit der sie nichts zu tun hatte . . .
So hielt Cathy O'Malley ohne großen Aufruhr oder Verhandlungen ihren Einzug in die Reservation der Navajos.

6. Kapitel

Für Cathy brach eine friedliche Zeit an. Im Schatten der kupferfarbenen Berge hütete sie mit Sarita und anderen gleichaltrigen Mädchen die Schafe auf den Weideplätzen. Sie waren den ganzen Tag zu Pferd, denn man hätte das riesige Gelände unmöglich zu Fuß durchstreifen können. Gut dressierte Schäferhunde umkreisten die Herden und sorgten dafür, dass kein Tier sich absonderte oder verloren ging. Auch wenn Cathy Schafe immer noch nicht mochte, langweilte sie sich nie: Mit ihren Freundinnen gab es dauernd etwas zu lachen und zu plaudern. In wildem Galopp jagten sie ihre Pferde durch die Ebene, übertrafen sich gegenseitig an Mut und Geschicklichkeit. Wenn sie müde wurden, stiegen sie im Schatten eines Felsens von ihren Pferden, entfachten ein Feuer, um Kaffee zu kochen und Mais zu rösten. Lachend und scherzend saßen sie im Kreis, stocherten in der Glut herum oder ruhten sich bäuchlings hingestreckt aus. Ein Bach floss nicht weit vom Lagerplatz entfernt. Es war herrlich, die staubigen Kleider abzulegen und im kühlen grünen Wasser zu schwimmen, um sich dann auf den heißen Steinen in der Sonne trocknen zu lassen!

Cathy fühlte sich im Indianerdorf geborgen und glücklich. Die Navajos betrachteten sie als eine der ihren: Jedermann war freundlich und gütig zu ihr. Nur mit Naitsche, Saritas jüngstem Bruder, hatte sie Schwierigkeiten. Naitsche mochte die Weißen nicht: Für ihn war und blieb Cathy eine Fremde. Außerdem war er recht eingebildet: Er hielt sich für den tapfersten und klügsten Indianer. Jede Arbeit war seiner unwürdig. Er verbrachte seine Tage mit Schlafen und Faulenzen oder ging auf Jagd und Fischfang; außerdem war er der Anführer einer Bande junger Burschen, die ihm blind gehorchten; keiner wagte, ihm, dem Häuptlingssohn, zu widersprechen!

Als der alte Nehadschi merkte, wie hochmütig und dünkelhaft sein Sohn wurde, griff er ein. Um ihn Demut zu lehren, trug er ihm allerlei unangenehme und für einen jungen Mann recht schmähliche Aufgaben auf: die Schafescheren, Fallholz für das Feuer sammeln, die Ziegen melken. Zähneknirschend musste Naitsche unter dem spöttischen Blick seiner Schwester gehorchen. Einmal überraschte sie ihn beim Schafe scheren, als er übel gelaunt eines der störrischen Tiere zu bändigen versuchte. Sarita brach in Gelächter aus. Mit beiden Ellbogen stützte sie sich auf den Zaun.

»Seht den großen Krieger, wie er Schafe schert! Pass auf, dass du dir nicht die Finger abschneidest!«

Naitsche wurde bleich vor Wut. Er schob das blökende Schaf von sich und stand kerzengerade auf. »Warte nur, bis ich einmal Häuptling bin!«, schimpfte er entrüstet.

Sarita bog sich vor Lachen. »Du und Häuptling? Armer Dummkopf: Du weißt doch genau, dass du das als jüngster Sohn niemals werden kannst. Onathi wird dem Stamm Befehle geben und du wirst ihm, wie jeder andere, gehorchen müssen!«

Naitsche ballte die Fäuste. Am liebsten hätte er seine Schwester verprügelt. Doch ein Häuptlingssohn muss sich beherrschen! Würdevoll drehte er sich um . . . und stolperte über einen Stein. Da er barfuß ging, stieß er sich die Zehen wund.

»He!«, rief Sarita. »Hast du keine Augen im Kopf?«

Vor einem Mädchen zeigte man keine Schwäche: Naitsche verbiss seinen Schmerz. Schimpfend und hinkend rannte er im Korral herum, um das blökende Schaf wieder einzufangen.

7. Kapitel

Ungefähr einen Monat danach, am späten Nachmittag, kam Onathi in die Reservation zurück. Die Sonne stand schräg am Himmel und warf lange Schatten auf den Boden, als der junge Mann auf einem rostbraunen, staubbedeckten Pferd ins Dorf ritt. Mit einer Handbewegung erwiderte er die freudigen Begrüßungsrufe der Indianer. Überall stürzten die Leute aus den Hütten. Bald war der ganze Stamm in der Mitte des Dorfes versammelt. Es herrschte eine große Aufregung: Kinder schrien, sämtliche Hunde bellten. Mühsam bahnte Onathi seinem Pferd den Weg zum Wohnplatz seiner Eltern. Die Leute drängten und drückten von allen Seiten. Aber unbemerkbar senkte sich eine Befangenheit über die Menge. Langsam und widerstrebend wichen die Indianer zurück. Die Gesichter der Männer und Frauen wurden ausdruckslos und starr. Den Willkommensrufen folgte ein betretenes Schweigen. Nur noch die Kinder lärmten. Alles starrte Onathi an. Wie hatte sich der Häuptlingssohn verändert! Mit Reithose, Lederjacke und Stiefeln sah er aus wie ein Amerikaner. Sein einst langes Haar war geschnitten. Auch sein Gesichtsausdruck war der eines Fremden: spöttisch, gelangweilt und zerstreut. Wäre nicht seine Hautfarbe dunkel und die leicht geschlitzten Augen schwarz gewesen, so hätte man ihn für irgendeinen von der Regierung geschickten Beamten halten können, der im Indianerdorf einen Besuch machte oder eine Inspektion durchführte.
Vor der Hütte seiner Eltern stieg Onathi vom Pferd. Er redete mit keinem Menschen und schien niemanden wiederzuerkennen. Doch als Nehadschi und seine Frau aus der Hütte traten, begrüßte er sie ehrerbietig und mit der einem Häuptlingssohn anstehenden Zurückhaltung. Die Menge entspannte sich ein wenig, er hatte die bei den Navajos üblichen Höflichkeitsfor-

men anscheinend nicht ganz vergessen. Doch etwas in seinem Wesen blieb verwirrend und fremd: Aus dem schüchternen und immer in Wolken schwebenden Jungen war ein selbstbewusster, etwas arrogant aussehender junger Mann geworden. Vor den Eltern hatte er sich tief verbeugt, ganz wie es Brauch war, nun aber blickte er sich lebhaft um. Zur großen Empörung der Indianer boxte er seinem Bruder Naitsche freundschaftlich in den Rücken und Sarita nahm er an beiden Schultern, hielt sie von sich und betrachtete sie prüfend mit zusammengezogenen Brauen, bevor er in ein für die Indianer recht unschickliches Gelächter ausbrach. »Sarita! Welch eine Überraschung, eine solch hübsche Schwester wiederzufinden. Wären wir nicht verwandt, würde ich dir den Hof machen!«

»Was ist das – den Hof machen?«, fragte Sarita interessiert.

Onathi lachte schallend. Es schien ihm immer mehr Spaß zu machen, seine Stammesgenossen zu verblüffen.

»Frage deine Freundin, die wird sich darin schon auskennen!«, neckte er und zum ersten Mal wandte er sich an Cathy, die schweigend und erstaunt wie alle abseits stand. Lässig schlenderte er auf sie zu.

»Wie die Zeit vergeht, Miss O'Malley! Bei unserer letzten Begegnung trugen Sie Zöpfe und hatten eine Beule auf dem Kopf, weil Sie sich mit irgendjemanden gerauft hatten.«

Cathy musste lachen: Er hatte ein gutes Gedächtnis!

»Stuart Barker war es!«, antwortete sie. »Ich habe ihm einen Denkzettel verpasst, weil er ein Pferd misshandelte, und bin dabei gegen einen Zaunpfahl geflogen.«

»Hm«, sagte Onathi, »das sieht Ihnen ähnlich!« Er nahm seinen Hut ab, strich sich sorgfältig die Haare glatt. »So, Sie sind wieder einmal auf Besuch bei uns. Wie geht es Ihrem Vater?«

Cathy senkte den Kopf: ihre Lippen begannen zu zittern. Ja, natürlich! Onathi wusste nichts vom Tod ihres Vaters!

»Ich . . .«, stammelte sie kreidebleich. Melida kam ihr zu Hilfe.

»Cathys Vater hat einen Unfall gehabt«, sagte sie mit ihrer gleichmäßigen Stimme. »Er ist tot.«

Überrascht und schweigend blickte Onathi sie an. Cathy sah zu Boden und kämpfte mit den Tränen. Hoffentlich stellt er keine Fragen, dachte sie verzweifelt. Ich kann nicht davon sprechen, jetzt noch nicht.
Onathi schien ihre Verwirrung zu spüren. Er wechselte sofort das Gespräch. »Und . . . was tun Sie jetzt?«
»Ich wohne hier.«
»In der Reservation?«, rief Onathi höchst verblüfft. Er sah zuerst auf Cathy, dann auf seine Eltern – mit einem seltsamen Ausdruck im Gesicht, den das Mädchen sich nicht erklären konnte. Dann pfiff er leise zwischen den Zähnen hindurch.
»Ich verstehe«, sagte er ironisch grinsend. »Und wie gefällt Ihnen das Leben bei uns?«
»Sehr gut!«, antwortete Cathy, die nicht begriff, worauf er hinauswollte. Dass es ihr bei den Navajos gefiel, war doch selbstverständlich: Sonst wäre sie ja gar nicht gekommen!
»Ach, wirklich?«, fragte Onathi mit hochgezogenen Brauen.
Cathy verstand überhaupt nichts mehr. Machte er sich über sie lustig? Das wäre doch die Höhe! Schon öffnete sie den Mund, um eine gesalzene Antwort zu geben, da fasste sie sich wieder und bewahrte ein beleidigtes Schweigen. In diesem Ton konnte er nicht mit ihr reden: Das sollte er sich gleich merken! Wenn er sich weiterhin so großspurig und arrogant benahm, dann konnte er wieder dahin gehen, wo er herkam, und zwar sofort! In der kurzen Zeit ihres Aufenthaltes bei dem Stamm hatte sich Cathy vollständig in die Gemeinschaft der Indianer eingelebt. Sie fühlte und dachte wie eine Navajo. Was ist eigentlich los mit Onathi? Warum muss er alle Leute kränken und beleidigen?, überlegte sie sich bestürzt.
Am gleichen Abend, während der Mahlzeit, reichte Melida ihrem Sohn einen von Fett glänzenden Maisfladen, den sie gerade vom Feuer genommen hatte. Onathi nahm ihn mit spitzen Fingern, schaute suchend nach allen Richtungen; plötzlich brummte er eine Entschuldigung, stand auf, suchte etwas in seinem Gepäck. Er kam zurück mit einem Zinnteller und Essbesteck. Der

alte Häuptling und seine Frau wechselten einen raschen Blick. Ihr Gesicht blieb unbewegt. So tief das Verhalten ihres Sohnes sie auch kränkte, es wurde kein Wort darüber verloren. Onathi war anders geworden, das spürte jeder. Im Grunde genommen gehörte er überhaupt nicht mehr zu ihnen. Doch es wäre niemand in den Sinn gekommen, ihn dafür zu tadeln; er selbst hatte Mühe genug, mit dieser neuen Situation fertig zu werden.
Nur eine Person war empört: Cathy! Sie verwünschte Onathi und seine Taktlosigkeit. Wie konnte er seine Eltern so in Verlegenheit bringen! Herausfordernd schaute sie ihn an und schleckte sich betont genussvoll die fettigen Finger ab. Dieser eingebildete junge Herr sollte sehen, dass sich nicht alle beeindrucken ließen! Doch Onathi würdigte sie keines Blickes, sie konnte schmatzen und kauen, so laut sie wollte; er schaute nur auf seinen Teller oder in eine andere Richtung. Wie kann man nur so hochmütig sein!, dachte Cathy voller Entrüstung.
Inzwischen beobachtete Sarita interessiert, wie ihr Bruder mit dem Essbesteck umging. Plötzlich sagte sie: »Ich möchte es auch einmal versuchen!«
Onathi grinste. »Kluges Mädchen!«, sagte er zufrieden. Er reichte seiner Schwester das Besteck und zeigte ihr, wie man es benutzt. Alle sahen zu, wie Sarita ihren Fladen zerkleinerte und jedes Stück mit der Gabel zum Mund führte. Sie war sehr geschickt und lernte es sofort. »Man bekommt keine fettigen Finger mehr!«, rief sie kichernd.
»Für das erste Mal hast du dich ganz geschickt angestellt«, lobte sie Onathi.
»Ich finde das praktisch«, meinte Sarita und drehte die Gabel, von der sie am meisten beeindruckt war, nach allen Seiten.
»Warum nimmst du diese schmutzigen amerikanischen Bräuche an?«, fragte Naitsche mit vollem Mund. »Ich verachte alles, was von den Weißen kommt!«
Onathi zuckte die Schultern. »Und die Weißen verachten uns«, sagte er ruhig. »Sie nennen uns ›wild‹ und ›primitiv‹. Gefällt dir das?«

Naitsche sah rasch seinen Vater an; dieser schwieg. Aufgebracht antwortete er:
»Sollen sie doch denken, was sie wollen! Wir haben schon immer so gelebt und niemand beklagte sich darüber! Warum sollen die Bräuche unserer Vorfahren nicht mehr gut genug für uns sein?«
Onathi betrachtete nachdenklich das Feuer. »Gut genug, Naitsche«, sagte er geduldig. »Ja, warum sollen wir uns anpassen? Vielleicht ganz einfach darum, weil der Augenblick gekommen ist. Vielleicht auch, weil Fortschritt und Technik sich immer weiterentwickeln. Wir leben auf einer Stufe, auf der die Weißen vor mehreren Tausend Jahren gelebt haben. Wir müssen die versäumte Zeit einholen. Es wird hart sein. Aber es bleibt uns keine andere Wahl.«
Was redest du von Fortschritt und Technik? Solch ein Angeber!, dachte Cathy ohne Nachsicht. Er dünkt sich natürlich uns allen überlegen, weil er von der Schule kommt. Aber ich werde es ihm schon zeigen ...
Ihm zeigen? Was denn? Cathy wusste es selber nicht. Wie sollte sie es auch anfangen? Mit einem Streit? Bei Onathi käme das nicht gut an. Er hatte eine ganz bestimmte Art, sie anzusehen, die sie nervös machte. Er reizte ihren Widerspruch und lähmte sie zugleich. Es war besser, ihn nicht herauszufordern. So schwieg Cathy und setzte sich mürrisch in eine Ecke. Erstaunt wurde ihr klar, dass sie schüchtern wurde. Oder war es etwas anderes?

8. Kapitel

Onathi behandelte Cathy sehr höflich – zu höflich sogar, als ob sie eine Dame wäre, was ihr langsam auf die Nerven ging. Sie hatte genug davon, von morgens bis abends »Miss O'Malley« genannt zu werden! Sie ärgerte sich über diesen zu selbstbewussten jungen Mann, der lästig und gestiefelt wie ein Gentlemen-Farmer durch die Reservation wandelte, sich weigerte, mit den Fingern zu essen und der sich – angeblich aus Platzmangel – am Rande des Indianerdorfes eine eigene Hütte eingerichtet hatte. Onathi besaß nicht das einfache und natürlich vertraute Wesen, das Cathy an den Indianern so schätzte. Zwar konnte er heiter und formlos sein, besonders wenn er mit Kindern plauderte oder Sarita neckte; diese bewunderte ihn sehr, was Cathy absolut nicht verstehen konnte.

Sie erinnerte sich noch voller Empörung an jenen Tag, als Onathi von einem kurzen Besuch in Santa Fé zurückkam. Zufällig stieß Cathy mit ihm zusammen, als er, eine umfangreiche Tasche schwenkend, den Pferde-Korral mit großen Schritten verließ.

»Hallo, Miss O'Malley«, grüßte er sie und blieb stehen. »Es freut mich, Sie zu treffen. Ich habe heute Nachmittag an Sie gedacht und ihnen ein kleines Geschenk mitgebracht.«

»Mir?«, fragte Cathy verblüfft, sie traute ihren Ohren nicht. Dann schenkte sie ihm ihr strahlendes Lächeln. »Das ist aber nett von Ihnen . . .!«

Onathi nickte mit ernstem Gesicht. Er stützte seine Tasche gegen den Zaun und wühlte einige Augenblicke darin herum.

Cathy wartete, voller Neugierde. Was könnte es wohl sein? Vielleicht Pfefferminzbonbons?

Onathi wusste, dass sie diese heiß liebte.

Sarita hat recht, dachte sie erfreut. Im Grunde ist er recht sympathisch!

Nun reichte Onathi ihr ein verschnürtes Paket. Das sah nicht nach Pfefferminzbonbons aus! Gespannt öffnete Cathy das Paket... und erlebte die größte Enttäuschung ihres Lebens! Es enthielt ein Messer, eine Gabel und einen Teller aus blauem Steingut.
Cathy wurde rot bis unter die Haarwurzeln. Vor Empörung brachte sie kein Wort heraus. Onathi betrachtete sie mit unschuldsvoller Miene.
»Ich dachte, Sie könnten das brauchen . . .«, meinte er freundlich.
Cathy meinte, sie würde platzen vor Wut.
»Wenn Sie glaubten, mir damit eine Freude zu machen, so muss ich Sie enttäuschen!«, zischte sie.
»Das habe ich keinen Augenblick lang geglaubt.«
»Nehmen Sie das blöde Zeug zurück! Ich brauche es nicht!«, tobte Cathy. »Ihre Familie . . .«
»Das ist etwas ganz anderes«, antwortete Onathi und hob seine Tasche auf. »Bei uns hat man niemals gelernt, mit einem Besteck umzugehen. Warum wollen Sie um jeden Preis Ihre Esskultur verleugnen, Miss O'Malley? In Ihrem Alter sollten Sie vernünftiger sein.«
Cathy kochte vor Zorn. Sie spürte, dass Onathi sie nicht ernst nahm und sich über sie lustig machte. Es schien, als hielte er sie für eine total verrückte Person, welche die Gesellschaft von Wilden der zivilisierten Menschheit vorzog. Zum Donnerwetter! Vergaß er denn, dass er selbst ein Indianer war? Wahrscheinlich hielt er sich für den Präsidenten der Vereinigten Staaten! »Sie sollten sich schämen, die Bräuche Ihres eigenen Stammes lächerlich zu machen!«, warf sie ihm ins Gesicht. »Als Häuptlingssohn sollten Sie mehr Verständnis haben!«
Onathi zuckte mit keiner Wimper, doch schien es Cathy, dass eine leichte Röte in seine Wangen stieg. Das saß!, dachte sie mit Genugtuung. Im gleichen Augenblick aber lachte Onathi aus vollem Halse. Cathy biss sich auf die Lippen. Was gab es da zu lachen? Ich muss mich getäuscht haben, dachte sie ärgerlich.

Diesen Burschen kann man nicht beschämen. Er ist durch und durch Amerikaner!
»Nun, ich vermute, dass mein Geschenk keine Gnade vor Ihren Augen findet«, sagte Onathi augenzwinkernd. »Geschieht mir ganz recht! Es war nicht gerade sehr taktvoll.«
Cathy schwieg verdrossen. An den Korral gelehnt, drehte sie einen Zipfel ihres Schals zwischen den Fingern. Kopfschüttelnd betrachtete sie Onathi und gab sich die größte Mühe, ein ernstes Gesicht zu machen.
»Verzeihen Sie«, sagte er in versöhnlichem Ton. »Es war unfair von mir. Doch, doch, ich gebe es zu. Es würde mir leid tun, wenn ich aufgrund dieses lächerlichen Missverständnisses Ihre . . . nun, Ihre Freundschaft verlieren würde.«
Cathy war nicht nachtragend.
»Ich will Ihnen verzeihen«, sagte sie würdevoll, »unter der Bedingung, dass Sie mich so lange mit den Fingern essen lassen, wie ich Lust dazu habe.«
Onathi unterdrückte einen neuen Lachanfall. »Gut, ich verspreche es Ihnen. Aber was werden Sie mit meinem Geschenk anfangen?«
Voller Widerwillen sah Cathy auf den Teller und das Besteck.
»Ich werde es Sarita geben«, sagte sie kurz entschlossen. »Die kann es brauchen . . .!«

9. Kapitel

Nach Cathys Meinung war an Onathi ein Schulmeister verloren gegangen. Im Gegensatz zu den meisten Indianern, die nicht sehr gesprächig sind, diskutierte, erklärte und dozierte Onathi den lieben langen Tag.

»Onathi weiß so viel«, schwärmte Sarita. »Und wie er erzählen kann! Ich könnte ihm stundenlang zuhören!«

»Das stimmt: Er redet viel«, gab Cathy zu, »aber ich verstehe nicht, was du Interessantes daran findest.«

Sarita warf ihr einen vorwurfsvollen Blick zu. Sie konnte es nicht ertragen, wenn man ihren Bruder kritisierte. »Du tust ihm unrecht! Onathi will nur das Beste. Er sorgt sich sehr um die Zukunft unseres Volkes und er sucht Möglichkeiten, uns zu helfen. Wir müssen ihm dankbar dafür sein.«

Cathy hob die Achseln und antwortete bockig: »Ich frage mich trotzdem, warum er zurückgekommen ist . . .«

»Das war doch seine Pflicht gegenüber seinem Vater und seinem Stamm!«, rief Sarita entrüstet. »Onathi wird einmal Häuptling der Navajos sein!«

»Ich weiß«, brummte Cathy. Es war schwer, sich Onathi in dieser Rolle vorzustellen! Indianerhäuptlinge sind meist würdevoll, schweigsam und weise. Onathi war nichts von alledem. »Hm . . .«, sagte sie. »Meinst du, er ist damit einverstanden?«

Sarita runzelte die Brauen; sie begriff die Frage nicht. »Einverstanden? Wieso einverstanden? Seit dem Tag seiner Geburt ist er dazu bestimmt, die Nachfolge seines Vaters anzutreten. Wie könnte es anders sein?«

Am gleichen Nachmittag war Cathy dabei, als Onathi seinen jüngeren Bruder davon zu überzeugen versuchte, dass die Welt nicht hinter dem nächsten Berg aufhörte.

»Hinter den Gebirgen, die unsere Weidegründe umgrenzen«,

dozierte er in der absichtlich gewählten, blumenreichen Sprache der Indianer, »gibt es viele große und menschenreiche Städte, wo die Amerikaner wohnen. Und noch viel weiter weg liegt ein riesiges Meer, das uns von anderen Ländern trennt, die ebenso groß sind wie das unsere.« Naitsche schüttelte ungläubig den Kopf, doch Sarita rief begeistert, sie wolle diese Länder kennenlernen.

»Ich werde dir einmal ein Buch zeigen«, erklärte Onathi, »in dem die Landkarten der verschiedenen Erdteile abgebildet sind.«

»Das weiß ich auch«, fiel Cathy dazwischen. »Ich habe in der Schule darin lernen müssen. Das Buch ist ein Atlas. Mein Vater hat mir darin einmal sein Geburtsland gezeigt – eine große Insel mit den Namen ›Irland‹. Er sagte, es sei die schönste der Welt.«

»Miss O'Malley, ich sehe mit Vergnügen, dass Sie Ihre Geografie nicht ganz vergessen haben«, sagte Onathi grinsend. Cathy wusste nicht, ob er sich über sie lustig machte. Und außerdem hatte sie seine pompösen Reden satt.

»Hören Sie doch endlich auf, mich Miss O'Malley zu nennen!«, rief sie ärgerlich. »Mein Vater nannte mich so, wenn er mit mir zu schelten hatte!«

»Natürlich eine unangenehme Erinnerung«, schmunzelte Onathi. »Abgemacht, Cathy! Das ist auch bequemer beim Streiten!«

Cathy unterdrückte ein Kichern. Schlagfertig war er bestimmt. Mit etwas gutem Willen konnte man ihn sogar sympathisch finden.

»Bravo!«, rief Sarita begeistert. Spontan erfasste sie Cathys beide Hände. »Siehst du, jetzt gehörst du ganz zur Familie! Du bist meine Schwester!«

Naitsche, dessen Gesicht sich zusehends verfinstert hatte, verlor bei diesen Worten die Geduld. Er fuhr Sarita an: »Auch du hast dich beeinflussen lassen! Als Häuptlingstochter solltest du etwas mehr Stolz haben und wissen, dass alle Amerikaner unsere Feinde sind . . .«

Saritas lange Zöpfe tanzten vor Empörung. Ihre schwarzen Augen blickten angriffslustig.
»Willst du damit sagen, dass Cathy zu unseren Feinden gehört?«
Naitsche rutschte unbehaglich hin und her. Er hätte schweigen sollen, aber schließlich war er müde, seine Gefühle bis in alle Ewigkeit zu verbergen. Und er hatte es satt, immer nachgeben zu müssen. Er warf das lange Haar aus der Stirn und beharrte streitsüchtig:
»Alle Amerikaner sind unsere Feinde! Nicht nur ich empfinde es so; du weißt genau, dass viele Menschen unseres Stammes das Gleiche denken!«
Onathi runzelte die Brauen. Zum ersten Mal schien er wirklich zornig zu werden.
»Schweig, Naitsche!«, schalt er trocken. »Du brichst das Gesetz der Gastfreundschaft und außerdem redest du dummes Zeug. Deine Jugend und Unerfahrenheit sind die einzige Entschuldigung. Wenn ich noch einmal so etwas von dir höre, bekommst du es mit mir zu tun.«
Die Augen Cathys wanderten verstört von einem zum anderen. Weshalb nur war Naitsche so gemein? Und das alles nur, weil sie Amerikanerin war? Aber das war doch falsch! Sie gehörte zu den Navajos! Hatte sie nicht alles getan, um in den Stamm aufgenommen zu werden? Sie versuchte, sich einzureden, dass Naitsches Worte nichts zu bedeuten hatten, aber es war vergeblich: Sie war zutiefst verletzt. Zu impulsiv, um ihren Schmerz zu verbergen, sprang sie auf, stammelte eine Entschuldigung und rannte tränenblind aus der Hütte. Sie hörte Onathi rufen: »Cathy! Warte!«, aber sie kümmerte sich nicht darum.
Mit düsterem, verschlossenem Gesicht durchquerte sie das in der Sonne dahinbrütende Dorf, biss die Zähne aufeinander und versuchte, nicht loszuheulen. Sie ging den Schafkorral entlang bis dahin, wo die Weide anfing. Dort lief sie unschlüssig hin und her, strich sich das zerzauste Haar aus dem Gesicht und kämpfte mit den Tränen. Seit Langem hatte sie sich nicht mehr

so einsam und unglücklich gefühlt. Sie blickte sich um. Onathi war ihr gefolgt und winkte. Cathy kaute nervös an den Fingernägeln. Sie ertrug keine Menschen um sich, wenn sie Kummer hatte. Onathi noch weniger als die anderen.
»Lass mich«, sagte sie, als er sie einholte. »Es ist nicht schlimm!« Sie drehte sich schroff um und verschränkte die Arme, um nicht mehr an den Nägeln herumzubeißen.
»Ich bin bestürzt über die Taktlosigkeit meines Bruders«, sagte Onathi. »Versuche, ihm zu verzeihen. Er ist jung und weiß nicht, was er sagt.«
Er sprach höflich und ausnahmsweise ohne die geringste Ironie. Cathy beruhigte sich etwas. Sie versuchte zu lächeln.
»Es ist schon gut! Ich bin ihm nicht böse. Aber er weiß genau, was er sagt. Im Grunde ist es mir recht. Ich dachte nur . . . ich dachte nur . . . jeder hätte mich gern, hier im Dorf . . .« Sie stockte. Ohne dass sie es verhindern konnte, rollten ihr plötzlich die Tränen über die Wangen. »Geh fort«, stieß sie heiser hervor und drehte ihm den Rücken zu. Wenn er sie nur allein lassen wollte! Überrascht fühlte sie Onathis Hand auf ihrer Schulter.
»Du hast Kummer«, sagte er sanft. »Das tut mir sehr leid.«
Der leichte Druck seiner Finger war irgendwie tröstlich. Es war sehr seltsam. Mit dem Handrücken wischte sich Cathy die feuchten Wangen ab. »Es ist meine Schuld«, antwortete sie mit einem kläglichen Lächeln. »Ich . . . ich machte mir zu viele Illusionen. Aber ich liebe die Navajos und . . .«
Onathi zuckte mit den Achseln. Nun hatte er wieder seinen spöttischen Ausdruck im Gesicht.
»Du bringst meinem Stamm zu viel Verehrung entgegen. Versuche doch, die Augen offen zu halten. Du wirst mehr Fehler als Vorzüge entdecken.«
»Das stimmt nicht!«, protestierte Cathy. »Hier fühlte ich mich glücklich und frei. Das ist doch das Wesentliche im Leben!«
»Nicht unbedingt!«, meinte Onathi.
»Doch.«
Onathi schüttelte nachsichtig den Kopf. »Du sprichst wie Nait-

sche. Hast du noch nicht eingesehen, dass das Wesentliche darin besteht, innerhalb einer Gesellschaft eine bestimmte Aufgabe zu übernehmen und sich in die Gesellschaft einzugliedern?«

Die Gesellschaft? Cathy verstand nicht recht, was er damit meinte. Eine Ansammlung von alten Mumien in der Art von Mrs Collins? Na, wenn das Gesellschaft bedeuten sollte, danke schön! Cathy verzog das Gesicht. »Ohne mich!«, rief sie voller Überzeugung.

Onathi betrachtete ungerührt ihre störrische Miene, dann meinte er nachsichtig:

»Nun, du bist vielleicht noch nicht alt genug, um das zu verstehen!«

»Das ist ja die Höhe!«, rief Cathy und sah voller Empörung, wie das ihr sattsam bekannte hochmütige Lächeln sich auf Onathis Gesicht verbreitete. Ruhig streckte er sich eine Zigarette an.

»Du bist nicht am richtigen Platz. Ich übrigens auch nicht. Nur weiß ich das im Gegensatz zu dir.«

Cathy war so entgeistert, dass ihr keine passende Antwort einfiel. Du lieber Himmel! Der predigte ja wie Mrs Collins! Noch einen Augenblick und er würde ihr sagen, sie solle den Kleidersaum hinunterlassen und sich das Haar hinter die Ohren streichen!

»Schau nicht so böse in die Welt«, sagte Onathi, die Zigarette im Mundwinkel. »Es wäre nett, wenn wir ohne Streit miteinander reden könnten, ja?«

»Wieso behauptest du, ich sei nicht an meinem Platz?«, fauchte Cathy

»Vielleicht kann ich dir das erklären.« Er zog an seiner Zigarette, schien plötzlich nachdenklich.

»Fangen wir mit einer Geschichte an. Es war einmal ein Navajo-Junge, der in seinem Stamm zufrieden und ohne Probleme lebte. Er besaß ein Pferd namens Adler, einen treuen Hund und einen gezähmten Falken, mit dem er auf die Jagd ging. Der Junge hatte keine Sorgen; er war mit sich selbst und der ganzen Welt

im besten Einvernehmen; er konnte sich nicht vorstellen, dass sich das eines Tages ändern sollte.
Unglücklicherweise war der Junge Sohn eines Häuptlings. Als er vierzehn Jahre alt wurde, beschloss der Vater, ihm eine Erziehung geben zu lassen, die ihn auf seine künftige verantwortliche Stellung vorbereiten sollte, und schickte ihn in eine amerikanische Stadt. Für den Jungen erschloss sich eine gänzlich neue Welt. In seiner Verwirrung sah er überall Zauber und böse Geister. Man lachte über ihn, weil er sich vor den Menschen, vor dem Licht und vor dem Lärm fürchtete. In seinem Stolz biss er die Zähne zusammen. Niemand sollte wissen, dass er Angst hatte. Man steckte ihn in zivilisierte Kleider und schnitt ihm das Haar. Er kam in eine Schule, wo ihn Geistliche lesen und schreiben lehrten. Er war linkisch, furchtsam und verschlossen und wurde von seinen Kameraden verspottet. Sie behandelten ihn als einen unwissenden, blöden Wilden, schlossen ihn aus oder spielten ihm böse Streiche. Da erinnerte sich der Junge daran, dass er Sohn eines Häuptlings war, und sein Hochmut wuchs bei jeder Demütigung. Er arbeitete wie besessen; überall wollte er der Erste, der Beste sein. Wagte einer, über ihn zu lachen, so prügelte er sich mit ihm. Da er stark und kräftig war, begannen die anderen, ihn zu fürchten und zu respektieren.
Jahre vergingen. Der Junge kämpfte weiter. Jetzt aber nicht mehr, um sich vor seinen Kameraden zu behaupten, sondern um sich einen Platz in einer Gesellschaft zu schaffen, die ihn ablehnte und verachtete, weil er ein Indianer war. Und das war das Schwerste . . .«
Onathi hielt inne, um sich eine neue Zigarette anzuzünden. Sein Gesicht hatte einen seltsamen Ausdruck angenommen, düster und zerstreut. Es sah aus, als ob er von sehr weit zurückliegenden Ereignissen berichte, die ihn kaum etwas oder überhaupt nichts angingen. Nach einer Weile fuhr er fort:
»Damals war ich feige: Ich verleugnete meine Herkunft, nahm einen amerikanischen Namen an. Es machte mir Spaß, die Leute an der Nase herumzuführen. Ich kam mir schlauer und stärker

vor als alle anderen. Und wenn ich auf der Straße einigen Indianern begegnete, schaute ich woandershin. Ich setzte mein Studium fort, wurde zwanzig Jahre alt. Dann lernte ich ein Mädchen kennen. Sie hieß Carolyn, war schön, sanft und elegant. Wir sahen uns häufig und ihre Eltern empfingen mich bei sich zu Hause. Über meine Herkunft wusste niemand etwas. Als man anfing, mir Fragen zu stellen, erzählte ich eine recht plausible Geschichte: Meine Familie sei spanischer Herkunft, sehr reich und besäße Ländereien in Kalifornien. Bis jetzt hat noch niemand diese Geschichte angezweifelt – auch Carolyn nicht. Aber bei ihr war es etwas anderes: Je besser ich sie kannte, desto schwerer fiel es mir, sie zu belügen. Die Zeit verging: Ich quälte mich Tag und Nacht. Eines Abends entschloss ich mich, ihr alles zu gestehen, auf die Gefahr hin, sie zu verlieren. Ich schrieb einen langen Brief. Den Mut, mit ihr zu sprechen, hatte ich nicht. Dann wartete ich auf eine Antwort: vergeblich. Über meinen Zustand will ich hier keine Worte verlieren. Um es kurz zu sagen: Einige Tage später traf ich auf der Straße Carolyns Mutter. Ich grüßte sie – sie ging wortlos an mir vorbei, den Blick geradeaus gerichtet, als sei ich durchsichtig. Ich begriff die brave Dame sehr gut. Ich begriff auch Carolyn: Sie war zu wohlerzogen, um ein Geheimnis bewahren zu können. Einige Zeit später schickte mir mein Vater eine Botschaft: Ich hätte nun genug gelernt; es sei Zeit, in die Reservation zurückzukommen. Ich fiel aus allen Wolken. Zurück zu den Navajos? Was sollte ich dort? Schließlich beschloss ich, einen kurzen Besuch zu machen, um auf andere Gedanken zu kommen: Ich hatte es nötig. Also ritt ich zurück in die Wüste. Alles schien mir schmutzig, staubig, verkommen. Ich erreichte das Dorf. Was, das ist meine Familie, mein Volk? Dieser Haufen von zerlumpten, unzivilisierten Wilden? Es war, als verstünde ich erst in diesem Augenblick die Amerikaner, ihre Beleidigungen. Ich hatte nur einen Gedanken: fort von hier, so schnell wie möglich. Meinem Vater würde ich erklären, dass ich mich nicht zum Häuptling berufen fühle. Naitsche würde alles viel besser können.«

Onathi hielt inne, sah grinsend auf Cathy. »Für einen zukünftigen Navajo-Häuptling recht illusionslos, nicht wahr?«
Cathy schwieg.
»Überrascht dich das?«, fragte Onathi brüsk.
Cathy zögerte. Sie hatte das unangenehme Gefühl, nicht zu wissen, was sie ihm antworten sollte.
»Ja«, murmelte sie schließlich. »Du bist sehr . . . sehr hart!« Zu ihrer Verblüffung lachte Onathi auf.
»Hart? Das denkst du! Wenn ich es wäre, säße ich nicht hier, gefangen wie eine Fliege im Spinnennetz. Höre weiter: Als ich vor der Hütte ankam, in der ich meine Kindheit verbracht hatte – als ich die Blicke meiner Eltern sah, naiv und voller Vertrauen, als Sarita mich anstrahlte, als sei ich das achte Weltwunder – nun –, da wurde ich sentimental. Ihre Zärtlichkeit und ihren Stolz verdiente ich ja gar nicht! Was hatte ich bis jetzt für sie getan? Nichts! Ich schämte mich und sah nun ein: Diese arme Leute führen ein so kärgliches Leben, weil keiner unter ihnen imstande war, ihnen eine bessere Existenz zu verschaffen. Was blieb mir übrig? Vor meiner eigenen Blödheit entsetzt, entschied ich mich zu bleiben. So bin ich hier.«
»Ja«, flüsterte Cathy. »Ja, ich verstehe . . .«
»Vielleicht nicht ganz«, sagte Onathi mit leiser Stimme. Cathy senkte den Kopf. Sie fühlte sich erschreckend müde und schwunglos. Die Geschichte Onathis gab ihr mehr zu denken, als ihr bequem war. Er hätte sie lieber für sich behalten sollen! Außerdem sah sie keinen Zusammenhang. Was wollte er bloß damit bezwecken?
»Warum hast du mir das alles erzählt?«
Onathi hob gleichgültig die Schultern.
»Ganz einfach, um eines klarzulegen: Ob ich es will oder nicht, hier ist mein Platz. Bei dir handelt es sich um etwas ganz anderes. Du verbohrst dich in die Idee einer absoluten und fantastischen Freiheit, die es weder in Amerika noch sonst wo gibt, am wenigsten aber in einer Navajo-Reservation. Ich rate dir, ganz brav nach Hause zu gehen, kochen zu

lernen und einen Mann zu suchen. Das ist besser für dich und für alle anderen auch.«
Cathy traute ihren Ohren nicht.
»Jetzt übertreibst du aber!«, rief sie zornig. »Du redest genau wie Mrs Collins!«
»Wer ist Mrs Collins?«
Cathy sprudelte eine bildreiche Schilderung von Mrs Collins heraus. Der junge Indianer lachte:
»Gute Beschreibung! Ich kenne diese Art Drachen; man weicht ihnen am besten aus.«
Cathy kicherte voller Freude, dass Onathi ihre Partei ergriff; dann wurde sie wieder ernst. Irgendetwas beschäftigte sie. Sie fragte mit gerunzelter Stirn:
»Warum hast du gesagt, ich solle kochen lernen?«
»Kochen können ist eine wichtige Eigenschaft«, stellte Onathi fest. »Ich geb dir einfach einen guten Rat.«
Cathy schüttelte den Kopf.
»Nein«, sagte sie, »es stimmt nicht! Eben sagtest du es anders. Ich hatte den Eindruck, du wolltest mich fortschicken.«
Onathi wandte leicht den Kopf ab. Er schien nachdenklich.
»Du hast recht«, sagte er nach einem langen Schweigen. »Ich fände es besser, wenn du die Reservation verlassen würdest.«
»Aber wohin soll ich denn gehen?«, rief Cathy verzweifelt. »Ich habe niemand! Keine Verwandten, keine Freunde. Nur – nur Mrs Collins ist da.«
Onathi winkte mit einer Handbewegung ab.
»Lass Mrs Collins aus dem Spiel.« Besorgt und prüfend betrachtete er das Mädchen. Es war das erste Mal, dass er sie so anschaute.
Cathy wurde es fast etwas unbehaglich. Was wollte er nur von ihr?
»Im Ernst, Cathy, hast du niemand, zu dem du gehen könntest?«
Cathy schüttelte den Kopf. Plötzlich standen zu ihrem großen Ärger die Augen wieder voller Tränen. Onathis Züge ver-

schwammen mit dem Gezweig der Büsche in einem weißgrünen Nebel.
»Niemand!«, stammelte sie.
Wie von sehr ferne drang Onathis Stimme zu ihr her:
»Sei ehrlich, Cathy: Bist du wirklich glücklich bei uns?«
Cathy nickte verzweifelt und drehte den Kopf weg. Verbissen und ohne es zu merken, kaute sie an ihren Fingernägeln.
»Ja«, schluchzte sie.
Onathi betrachtete das Mädchen. Mit ihrer braunen Haut, dem langen glatten Haar glich sie einer Indianerin. Jetzt schmollte sie mit zusammengekniffenem Mund und gerunzelten Brauen. Unwillkürlich musste Onathi lächeln. Ihm gefiel ihre Energie, ihr trotziger Wille und vielleicht auch einiges mehr, was er nicht zu analysieren vermochte; er wollte auch nicht weiter danach grübeln. Er schob die Hände in die Hosentaschen und sagte kurz entschlossen:
»Nun, wer weiß? Vielleicht ist es wirklich das Leben, für das du geschaffen bist.«

10. Kapitel

Im Verlauf der folgenden Wochen machte sich Onathi energisch an die Durchführung seines Planes, die Navajos aus ihrem dumpfen Dahinleben herauszureißen.
Zuerst fuhr er nach Santa Fé in das Verwaltungsbüro der Reservation. Die zwei Angestellten, die faul bei einem Glas Whisky den Fliegen zusahen, fielen vor Verblüffung fast von ihren Stühlen, als ein hochgewachsener junger Mann ins Büro hereingepoltert kam und sagte:
»Ihr Laden hier ist ein Sauladen! Haben Sie nichts anderes zu tun, als sich von früh bis spät beim Gähnen zuzusehen! Los, nehmen Sie ein Formular und notieren Sie. Zuerst brauche ich Maschinen und Werkzeuge . . .«
Die Angestellten trauten ihren Ohren nicht. Noch nie in ihrem Leben hatte ein Indianer in dieser Art mit ihnen zu sprechen gewagt! Der Ältere, ein dicker Mann in verschwitztem Hemd, stand schwerfällig schnaubend auf und fauchte Onathi an:
»Wer bist du? Hat man je eine solche Frechheit erlebt?«
Onathi ließ sich nicht einschüchtern. Er spielte lässig mit seiner Reitpeitsche und musterte den Mann von oben bis unten.
»Ich bin Onathi; mein Vater hat mir die Befehlsgewalt über den Navajo-Stamm übertragen, den Sie von der Regierung aus zu unterstützen haben. Zuerst einmal verlange ich, anständig behandelt zu werden. Ich bin einen solchen Ton nicht gewohnt. Außerdem lasse ich mich nicht an der Nase herumführen. Wenn Sie mir nicht liefern, was ich verlange, werde ich mich in Washington beschweren: Sie wissen, was Ihnen dann blüht. Auf was warten Sie noch? Soll ich vielleicht selber schreiben? Ich will noch vor Monatsende ein Ochsengespann und drei Pflüge – in gutem Zustand selbstverständlich. Ebenso brauche ich Baumaterial und Werkzeug; hier ist eine Liste . . .«

In aller Ruhe verließ Onathi das Büro, stieg aufs Pferd und ritt davon.
In der Reservation rief er jeden Tag die erwachsenen Männer zusammen und erläuterte ihnen die neuen Methoden von Ackerbau und Viehzucht. Die Männer lauschten höflich, ohne Widerstand, aber auch ohne Begeisterung. Onathi drängte nicht. Er wusste, dass die Indianer, wenn sie in einer Reservation zusammengepfercht leben müssen, jede Lebenslust und jegliche Energie verlieren und fatalistisch vor sich hin dämmern.
Manchmal verlor Onathi die Geduld. Er hatte Lust, zu toben und zu befehlen. Aber er beherrschte sich, zwang sich zur Gelassenheit. Ob es ihm wohl mit der Zeit gelingen würde, seinen Stamm aus der Gleichgültigkeit herauszureißen?
Eines Tages ging Onathi zu Cathy. Sie saß mit gekreuzten Beinen im Halbdunkel der Hütte und hatte rote Tonschalen vor sich; ihre Finger und ihre Bluse waren voller Farbflecken. Als sie Onathi eintreten sah, lächelte sie und pustete die Haare aus dem Gesicht. Onathi setzte sich neben sie. Er nahm eine Schale und betrachtete sie aufmerksam.
»Nicht schlecht!«, sagte er. »Ich wusste gar nicht, dass du künstlerische Begabung hast.«
Cathy lachte. »Die Leute staunen immer, wenn ich etwas zustande bringe!«
Onathi drehte nachdenklich die Schale in seinen Fingern. »Erstaunlich, wie genau du den Stil unserer indianischen Töpferkunst getroffen hast. Du verfügst über eine bemerkenswerte Einfühlungsgabe. Wusstest du das?«
»Nein«, antwortete Cathy. »Ich mache einfach, was mir gefällt.«
Onathi lehnte sich zurück und lächelte zerstreut.
»Du bist ein merkwürdiges Mädchen!«
Cathy antwortete nicht. Mit ruhigen, geschickten Bewegungen fuhr sie in ihrer Arbeit fort. Onathi beobachtete sie einen Augenblick lang, dann sagte er plötzlich:
»Cathy, willst du mir helfen?«
Das Mädchen runzelte überrascht die Stirn.

»Dir helfen? Wie denn?«

Onathi schaute grinsend zur Decke.

»Du wirst jetzt denken, ich sei verrückt geworden! Ich weiß, dass du keine Lust hast, Bücher zu lesen. Trotzdem: Würde es dir nicht Spaß machen, die Kinder im Indianerdorf lesen zu lehren? So lange wenigstens, bis wir eine Schule gebaut und einen Lehrer aufgetrieben haben?«

»Ich?«, stotterte Cathy. »Ich soll den Kindern das Lesen beibringen? Aber ich habe noch nie so etwas gemacht!«

Onathis Augen blitzten schelmisch.

»Hast du Angst?«

»Angst? Ich?«

Onathi lachte leise.

»Gut, dann bist du also einverstanden?«

»Ja, aber . . .«, begann Cathy.

Onathi schüttelte den Kopf.

»Cathy. Es genügt, wenn sie ihren Namen schreiben und ein paar Sätze lesen können. Sag mir nicht, dass du das nicht fertig, bringst! Ich glaube dir kein Wort!«

Cathy seufzte, rutschte nervös hin und her. Schließlich gab sie nach. Onathi sollte nicht meinen, sie sei ein Hasenfuß! »Einverstanden«, sagte sie resigniert. »Ich will es versuchen. Nur . . .«

»Ja?«

»Ich muss selber zuerst wieder üben, bevor ich beginne«, jammerte sie. »Es ist schon lange her, seit ich zum letzten Mal ein Buch aufgeschlagen habe!«

»Ich hoffe, du bekommst deswegen keine Albträume?«, lachte Onathi. »Also, abgemacht! Gleich morgen reite ich in die Stadt und besorge das Nötigste!«

Cathy schaute ihn Hilfe suchend an.

»Wenn ich alle Kinder unterrichten soll, werde ich nie damit fertig!«, platzte sie heraus.

»Ich auch nicht«, antwortete Onathi und sein Gesicht wurde ernst. »Wenn fünf Kinder in den Unterricht kommen, will ich zufrieden sein. Die Vorurteile in diesem Stamm sind nicht zum

Aushalten! Sie glauben, es bringe Unglück, seinen Namen auf ein Papier zu schreiben. Man sagt, es trenne die Seele vom Körper oder ein ähnlicher Blödsinn. Die Klügeren unter uns halten es ganz einfach für unnötig. Mit Lesen und Schreiben könne man kein störrisches Pferd zähmen, sagen sie.« Ärgerlich hob er die Schultern. »Wenn du wüsstest, mit welchen Schwierigkeiten ich mich herumschlagen muss, um dir die ersten Schüler zu bringen! Aber sie werden kommen, ich garantiere es dir, und wenn ich sie an den Haaren herbeischleppen muss! Glücklicherweise gibt es Ausnahmen wie Sarita, die viel Freude am Lernen hat. Sie ist intelligent und klug. Ich hoffe sehr, dass ihr Beispiel die Leute umstimmen wird . . .«

Onathi beugte sich zu Cathy hinunter und legte ihr die Hand auf die Schulter.

»Nun sind wir zu dritt, um die Zukunft des Stammes zu formen: Sarita, du und ich.«

Cathy wurde rot bis zu den Haarwurzeln.

»Wirklich? Auch ich?«, stotterte sie.

»Ja«, sagte Onathi ernst. »Du bedeutest mehr, als du dir vorstellst.«

»Dann . . .« Cathys Augen funkelten vor Freude, »dann schickst du mich nicht mehr fort?«

Onathi lachte schallend.

»Dich fortschicken? Ich denke nicht daran, wir brauchen dich doch!«

Cathy senkte den Kopf. Sie würde im Indianerdorf bleiben und den Kindern lesen und schreiben beibringen. Es war fast zu schön, um wahr zu sein! Onathi betrachtete nachdenklich ihr ausdrucksvolles Gesicht, auf dem sich alle ihre Empfindungen widerspiegelten.

»Zufrieden, Cathy?«, fragte er freundlich.

Cathy nickte. »Es ist – es ist einfach wunderbar!«

Sie blickte nachdenklich auf ihre Tonschalen, suchte die schönste heraus und zeigte sie Onathi.

»Gefällt dir diese?«

»Sehr.«
»Dann bekommst du sie, wenn sie fertig ist.«
»Danke, Cathy. Noch nie hat mir ein Geschenk solche Freude gemacht«, sagte Onathi mit ernstem Nachdruck, dass Cathy ganz überrascht zu ihm aufschaute. In seiner Stimme war nichts Ironisches mehr. Nicht einmal die gewohnte Energie konnte man darin spüren. Er schien auf seltsame Weise mutlos und bedrückt. Kein Wunder!, dachte Cathy. Bei der Verantwortung, die er trägt! Sie hätte ihm gerne gesagt, dass sie seine Sorgen verstünde, ja, sogar teile, aber sie wagte es nicht. Sie war stolz, mit Onathi zusammenzuarbeiten. Man hatte sie nötig! Sie war jemand, den man brauchte und zu dem man Vertrauen hatte. Das war ein herrliches Gefühl!

11. Kapitel

Am Morgen des ersten Unterrichtstages erschienen außer Sarita und Naitsche (der sehr böse war) drei Jungen und ein verschüchtertes kleines Mädchen. Das war kein aufmunternder Beginn! Cathy erinnerte sich mit Unbehagen an Onathis düstere Voraussage. Noch ungemütlicher wurde es ihr, als die gesamte Dorfbevölkerung zeremoniell aufmarschierte; feierlich und schweigend stellten sie sich im Halbkreis um die kleine Schulklasse herum. Cathy brach der Angstschweiß aus. Mit klopfendem Herzen betrachtete sie die starren Gesichter der Indianer. Sie fühlte sich durch eine unsichtbare, undurchdringliche Mauer von ihnen getrennt. Von Neuem war sie die Fremde, die Amerikanerin, von der nichts Gutes kommen konnte. Die gleiche Feindseligkeit lag auch auf den Gesichtern der Kinder, mit denen sie so oft gespielt hatte. Schwarze, misstrauisch halb geschlossene Augen verfolgten jede ihrer Bewegungen. Zum Donnerwetter, was gafften die alle so! Erwarteten sie vielleicht, dass ich davonlaufen würde? In diesem Augenblick wurde Cathy klar, dass die Indianer Angst hatten. Sie erinnerte sich an die Worte Onathis: Sie fürchten, dass ihnen beim Schreiben die Seele vom Körper getrennt wird. Cathy fühlte eine seltsame Ruhe in sich aufsteigen. Es war doch ganz einfach: Man musste ihnen erklären, dass das nicht stimmte. Kein vernünftiger Mensch konnte so etwas glauben! Sie schaute um sich und bemerkte im Hintergrund Onathi. Als sie ihn anblickte, zuckte er leicht mit den Schultern. Cathy lächelte ihm zu. Er antwortete mit einem aufmunternden Blinzeln.

Cathy beugte sich zu Sarita, ihrer zweiten Verbündeten, die mit gekreuzten Beinen auf dem Boden saß, und legte ihr freundschaftlich die Hand auf die Schulter. Neben ihr schmollte Naitsche. Cathy beachtete ihn nicht. Sie warf energisch die Haare

zurück und setzte sich ihrer Schulklasse gegenüber auf den Boden.
»Schaut doch nicht so böse in die Welt! Ich will euch ein neues Spiel zeigen!«
Sie nahm eine der Schiefertafeln, die Onathi ihr aus der Stadt gebracht hatte, und hob sie in die Höhe.
»Seht diese kleine Zeichnung! Das ist ein S, wie Sarita. Versuche einmal, es nachzumachen, Sarita. Es ist ganz einfach!«
Die junge Indianerin lachte vor Vergnügen. Geschickt schrieb sie ein S auf die Tafel, etwas unbeholfen, aber doch leserlich. Triumphierend zeigte sie es herum. Die Kinder tuschelten interessiert und das Misstrauen verschwand langsam. Sie hatten Freude an diesem ungewohnten Spiel. Mit wachsender Begeisterung wollte bald jedes den Anfangsbuchstaben seines Namens schreiben und Cathy, froh, die Aufmerksamkeit der Kinder so schnell gewonnen zu haben, merkte gar nicht, wie die Menge sich langsam zerstreute. Als sie einmal den Kopf hob, sah sie nur noch ein paar alte Frauen, in ihre bunten Decken gehüllt, mit unbeweglichem Gesicht am Boden hocken: Sie warteten immer noch auf die bösen Geister! Cathy atmete erleichtert auf. Es war doch komisch, wie aus ihr, der unaufmerksamsten Schülerin, die man sich denken konnte, eine Lehrerin geworden war. Sie prustete los vor Vergnügen und Naitsche schaute sie entrüstet an, in der Meinung, sie lache über seine Ungeschicklichkeit ein einigermaßen leserliches N zustande zu bringen.
In den folgenden Tagen wuchs die Schülerzahl; bald waren es fünfzehn Kinder zwischen acht und siebzehn Jahren, die sich um Cathy scharten. Sie hatte die größte Mühe, einigermaßen Ruhe und Ordnung einzuführen; es kam oft vor, dass ein Schüler mitten in einer Erklärung wegrannte, um ein Pferd zur Tränke zu führen oder ein paar Schafe vom Süßkartoffelfeld zu vertreiben. Sarita war begeistert. Sie lernte so rasch und leicht, dass Cathy bald selber nicht mehr mitkam! Stundenlang saß sie im Schatten der Hütte, hielt ihren jungen Fuchs auf dem Arm und malte völlig versunken Buchstaben auf ihre Tafel. Bald versuch-

te sie, die einfachen Wörter zu entziffern, die ihr Cathy aufgeschrieben hatte. Auch im Rechnen war sie sehr gewandt. Das Einmaleins konnte sie schon auswendig. Es war eine Freude, mit ihr zu lernen und zu üben!

Naitsche blieb störrisch; er war bei seinem N stecken geblieben und zeigte keine Lust, dieses lächerliche Spiel fortzusetzen. Nicht, dass es ihm an Intelligenz fehlte: Er war einfach zu träge und hielt es unter seiner Würde, mit jüngeren Kindern zusammen bei Cathy in die Schule zu gehen.

»Wozu soll ich lesen lernen?«, brummte er mürrisch. »Ein Mann braucht keine Bücher; er führt Krieg, geht auf die Jagd, reitet Pferde zu . . .«

». . . und wird sich sehr schämen müssen, wenn er einmal eine wichtige Urkunde unterschreiben soll und nur ein Kreuz auf das Papier malen kann!«, sagte Onathi unbeirrt.

Naitsche zuckte mit den Schultern; aber er war beeindruckt. Es behagte ihm nicht, als Dummkopf zu gelten, und er war neidisch auf die Erfolge seiner Schwester. Auch ärgerte es ihn immer mehr, dass die jüngeren Kinder das Alphabet und das Einmaleins besser beherrschten als er. Naitsche biss die Zähne aufeinander. Denen würde er es zeigen! Schließlich war er der Häuptlingssohn. Also gab er sich Mühe und machte in den folgenden Wochen ganz hübsche Fortschritte.

12. Kapitel

»Nun, wie fühlen Sie sich, Fräulein Lehrerin?«, fragte Onathi. Er betrachtete amüsiert Cathy, die mit einem ganzen Stapel Schulbücher unter dem Arm vom Unterrichtsplatz zurückkehrte.

»Oh, mein armer Kopf«, jammerte Cathy.

Onathi grinste.

Cathy stieß einen Seufzer aus. »Seit zwei Jahren hatte ich kein Buch mehr aufgemacht, ehrlich! Das ist nicht zum Lachen!«

»Was würdest du zu einem Spazierritt als Gegengewicht zu deiner intellektuellen Belastung sagen?«, fragte Onathi. »Ich will zu den Weiden reiten und nach dem Füllen sehen. Kommst du mit?«

»Sofort!«, rief Cathy strahlend. Vor Aufregung ließ sie sich zwei dicke Wälzer auf die Zehen fallen. Lachend bückte sich Onathi. Er sah ihr nach, wie sie zur Hütte rannte, die Schulbücher achtlos in die Ecke warf und mit fliegenden Haaren und leuchtenden Augen zurückkam. Sie sah aus wie eine Schülerin, die gerade aus der Mathematikstunde entlassen wird. Onathi schüttelte langsam den Kopf.

»Cathy, du bist unverbesserlich!«

Sie gingen zum Korral und sattelten die Pferde. Nach wenigen Augenblicken galoppierten sie in die Ebene hinaus. Die Luft war klar wie Glas. Ein trockener, heißer Wind strich durch das dürre Gras. Der Schatten eines Falken glitt langsam über den Boden.

»Ich möchte ein neues Pferd zureiten«, sagte Onathi, während sie durch ein ausgetrocknetes Flussbett ritten. »Dieses Tier da wird alt und kann mich nicht mehr lange tragen.« Er tätschelte freundlich den Pferdehals. »Ein braver Kerl! Wir haben einiges durchgemacht miteinander. Nun wird es Zeit, dass du zur Ruhe kommst.«

»Ich habe Buster auch selber zugeritten«, sagte Cathy stolz. »Er war so wild, dass alle Leute Angst vor ihm hatten!«
»Ein Pferd ist etwas sehr Empfindliches«, meinte Onathi. »Man braucht unendlich viel Geduld und Sanftmut, um es zuzureiten.« Cathy nickte ernst.
Ein großer Felsbrocken lag auf der Piste. Cathy drückte Buster die Fersen in die Flanken. Das Pferd schnaubte, sauste dahin wie ein Pfeil und setzte über den Felsen. Ross und Reiterin schienen einen Augenblick lang in der Luft zu schweben, bevor die Hufe wieder den Boden berührten. Dann raste Buster in einer Staubwolke davon.
Cathy drehte den Kopf und rief triumphierend: »Hast du gesehen, wie ich ihn hinüberbrachte?«
Onathi verzog bewundernd das Gesicht.
»Wenn mein Pferd nicht so kurzatmig wäre, nähme ich es mit dir auf!«
Cathys Hände hielten kaum die Zügel. Sie ließ sich in rasendem Galopp dahertreiben. Ihre Haare flatterten um ihren Kopf. Die Augen halb geschlossen, sog sie die würzige Wüstenluft in vollen Zügen ein.
Als Onathi sie einholte, warf sie den Kopf in den Nacken und schrie aus vollem Halse:
»Ich freue mich so! Ich könnte schreien vor Freude!«
»Warum?«, rief Onathi.
Cathy lachte, das Gesicht voller Staub, verklebt mit Schweiß und Haaren.
»Ich weiß es nicht! Gerade nur so. Geschieht dir das nie, dass du vor Freude schreien möchtest?«
»Nein«, antwortete Onathi langsam. »Nein, das ist mir schon lange nicht mehr passiert . . .«
Plötzlich streckte er den Arm aus: »Sieh da – da ist unsere Herde!«
Die Pferde hatten sich in den Schatten einer Felswand zurückgezogen, wo noch etwas Gras zu finden war. Die langbeinigen Füllen tranken am Euter der Mutter oder sprangen wie ungezogene Kinder um die alten Tiere herum.

»Es ist besser abzusteigen«, riet Onathi. »Die Pferde sind noch halb wild.«
Ihre Reittiere am Zügel führend, näherten sie sich langsam der Herde. Unruhig spitzten die Pferde die Ohren. Die Stuten näherten sich den Füllen, während die Hengste und die Leittiere nervös mit den Hufen scharrten.
Onathi blieb stehen, legte Cathy die Hand auf die Schulter:
»Sieh dort! Was hältst du von dem?«
Cathy folgte seinem Blick und sah ein ebenholzschwarzes Pferd, welches auf hohen, außerordentlich schlanken Beinen aufgeregt tänzelte. Der Kopf mit den kleinen, aufgeblähten Nüstern drehte sich aufmerksam nach allen Seiten. Cathy bemerkte auf seiner Stirn einen kreisrunden weißen Fleck. Sie hielt den Atem an.
»Wunderbar!«, flüsterte sie. »Es – es ist noch schöner als Buster!«
Es war das herrlichste Pferd, das sie je gesehen hatte.
»Wir dürfen ihn nicht erschrecken«, murmelte Onathi. Er ging mir ruhigen Schritten auf das Tier zu. Das Pferd beobachtete ihn misstrauisch. Es machte ein paar tänzelnde Schritte zurück, bäumte sich mit leisem Schnauben auf. Dann stand es ganz still, mit gespitzten Ohren, während Onathi immer näher kam und halb laut in singendem Tone zu ihm sprach.
»Komm zu mir! Hab keine Angst! Ich tue dir nichts. Ja, du weißt es genau: Du bist das schönste Pferd der Welt . . .«
Er blieb stehen, streckte langsam die Hand aus.
Das Pferd zögerte, verdrehte unruhig die blanken Augen. Plötzlich streckte es den langen, glänzenden Hals aus und seine weichen Lippen berührten Onathis Finger. Der Indianer stand völlig unbeweglich. Dann machte der junge Hengst eine stürmische Wendung, schoss wie ein Pfeil davon und tauchte in der Herde unter.
Ein Lächeln glitt über Onathis ernstes Gesicht.
»Du gefällst mir! Mit dir werde ich schon fertig werden.« Cathy kam atemlos angerannt und strich sich die Haare aus dem Gesicht.

»Willst du ihn einfangen und zähmen?«, rief sie begeistert.
Onathi kramte in seiner Hosentasche und steckte sich eine Zigarette an.
»Ja. Morgen will ich es versuchen. Gefällt es dir?«
Cathy war vor Aufregung ganz außer sich.
»Es ist ein herrliches Tier. Hat er schon einen Namen?«
Onathi schüttelte den Kopf.
»Nein. Hast du eine Idee?«
»Ich würde ihn ›Shadow‹ nennen, weil er so schwarz ist wie die Nacht!«
»Shadow?«, wiederholte Onathi. »Der Name passt nicht schlecht! Einverstanden: Wir werden ihn so nennen!«
Schon am folgenden Tag begann die Dressur Shadows. Er war mit größter Mühe eingefangen und in den Korral gebracht worden. Nun sah man ihn unaufhörlich zuckend und bebend Runden drehen. Wenn sich ihm jemand näherte, blieb er stehen, senkte den Kopf und scharrte kampflustig mit den Hufen. Anfangs begnügte sich Onathi damit, auf der Umzäunung zu sitzen und zu dem Tier in dem etwas singenden Ton zu sprechen, der Shadow zu beruhigen schien. Er kümmerte sich auch selber um die Nahrung des Pferdes, brachte ihm Arme voller Heu und füllte seinen Eimer mit frischen Wasser. Schließlich hatte Shadow Vertrauen gefasst und duldete Onathi in seiner Nähe. Mit ruhigen Bewegungen klopfte er ihm auf den Hals, streichelte seine Nüstern und kämmte mit den Fingern die lange, zerzauste Mähne.
Cathy saß oben auf dem Zaun, baumelte mit den Beinen und verfolgte mit Kennerblick diese Erziehung. Shadow wurde immer zutraulicher und begrüßte Onathi bald mit freudigem Wiehern. Auch gewöhnte er sich langsam daran, an einer Leine geführt zu werden. Er gehorchte Onathi aufs Wort. Eines Morgens sagte der junge Indianer: »Heute will ich versuchen aufzusitzen. Aber keine Illusionen: In weniger als fünf Sekunden liege ich im Staub!«
Als Onathi das Tor des Korrals öffnete, trabte Shadow freund-

schaftlich herbei und rieb den Kopf an Onathis Schultern. Er streichelte den Hals des Pferdes. Dann, mit einer vorsichtigen aber blitzschnellen Bewegung, legte er ihm einen Halfter um das Maul. Shadow zuckte zurück, doch da das weiche Seil ihn nicht belästigte, blieb er ruhig stehen. Onathi ergriff mit der einen Hand die Mähne des Pferdes, trat einen Schritt zurück und schwang sich auf Shadows Rücken. Ein Beben ging durch den Körper des Tieres; es riss den Kopf hoch, schnaubte vor Überraschung und Zorn. Dann war der Teufel los; der Rücken Shadows bog und entspannte sich wie eine Stahlfeder und Onathi flog in hohem Bogen über den Kopf des Pferdes auf den Boden. Er sprang sofort wieder auf und lief zu Cathy an den Zaun, während Shadow in einer Staubwolke inmitten des Korrals wie rasend tobte. Lachend kletterte Onathi zu Cathy auf die Korralstange und klopft sich den Staub von den Kleidern.

»Was habe ich dir gesagt? Für heute ist's genug; er muss sich erst wieder von seiner Aufregung erholen!«

Zwei Wochen später war es so weit. Shadow warf Onathi nicht mehr ab. Onathi ritt ohne Sattel und lenkte Shadow mit einem selbst angefertigten kleinen Halfter. Jeden Tag führte Onathi das Pferd auf die Weide, ließ es längs der roten Felsenwände bis zur Ermattung galoppieren.

Nach der Rückkehr rieb er es sorgfältig mit einem Strohwisch trocken und bürstete es, bis das Fell wieder seidig glänzte. Shadow war gezähmt. Gelegentlich brach seine Wildheit durch; er wieherte, stampfte mit den Hufen, unter dem Fell zuckten die Nerven und Muskeln. Onathi lachte nur. Er pfiff leise zwischen den Zähnen und Shadow beruhigte sich sofort, kam zu ihm und stieß zärtlich mit den Nüstern an Onathis Schultern. Donnerwetter! Der versteht etwas von Pferden!, dachte Cathy anerkennend.

13. Kapitel

Drückend lastete die Hitze über der ausgedörrten Weide. Die rote Erde war nur noch Staub. Die Wildbäche trockneten aus; die Sonne brannte auf die runden Steine. Man musste stundenlang durch die staubige Öde reiten, bis man zu einem Wasserloch kam, wo die Pferde und die Schafe ihren Durst löschen konnten.

Eines Tages um die Mittagszeit schien sich die ganze Ebene in einen riesigen bewegten Sandteppich zu verwandeln. Die Schafherde strebte in wilder Panik nach allen Richtungen auseinander. Cathy, Sarita und die anderen Mädchen trieben ihre Pferde an, um die Tiere wieder zusammenzutreiben und zu beruhigen. Der Sturm wurde immer heftiger, die Sandwolken immer dichter, von den Schafen waren nur noch undeutliche Schemen zu sehen. Durch das Sausen des Sturmes drang undeutlich das Gebell der Hunde, das klägliche Blöken der herumirrenden Tiere. Mit zusammengekniffenen Augen kämpfte sich Cathy durch das Unwetter. Mund und Nase waren voller Staub; sie konnte kaum atmen. Ein trockener Husten schüttelte sie. Der Sturm wurde immer wilder, immer tosender. Es war Cathy, als würde sie der Wind mitsamt ihrem Pferd vom Boden reißen und in die Lüfte wirbeln. Sie hatte schon viele gewaltige Stürme erlebt, doch noch nie so einen von solcher Macht. Plötzlich merkte sie, dass sie die Orientierung verloren hatte; Buster schien sich im Kreise zu drehen. Sarita und die anderen Mädchen waren verschwunden. Keuchend und hustend rief Cathy, so laut sie konnte. Doch ihre Stimme verhallte im tosenden Brausen. Unerbittlich fegten ihr Sandwolken ins Gesicht; es stach wie tausend feine Nadeln. Cathy glaubte zu ersticken. Buster geriet in Panik; ziellos und wild um sich schlagend rannte er los; Cathy spürte mit Entsetzen, dass sie die Herrschaft über das verstörte Pferd verloren hatte. Sie klammerte sich an die Zügel und hatte nur noch einen Gedanken: im Sattel bleiben! Da – vor ihr stieg im rötlichen Staubwirbel eine steile Felswand auf! Mit aller Kraft riss Cathy ihr Pferd zur Seite. Sie verlor das Gleichgewicht; es war, als ob Buster unter ihr weggeschoben würde. Sie fiel aus dem Sattel und prallte auf den Boden auf. Benommen versuchte sie, sich aufzurichten; ihre Hände und Knie waren aufgeschürft und sie spürte, wie ihr das Blut übers Gesicht rann. Schwankend machte sie einige Schritte auf die Felswand zu, um dort Schutz zu suchen. Halb blind tappte sie durch ein erstickend heißes Meer von Sand. Sand drang in ihren Mund, in ihren Hals; es brannte wie Feuer. Vor ihren Augen verschwamm alles in rotem Dunst! Sie brach zusammen und blieb regungslos liegen. So fand sie Onathi einige Stunden später. Er war mit einigen Männern aufgebrochen, um sie zu suchen. Der Sturm hatte sich gelegt. Nur eine kupferrote Staubglocke schwebte fast regungslos über der Erde und durch sie hindurch glänzte die untergehende Sonne. Cathy war völlig von Sand bedeckt. Sie atmete kaum. Onathi hob sie vorsichtig auf und wischte ihr den Schmutz vom Gesicht; sie seufzte, mit Mühe öffnete sie die verklebten Augen, schien aber niemand zu erkennen. Schweigend nahm Onathi sie auf die Arme und trug sie zu seinem Pferd. Die Indianer sprachen kein Wort. Ein Mann half ihm, das Mädchen zu halten, während er sich in den Sattel schwang. Onathi legte Cathys Kopf an seine Schulter, umfasste sie fest mit beiden Armen. Dann ritt er los; leblos wie eine Stoffpuppe hing Cathy im Sattel. Ihr Gesicht war grau, bleich und blutbeschmiert.

14. Kapitel

Als Cathy erwachte, fühlte sie sich matt und wehrlos wie ein kleines Kind. Ihr Körper war steif, schmerzte sie überall. Sarita beugte sich über sie. Cathy versuchte zu lächeln.

»Was ist . . . was ist geschehen?«

»Du bist vom Pferd gestürzt und hast dich verletzt«, sagte Sarita und strich ihr zärtlich mit der Hand durch die Haare. »Wie fühlst du dich?«

»Gut, glaube ich«, murmelte Cathy. Sie versuchte, sich aufzurichten, und fiel mit einem leisen Aufschrei wieder zurück.

»Es ist besser, du bleibst ruhig liegen«, sagte Sarita und zog die Decke über Cathys Schultern. Cathy runzelte leicht die Brauen. Sie versuchte zu überlegen, wie alles gekommen war.

Der Sandsturm, ihr Sturz . . . und dann nichts mehr. Nichts mehr? Doch, sie erinnerte sich verschwommen an den wiegenden Gang eines Pferdes. Es wurde Nacht. Jemand hielt sie umschlungen . . . Plötzlich errötete Cathy bis zu den Haarwurzeln. Du lieber Himmel! Das war Onathi gewesen! Er hielt sie in den Armen und sie hatte ihren Kopf an seine Schulter gelehnt! . . . Cathy erinnerte sich noch genau an das Gefühl von Geborgenheit und Glück, welches sie empfunden hatte. Mit Bestürzung wurde ihr klar, dass sie bis über beide Ohren in Onathi verliebt war!

Sie dachte mit Schrecken daran, was passieren würde, wenn Onathi davon erfahren sollte!

Er darf es nicht wissen!, dachte sie verstört. Er nimmt mich ja ohnehin nicht ernst . . . Was hatte ihr Vater immer gesagt? Wenn ein Mädchen anfängt, sich für einen Jungen zu interessieren, dann geht der Ärger los!

Cathy biss sich nervös auf die Lippen. Ärger wollte sie keinen haben. Außerdem interessierte sie sich keineswegs für junge

Männer. Mit Onathi war es etwas anderes; schließlich gehörte sie zur Familie. Trotzdem: Es war sehr verwirrend!
»Woran denkst du?«, fragte Sarita halb laut. Cathy zuckte zusammen und stotterte kläglich: »Was ... was ist mit Buster passiert?«
Sarita erzählte, dass das Pferd nach dem Sandsturm allein ins Dorf zurückgekommen war.
»Wir wussten sofort, dass etwas passiert war. Wir haben solche Angst gehabt. Onathi war ganz außer sich.«
Wieder drehte Cathy den Kopf weg. Es war wirklich blöde, jedes Mal, wenn der Name Onathi fiel, zu erröten! Ich muss mich zusammennehmen, dachte sie ärgerlich, sonst weiß es morgen das ganze Dorf!
Am nächsten Morgen fühlte sich Cathy wieder kräftig und gesund. Die blauen Flecken am ganzen Körper würden bald verschwinden und auch die Wunde an der Stirn schloss sich gut. Die Sonne blendete und stach, als sie aus der Hütte trat. Cathy setzte sich in den Schatten und kämmte ihre zerzausten Haare. Da bemerkte sie Onathi. Er trug den Sattel auf der Schulter und schlenderte langsam den Korral entlang. Zum ersten Mal fiel es Cathy auf, wie sehr er sich verändert hatte. Sein Gesicht war schmaler, seine Hautfarbe dunkler geworden; die Haare, die er nicht mehr schnitt, fielen glatt und strähnig auf seine Schultern. Wie die meisten Navajos trug er Bluejeans und ein buntes Baumwollhemd. Um seine Stirn hatte er ein breites Band mit einem Türkis, dem Zeichen des Häuptlings, gebunden.
Er blieb neben Cathy stehen, die ihn verlegen lächelnd anschaute.
»Wie geht es dir?«, fragte er besorgt. Er streckte die Hand aus und berührte leicht die Wunde auf ihrer Stirn. »Das scheint gut zu verheilen.«
Cathy verzog das Gesicht. »Ich glaube, ich bekomme eine Narbe! Übrigens danke, dass du mich ... dass du mich zurückgebracht hast«, fügte sie hinzu und wurde rot, weil sie so herumstotterte.

»War doch wohl ganz selbstverständlich«, brummte Onathi. Er legte den Sattel auf den Boden, setzte sich mit dem Rücken dagegen und zündete sich eine Zigarette an. Er schien abwesend und zerstreut. Cathy schaute seine Hände an und bemerkte plötzlich, dass sie zitterten.
»Geht nicht alles, wie es soll?«, fragte sie sanft.
Als ob Onathi nur auf diese Frage gewartet hätte, platzte er los:
»Nein! Nur Ärger habe ich! Ich komme vom Indianerbüro. Man hatte mir für heute Werkzeug versprochen. Nun sagt man, dass ich es frühestens in vierzehn Tagen bekomme. Ich könnte diesen Kerlen den Hals umdrehen!« Wütend kaute er an seiner Zigarette.
»Ich habe die größte Lust, alles stehen und liegen zu lassen, fortzugehen, weit weg, ich weiß nicht, wohin ... Aber es ist selbstverständlich überall gleich; es wäre besser, sich endgültig damit abzufinden.«
»Onathi!«, sagte Cathy verblüfft und runzelte die Stirn, »wovon redest du eigentlich?«
»Von meiner Lage als Indianer, wovon denn sonst?«
»Oh nein, du wirst doch nicht wieder damit anfangen!«
Onathi lachte bitter. »Einverstanden! Ich habe meine Erfahrungen gemacht. Mich sollte das kaltlassen. Aber diese Demütigungen, diese stillschweigende Verachtung, wenn ich über die Straßen gehe, ich weiß nicht, wie lange ich das noch ertragen kann!«
Als Cathy schwieg, fügte er hinzu: »Aber wahrscheinlich kannst du das nicht verstehen ...«
»Doch«, murmelte Cathy, »doch, ich verstehe ...«
Plötzlich explodierte sie: »Ich verachte nichts so sehr wie Ungerechtigkeit, Heuchelei und Dummheit! Alle diese Menschen, die dich so blöde anstarren, wollen doch nur eine unterhaltsame Ablenkung. Sich über jemand lustig machen, der anders aussieht, gibt ihnen das Gefühl, jemand besonders Wichtiger zu sein! Dabei ist es ja reiner Zufall, dass diese Weißen nicht als

Schwarze auf die Welt gekommen sind! Darauf brauchen sie gar nicht stolz zu sein!«

»Hm«, sagte Onathi und der spöttische Ausdruck erschien wieder auf seinem Gesicht. »Das ist eine logische Gedankenfolge...

Cathy bemerkte die Unterbrechung nicht. Sie sprudelte nur so hervor. »Ich habe die Freiheit gefunden, die es nach deiner Meinung nicht gibt. Die Freiheit zu lachen, wann es mir gefällt, zu singen oder zu weinen, wenn ich Lust dazu habe. Die Freiheit, zu tun und zu denken, was ich will, ohne dass jemand versucht, einen anderen Menschen aus mir zu machen ...«

Sie verstummte. Wieder einmal hatte sie zu viel geredet! Gleich würde Onathi anfangen, sie zu necken, und sie würde nicht den Mut haben, sich zu wehren. Nur losheulen würde sie ... Doch Onathi sah sie schweigend an. Nach einer Weile sagte er mit leisem Lächeln:

»Das klingt sehr schön, Cathy. Leider habe ich nicht deine blühende Fantasie.«

»Wozu braucht es das?«, antwortete Cathy kopfschüttelnd. »Es ist so einfach, glücklich zu sein!«

In Gedanken versunken starrte Onathi vor sich hin. Cathy spreizte hilflos die Hände. Wie konnte sie ihm wieder Mut geben, ihm begreiflich machen, wie schön das Leben war? Verwirrt griff sie nach dem Kamm, strich mit zerstreuten Bewegungen durch ihr langes, dichtes Haar.

Onathi betrachtete sie mit undurchdringlicher Miene. Plötzlich sagte er:

»Seltsam ... Wie oft ertappe ich mich dabei zu denken, du wärst Indianerin. Dein schwarzes Haar, die braune Haut ... Nur deine Augen sind anders als unsere ...«

Cathy schaute ihn völlig verwirrt an.

»Man vergisst so leicht, dass du Amerikanerin bist.«

Cathy versuchte verzweifelt, einen vernünftigen Satz zu bilden.

»Aber ich bin es doch gar nicht mehr! Weshalb soll man etwas sein, wenn man es nicht mit dem Herzen empfindet?«

Onathi drückte die Zigarette im Sand aus und erhob sich.

»Man hat nicht immer die Wahl«, sagte er düster. Dann nahm er den Sattel auf, schwang ihn über die Schulter und sagte: »Ich muss gehen. Ich habe noch viel zu tun heute.« Er winkte lässig und ging mit seinem etwas schleppenden Gang zwischen den Hütten hindurch. Verwirrt und völlig durcheinander sah ihm Cathy nach, doch er wandte sich nicht um.

15. Kapitel

Einige Tage später ritten Cathy und Sarita bis in die Nähe der alten, nach Santa Fé führenden Poststraße. Es war das erste Mal seit ihrer Flucht, dass Cathy sich so weit in Richtung der Stadt vorwagte. Unbehaglich spähte sie nach allen Richtungen.

»Sarita«, rief sie und zügelte ihr Pferd. »Es ist besser, wir kehren um . . .«

Sarita, die an der Spitze ritt, schaute zurück.

»Warum?«, rief sie lachend. »Hast du Angst, Mrs Collins zu begegnen?«

Cathy biss sich nervös auf die Lippen. »Ich habe so ein seltsames Gefühl. Komm! Mir ist wohler, wenn ich diese Gegend verlasse.«

Sarita hielt ihr Pferd auf dem Hügel an. Sie wischte sich mit dem Handrücken den Schweiß von der Stirn.

»Hast du die Feldflasche bei dir?«

Cathy reichte sie ihr. Sarita öffnete sie und trank in vollen Zügen. Auch Cathy löschte ihren Durst. Sie war gerade dabei, die Feldflasche wieder am Sattel zu befestigen, als auf der Straße unter ihnen ein Wagen in einer Staubwolke auftauchte. Frank Thornton, der Schullehrer, und seine Frau saßen darin. Sie hatten die mexikanische Missionsschule besucht und waren auf dem Heimweg. Die Sonne brannte. Verdrossen und schläfrig hielt Frank Thornton die Zügel. Das Pferd trabte müde dahin.

Plötzlich schüttelte ihn seine Frau kräftig am Arm. »Frank, sieh mal dort oben!«

Der Schulmeister hob augenzwinkernd den Kopf. Im grellen Sonnenlicht sah er auf dem Scheitel des Hügels zwei Reiter. »Indianer«, murmelte Thornton. »Was machen die so nahe der Stadt?«

Mit einem Taschentuch betupfte sich seine Frau die nassen Schläfen unter dem blumengeschmückten Hut. Sie sagte spitz:
»Die Dreistigkeit dieser Wilden überschreitet alle Grenzen. Eines Tages wird der ganze Stamm auf unserer Hauptstraße spazieren gehen und zuschauen, wie wir auf der Terrasse Tee trinken!«
Frank Thornton griff nach seinem Fernglas. Er übergab seiner Frau die Zügel und richtete es auf die zwei Gestalten. Plötzlich stieß er ein überraschtes Grunzen aus.
»Ich will tot umfallen, wenn das nicht die kleine O'Malley ist!«
»Lass mich sehen!«, zischte seine Gattin und riss ihm das Fernglas aus den Händen. Sie setzte es auf ihre Nasenspitze und spähte nach dem Hügel. Ihr bleiches Gesicht bekam vor Empörung zwei rote Flecken.
»Wahrhaftig, das ist sie! Ich erkenne sie genau: Sie trägt Hosen wie ein Mann und hat sich mit Glasperlen behängt. Es ist nicht zu fassen: Genau wie eine dieser Wilden läuft sie herum! Ah! Jetzt hat sie uns bemerkt!«
Im gleichen Augenblick sagte Cathy zu Sarita: »Machen wir, dass wir fortkommen! Ich glaube, die beobachten uns!«
Jetzt bekam es auch Sarita mit der Angst zu tun. Sie gab ihrem Pferd die Sporen.
»Cathy! Komm! Sei vorsichtig! Vielleicht sind das Leute, die dich kennen.«
»Sie sind zu weit entfernt, um mich erkennen zu können«, meinte Cathy; sie konnte auf die weite Entfernung nicht sehen, dass im Wagen ein Fernglas benutzt wurde. Herausfordernd beugte sie sich über Busters Hals und streckte in Richtung der Kutsche die Zunge hinaus, so weit es ging.
Mrs Thornton senkte schockiert das Fernglas. Ihre Augen blitzten vor gerechtem Zorn.
»Diese unverschämte Person!«, sagte sie. »Jetzt hat sie mir die Zunge herausgestreckt! Ich bin sicher, dass sie mich erkannt hat! Oh, solch eine Frechheit.«

»Fort von hier!«, rief Cathy oben auf dem Hügel. Sie wendete ihr Pferd und raste mit fliegenden Haaren Sarita nach.
Noch am gleichen Abend stürzte Mrs Thornton, den Hut schief auf dem Kopf, zu Mrs Collins, die im Schaukelstuhl auf ihrer Terrasse die Abendkühle genoss. Die brave Dame war außer sich. Atemlos berichtete sie:
»Meine Liebe, wissen Sie, wen wir auf der Rückkehr von der Missionsschule getroffen haben? Raten Sie, meine Liebe! Sie werden überrascht sein!«
Mrs Collins schüttelte würdevoll den Kopf. »Nein – wirklich – ich weiß nicht . . .«, sagte sie kühl. Sie fand Mrs Thorntons Aufregung völlig übertrieben.
Die Frau des Lehrers schöpfte tief Atem.
»Also, ich will es Ihnen sagen«, begann sie feierlich. »Es war die kleine O'Malley.«
Mit einem Ruck stand der Schaukelstuhl still. Mrs Collins beugte sich leicht nach vorne.
»Cathy!«
Mrs Thornton hob die Augen zum Himmel und seufzte verhalten.
»Wie ich es Ihnen sage. Und wissen Sie, in was für einer Gesellschaft?« Ihre Stimme wurde ein Flüstern. Sie schaute besorgt nach allen Seiten.
»Sie war – bitte erschrecken Sie nicht, es ist nicht gut für Ihren Kreislauf! – in Begleitung einer Rothaut aus der Reservation! Sie trug Hosen wie ein Mann und hatte einen ganzen Berg von Glasperlen um den Hals. Und als sie mich erblickte, hat sie – ich wage es kaum zu sagen – hat sie mir die Zunge herausgestreckt! . . .«
Mrs Collins zuckte zusammen. Im Abendlicht sah sie ganz grün aus.
»Das ist unmöglich!«, stieß sie hervor und ihr Kinn zitterte. »Das arme, unglückselige Kind! Nein, ich kann es nicht fassen!«
Mrs Thornton wiegte bedeutungsvoll den blumengeschmückten Kopf.

»Bedauern Sie sie nicht!«, sagte sie spitz. »Diese junge Person erleidet nur das Schicksal, das sie verdient!«
Mrs Collins schluckte. Ihr magerer Hals in der rüschenbesetzten Bluse bewegte sich wie der einer Truthenne.
»Nein«, verkündete sie dramatisch, »es ist nie zu spät, eine Seele aus den Klauen des Bösen zu erretten.«
Mrs Thornton zupfte nervös ihren Hut zurecht. Sie nestelte an ihrer Hutnadel und steckte sie so schwungvoll hinein, dass es aussah, als wolle sie sich den Kopf durchbohren. Dann beugte sie sich zu Mrs Collins und flüsterte tragisch:
»Es ist schrecklich, so etwas zu sagen, aber wenn der arme unschuldige O'Malley seine Tochter sähe, er würde sich im Grabe umdrehen.«

Als Joe Collins eine Stunde später heimkehrte, überfiel ihn seine Frau mit der großen Neuigkeit. Wie immer, wenn sie etwas aufregte, ging Mrs Collins mit würdevollen Schritten im Zimmer umher. Ihre Röcke raschelten. Mit dem Spitzentaschentuch betupfte sie sich kleine Schweißperlen auf der Oberlippe.
»Deswegen also ist das arme Kind verschwunden! Vielleicht haben diese Wilden sie entführt und halten sie gefangen? Joe, wir können das nicht dulden! Jetzt musst du als Hilfssheriff einschreiten!«
Die Hände in die Armlöcher seiner Weste gesteckt, kaute Collins auf seiner Zigarre herum.
»Was soll ich tun?«, sagte er uninteressiert. »Die einzige Möglichkeit besteht darin, eine Polizei-Expedition in die Reservation zu schicken und sie mit Gewalt zurückzuholen.«
Mrs Collins nickte zufrieden. »Ausgezeichnet! Sie werden nicht wagen, sich der Autorität der amerikanischen Polizei entgegenzustellen.«
Collins gähnte. Er warf sich in einen Sessel und faltete die Zeitung auseinander.
»Wirklich, Agathe, lohnt es sich, mit diesem Mädchen so viel Aufwand zu treiben? Ich glaube nicht an eine Entführung. Ihre

Familie hat immer mit den Rothäuten sympathisiert. Wenn es ihr bei den Wilden gefällt, so soll sie doch dortbleiben.«
Mrs Collins reckte entrüstet ihr knochiges Kinn. Sie bebte vor Empörung. »Joe Collins! Wagst du es, deine Pflicht als Amerikaner und als Hüter der Ordnung so zu vernachlässigen? Kannst du untätig zuschauen, wenn ein unschuldiges Mädchen ins Verderben rennt?«
Collins verzog das Gesicht hinter seiner Zeitung. Obwohl er seit vielen Jahren Hilfssheriff war, hatte er zu Hause nicht viel zu sagen: Dort führte seine Gattin das Regiment!
»In Ordnung«, brummte er resigniert. »Rege dich nicht auf! In den nächsten Tagen werde ich mal nachsehen . . .!«

16. Kapitel

Als Cathy an diesem Nachmittag mit Sarita und einigen anderen Mädchen von der Weide kam, sahen sie schon von Weitem mitten im Dorf eine ungewöhnliche Menschenansammlung.

»Vielleicht hat es einen Unfall gegeben?«, meinte Sarita.

Cathy schwang ein Bein über den Sattel und stieg langsam vom Pferd. Irgendetwas war ihr unheimlich.

»Nein«, sagte sie mit gerunzelter Stirn. »Ich glaube nicht . . .«

»Gehen wir schauen!«, rief eines der Mädchen. Die anderen folgten tuschelnd. Cathy nestelte nervös an Busters Zaumzeug. Plötzlich blieb sie stehen: Ihr Herz schlug ihr bis in den Hals.

»Sarita . . .«, stammelte sie und ergriff den Arm ihrer Freundin. »Das sind Uniformen! Die Polizei ist da! Sie sind meinetwegen gekommen!«

Sarita klammerte sich verstört an Cathy. »Oh, nein! Das ist nicht möglich! Sicher sind sie wegen einer anderen Sache gekommen.«

Unschlüssig und misstrauisch schauten die Mädchen zu den Hütten. Plötzlich nahm Sarita Cathy bei den Schultern und flüsterte: »Verstecke dich! Wir wollen einmal nachsehen!«

Cathy nickte. Sie übergab Busters Zügel einem Mädchen und blieb in den Felsen zurück, während Sarita mit den anderen Mädchen ins Dorf ritt.

Dort angekommen stieg Sarita vom Pferd und drängte sich mit dem Ellbogen durch die Menge. Sie erblickte den Hilfssheriff und drei uniformierte Soldaten, die mit ihrem Vater verhandelten. Onathi stand abseits, mit undurchdringlichem Gesicht. Melida hatte sich in die schweigende Gruppe der Frauen zurückgezogen.

»Dieses Mädchen kam zu uns nach dem Tode ihres Vaters und bat um unsere Gastfreundschaft«, sagte Nehadschi mit leiser,

aber fester Stimme. »Sie war allein und schutzlos. Wir haben sie aufgenommen. Sie lebt bei den Navajos und ich kann sagen, dass sie glücklich ist. Warum wollen Sie sie uns wegnehmen?«
Collins schnalzte ungeduldig mit den Lippen. Er war schlecht gelaunt und hatte Durst.

»Es handelt sich um eine junge Weiße«, erklärte er betont, als spreche er zu einem Kind. »Sie hat das Recht auf eine ihrer Rasse und Herkunft entsprechende Erziehung. Sie kann nicht unter . . . unter . . .«

». . . unter Wilden leben, meinen Sie wohl«, explodierte Onathi, der bisher kein Wort gesagt hatte.

Der Hilfssheriff warf Onathi einen eisigen Blick zu; er bekam Magenschmerzen, wie immer, wenn er sich aufregte, und der Bursche dort war ihm sowieso unsympathisch.

»Hüten Sie Ihre Zunge, junger Mann. Ich rede mit Ihrem Vater.«

»Fragen Sie doch das Mädchen selbst«, riet Nehadschi und machte Onathi ein Zeichen, er solle schweigen. »Sie werden sehen, dass sie keineswegs die Reservation verlassen will.«

»Sie wird gar nicht um ihre Meinung gefragt!«, sagte Collins barsch. Er holte tief Luft. »Es besteht ein amerikanisches Gesetz, wonach jeder minderjährige Mensch unter die Vormundschaft einer geeigneten Persönlichkeit gestellt wird, die alle notwendigen Entscheidungen für den Minderjährigen zu treffen hat. Ein Indianer-Reservat ist keine für eine junge Weiße geeignete Umwelt. Falls Sie sich weigern, uns das Mädchen zu übergeben, muss ich feststellen, dass Sie sie festhalten wollen, und ich werde von meinem Recht als Hilfssheriff Gebrauch machen und Sie zur Herausgabe des Mädchens zwingen.«

Pause. Die Indianer schwiegen. Das saß!, dachte Collins zufrieden. Dann hörte er Onathi sagen: »Falls Sie sie unglücklich machen wollen, werden Sie auf diese Weise Ihr Ziel sicherlich erreichen!«

Der dicke Mr Collins reckte beleidigt die Schultern. Noch nie hatte ihn jemand so verachtungsvoll angeschaut.

Agatha hatte recht, dachte er; es ist höchste Zeit, dass das junge Ding hier herauskommt.
»Wo ist das Mädchen?«, fragte er. Nehadschi sah sich um und entdeckte in der vordersten Reihe Sarita, die ihn mit weit aufgerissenen Augen anstarrte.
»Geh, Sarita«, winkte er müde. »Sage Cathy, sie müsse kommen.«
»Nein«, flüsterte sie, »bitte nicht!«
Obwohl ihr Vater die Worte nicht verstehen konnte, wusste er, was sie empfand.
»Geh«, sagte er mit sanfter Stimme. Sarita sah ein, dass jeder Widerstand sinnlos war. Tränenblind wandte sie sich um und lief durch die Menge, die sich schweigend vor ihr öffnete.
Cathy sah sie schon von Weitem kommen. Atemlos hastete Sarita über die Geröllhalde. Die Tränen liefen ihr übers Gesicht. Cathy rannte ihr entgegen.
»Sarita! Was ist los?«
»Sie wollen dich mitnehmen«, keuchte Sarita. »Ich will nicht, dass du fortgehst! Ich will es nicht!«
Cathy atmete tief. Obwohl ihr Herz wild und heftig schlug, blieb ihr Gesichtsausdruck kühl, fast unbeteiligt. »Sie können mich nicht zwingen«, flüsterte sie.
»Du musst!«, schluchzte Sarita. »Mein Vater – Vater hat es befohlen!«
Cathy zuckte zusammen: Sie konnte es nicht glauben.
»Was? Er jagt mich fort?«, stammelte sie entgeistert.
»Nein, nein!«, protestierte Sarita, »sie haben ihn gezwungen, dich gehen zu lassen.«
Cathy grub ihre Nägel in die Handflächen und fragte mit rauer Stimme: »Sie haben deinem Vater gedroht?«
Sie bedauerte, keinen Revolver zu haben. Wer konnte so gemein sein und dem alten, von allen geachteten und geliebten Häuptling zu drohen? Und das alles nur ihretwegen! Oh, das war zu ungerecht! Sie presste die Lippen aufeinander.
»Komm«, sagte sie in entschlossenem Ton.

»Was willst du tun?«, fragte Sarita, völlig außer sich.
Cathy antwortete nicht. Mit festen, schnellen Schritten ging sie zum Dorf, Sarita lief schluchzend hinter ihr her. Cathy bahnte sich einen Weg durch die Indianer und blieb mit hängenden Armen vor Joe Collins stehen. Der Hilfssheriff betrachtete verblüfft das hochgewachsene braune und wie eine Indianerin gekleidete Mädchen, das ihn kalt musterte. Sie hatte sich verändert, die kleine Cathy O'Malley. Er zwang sich zu einem Lächeln.
»Guten Tag, Miss O'Malley!«, sagte er höflich und zog seinen Hut. »Ich freue mich zu sehen, dass es Ihnen gut geht.«
Cathy zuckte mit keiner Wimper. Ihr Gesicht war absolut ausdruckslos. Genau wie das einer Indianerin, dachte Collins verstört.
Dann sagte Cathy ruhig und deutlich: »Mr Collins, Sie können zurück, woher Sie kommen, aber ohne mich. Ich bleibe hier.«
Collins rieb sich nervös das Kinn. Er war auf Widerstand gefasst gewesen, auf Tränen, ja sogar auf eine Nervenkrise. Dieser Auftritt brachte ihn aus der Fassung. Nun, es war ja bekannt: Bei diesen Iren wusste man nie, woran man war! Doch Cathy sprach weiter und nun blieb ihm buchstäblich die Luft weg: »Wie konnten Sie es wagen, Mr Collins, den Häuptling der Navajos so zu beleidigen? Sie sind ein Feigling, Mr Collins! Man sollte Sie und Ihre Soldaten aus der Reservation jagen!«
Eine Bewegung ging durch die Menge. Eine dumpfe Spannung lag in der Luft. Die Soldaten schauten auf die drohenden Gesichter der Indianer und ihre Finger krampften sich um den Revolvergurt. Collins hüstelte, er bekam immer stärkere Magenschmerzen. Mit dem Mädchen musste man vorsichtig umgehen: Sie war imstande, den ganzen Stamm aufzuhetzen!
»Wie alt sind Sie, Miss O'Malley?«, fragte er bedächtig.
Cathy zögerte. Sie witterte eine Falle. »Ich bin siebzehn.«
»Nun, Sie sind also minderjährig und glücklicherweise zu jung, um die Tragweite Ihrer Worte beurteilen zu können«, sagte Col-

lins fast freundlich. »Darum will ich sie gerne vergessen. Wir sind einzig zu Ihrem Wohle hier. Später werden Sie es uns danken. Packen Sie Ihre Sachen zusammen, sofern Sie welche haben, und folgen Sie uns. Ich gebe Ihnen fünf Minuten.«
Plötzlich verlor Cathy die Beherrschung.
»Ich gehe nicht mit Ihnen!«, schrie sie, außer sich. »Ich will nicht! Ich werde mich verstecken!«
»Wo?«, fragte Collins kühl. »In der Wüste? Dort können Sie nicht leben. Hier im Dorf? Wir werden jede Hütte durchsuchen. Seien Sie doch vernünftig, Miss O'Malley! Sie werden doch nicht wollen, dass Ihre indianischen Freunde weiteren Schwierigkeiten ausgesetzt sind, nicht wahr?«
Cathy fühlte, wie sich die Falle schloss. Nirgendwo ein Ausweg. Sie versuchte zu verhandeln. Verzweifelt stotterte sie:
»Wenn ich mit Ihnen gehe, werden Sie mir erlauben, meine Freunde zu besuchen, wann ich will?«
»Das hängt von Ihrem Benehmen ab«, antwortete Collins ungerührt. »Wir werden uns später darüber unterhalten.«
Onathi ballte die Fäuste. Sie werden sie niemals zurückkommen lassen!, dachte er. Auch Cathy schien das zu fühlen; ihr Gesicht verzerrte sich vor Kummer. Sie öffnete den Mund, um etwas hinzuzufügen, besann sich dann und drehte sich wortlos um. Mit erhobenem Kopf ging sie zur Hütte des Häuptlings und verschwand darin. Einen Augenblick blieb sie stehen, um ihre Augen an das Halbdunkel zu gewöhnen. Sie empfand nichts als eine ungeheure, schmerzliche Leere. Langsam ging sie in der Hütte herum, suchte ihre Sachen zusammen, wickelte sie in eine Decke und machte ein Bündel daraus. Plötzlich richtete sie sich auf; ihre Augen flogen nach allen Richtungen. Sie konnte das nicht geschehen lassen! Es musste eine Möglichkeit geben zu fliehen. Ein Loch in die hintere Hüttenwand schlagen, sich zum Korral schleichen, ihr Pferd holen und in die Berge fliehen! Sie kannte Schlupfwinkel, wo niemand sie aufstöbern könnte. Die Indianer würden ihr Nahrung bringen . . .
Fieberhaft suchte sie nach einem Gegenstand, um die dünne

Lehmwand zu durchbrechen. Sie entdeckte den Mörser, mit dem Melida Maiskörner zerkleinerte, und griff hastig nach ihm. Ein Geräusch hinter ihr ließ sie zusammenschrecken. Sie fuhr herum, den Mörser hinter dem Rücken versteckt. – Onathi stand in der Hütte. Cathy ließ langsam die Arme sinken, warf den Mörser auf den Boden. Ein Lichtstrahl fiel auf ihr Gesicht; man sah nur ihre Augen, geängstigt und verzweifelt wie die eines gefangenen Tieres. Onathi bewegte sich nicht, sagte kein Wort. Er sah sie nur an. Cathy konnte seine Züge kaum erkennen. Plötzlich ging er wortlos auf sie zu und nahm sie in die Arme. Cathy legte den Kopf an seine Schulter und brach in Tränen aus. Onathi zog sie an sich; er wiegte sie wie ein kleines Kind; er strich ihr übers Haar, immer wieder. Cathy weinte lautlos, ohne Seufzer; die Tränen rannen ihr über die Wangen. Nach und nach beruhigte sie sich. Onathi hob sachte ihr Kinn hoch, blickte sie an.

»Es hätte so einfach sein können!«, sagte er bitter.

Cathy lächelte unter Tränen. »Es ist einfach«, antwortete sie.

»Nein«, sagte Onathi mit müder Stimme, »es ist im Gegenteil fürchterlich verwickelt. Als mir klar wurde, du, dass ich dich liebe, versuchte ich dich dazu zu bringen, das Lager zu verlassen. Du hast es nicht gewollt. Ich hatte nicht den Mut, dich weiterzudrängen!«

»Das geschah also deswegen . . .«, flüsterte Cathy.

»Ja. Und heute gehst du dennoch weg. Aber es ist zu spät.«

Er fasste Cathy bei den Schultern. »Cathy! Vergiss alles, was ich eben gesagt habe, und versuch, mir zu verzeihen. Es ist meine Schuld!«

»Vergessen?«, rief Cathy. »Das ist unmöglich!« Sie nahm Onathis Hände und legte sie auf ihre Wangen. »Jetzt erst fängt mein Leben an . . . Mir ist, als ob ich aus einem langen, sehr langen Schlaf erwache . . .«

»Cathy! Sprich nicht so!«, sagte Onathi heftig; mit verzweifeltem Gesicht wandte er sich ab. »Was für ein Idiot bin ich doch gewesen!«

Zögernd streckte Cathy die Hand aus; Onathi spürte, wie ihre Finger seine Schulter streiften.
»Bitte, Onathi, vergiss mich nicht«, flehte sie. »Ich wüsste nicht, was aus mir werden sollte.«
Onathi atmete auf, er schien sich zu entspannen; mit kurzem Lachen sagte er:
»Nun, wenn es mir gelungen ist, dir etwas Mut zu machen, habe ich weniger Gewissensbisse.«
Wieder nahm er Cathy in die Arme; er küsste ihre Lippen und die tränenfeuchten Wangen.
»Ich werde versuchen, dich in Santa Fé zu treffen. Wir haben uns noch viel zu sagen. Ich werde dir eine Nachricht geben.«
Er schob Cathy langsam von sich und versuchte zu lächeln. »Kopf hoch, Cathy! Wir haben's beide nötig!«
Brüsk wandte er sich ab, um die Hütte zu verlassen, und stieß vor dem Eingang mit Collins zusammen.
»Lassen Sie gefälligst die junge Dame in Ruhe!«, zischte der Hilfssheriff argwöhnisch. »Von nun an steht sie unter meinem Schutz!«
»Eine Ehre, die sie bestimmt zu schätzen weiß!«, antwortete Onathi bissig und ging an ihm vorbei.
Einen Augenblick später verließ auch Cathy die Hütte; sie sah Collins und prallte erschrocken zurück.
»Los, los, Miss O'Malley«, drängte dieser ungeduldig. »Wir müssen vor der Dunkelheit in Santa Fé sein.«
Cathy senkte den Kopf; sie hatte das Gefühl, jedermann müsse an ihrem Gesicht ablesen, was sie gerade erlebt hatte.
»Warten Sie«, murmelte sie. Mit schleppenden Schritten ging sie zum Häuptling Nehadschi und seiner Frau, die schweigend abseits standen. Tief verneigte sie sich vor den beiden alten Leuten.
»Möge die allmächtige Göttin dich beschützen«, flüsterte der Häuptling. Er hob die Hand. Seine hageren Fingerspitzen berührten zärtlich Cathys Stirn. Melidas Gesicht war ausdruckslos und leer. Sie schwieg, denn eine Häuptlingsfrau muss ihre

Gefühle in der Öffentlichkeit verbergen. Cathy kannte die Bräuche und umarmte die Indianerin nicht.
Als Cathy von Naitsche Abschied nahm, sah sie voller Erstaunen, dass er betrübt schien. Er schaute auf seine Füße und brachte kein Wort heraus.
Die Art, wie sie mit Collins fertig geworden war, hatte ihn sehr beeindruckt.
Sarita stand stumm neben ihrem Bruder.
»Weine nicht, Sarita«, flüsterte Cathy. »Bitte weine nicht, sonst muss ich auch heulen, und ich möchte nicht, dass diese Kerle dort sehen, wie groß mein Kummer ist . . .«
Sarita schluckte. »Wann . . . wann sehen wir uns wieder?«
»Bald«, tröstete sie Cathy, die Augen voller Tränen. »Ich komme wieder. Ich verspreche es dir! Niemand kann mich daran hindern.«
Collins spielte nervös mit seiner Reitpeitsche. Was war dieser Abschied für eine mühsame Angelegenheit!
Einer der Polizisten kam vom Korral zurück und führte Buster am Zügel. Cathy ließ Sarita stehen und schaute nach allen Seiten: vergeblich! Onathi war verschwunden. Der Polizist schnürte Cathys Bündel hinter dem Sattel fest und brachte das Pferd.
»Nun, Miss O'Malley, wird es bald?«, rief Collins, der vor Ungeduld platzte. Cathy drehte ihm den Rücken zu. Gemächlich stieg sie aufs Pferd, ordnete ruhig die Zügel. Dann hob sie die Hand, winkte den Freunden zu und sprengte im wilden Galopp davon. Fassungslos starrten Collins und seine Männer ihr nach. Wollte sie doch noch fliehen?
»Ihr nach, zum Teufel noch mal!«, brüllte Collins. Die Polizisten schwangen sich in den Sattel und jagten ihr nach. Keuchend und japsend gelang es Collins endlich, das Mädchen einzuholen. Cathy schaute ihn mit bösem Lächeln an. Durch den Lärm der Hufe vernahm er ihre Stimme: »Befürchten Sie, dass ich Ihnen ausreiße?«
»Zügeln Sie gefälligst Ihren Gaul!«

Cathy lachte schallend. Mit der Faust schlug sie auf Busters Hals und rief:
»Schneller, Buster, schneller, schneller!«
»Sie sind verrückt!«, brüllte Collins krebsrot. »Reiten Sie unverzüglich in unserem Tempo!«
»Sie sehen, Mr Collins«, sagte sie spöttisch. »Ich bin das sanfteste, gelehrigste und bravste Mädchen der Welt . . .«
Collins platzte beinahe vor Wut. Er hatte genug. »Warten Sie, junge Dame! Wir werden schon mit Ihnen fertig werden! Und jetzt – Ruhe! Ich will keinen Ton mehr von Ihnen hören, bis wir in Santa Fé sind, verstanden?«

17. Kapitel

Collins hatte genug von Cathy. Dieser Wildfang im Haus, das hatte ihm gerade noch gefehlt. Noch am gleichen Abend schlug er seiner Frau vor, Cathy wieder in ihre Farm zurückzubringen, wo die Barkers sich mit ihr abplagen konnten. Doch Mrs Collins fürchtete, Cathy würde dort bei der ersten Gelegenheit ausreißen.

»Ich werde mich selber um sie kümmern«, beharrte sie hartnäckig. Collins polterte und tobte, gab aber schließlich, wie immer, nach.

»Also gut, tu was du willst! Doch sorge um Himmels willen dafür, dass ich diese Person nicht zu oft zu Gesicht bekomme! Sie geht mir auf die Nerven mit ihrer Indianeraufmachung, ihren schlechten Manieren und diesen langen, schmutzigen Haaren. Ich werde bestimmt eines davon in der Suppe wiederfinden!«

Schon am folgenden Tag wurde Cathy gezwungen, ein Korsett zu tragen.

»Aber – aber – ich werde ja nie damit atmen können«, jammerte sie.

Mrs Collins schnürte sie unerbittlich.

»Wieso sollst du das nicht können, wenn jedes andere Mädchen es kann? Da – zieh dieses Kleid an!« Das lange graue Kleid hatte einen gestärkten Kragen und Ärmel bis zu den Handgelenken. Darüber musste Cathy eine weite, im Rücken bis zum Hals zugeknöpfte Schürze tragen. Bei jedem Schritt wurden ihre Zehen durch die engen Schnürschuhe zusammengepresst. Ihr Haar wurde in einem straff gebundenen Knoten gebändigt und so stark im Nacken festgesteckt, dass Cathy schien, als könne sie ihre Gesichtsmuskeln nicht mehr bewegen.

Mrs Collins hatte einen Stundenplan aufgestellt. Um sechs Uhr aufstehen. Der Vormittag wurde in der Küche zugebracht. Mit

roten Backen und tränenden Augen kochte und backte Cathy unter der Fuchtel von Mrs Collins. Die brave Dame verstand einiges davon; denn ihr Gatte legte allergrößten Wert auf gutes Essen. Collins konnte mittags und abends unglaubliche Mengen vertilgen. Cathy, die bei Tisch servierte, sah mit Ekel, wie er sich vollstopfte. Später gewöhnte sie sich daran.
Sie selber musste in der Küche essen, und zwar mit dem schwarzen Dienstmädchen Priscilla. Cathy hatte nie Hunger; erstens vermisste sie die Bewegung in freier Luft und außerdem vertrieb die stundenlange Vorbereitung der Speisen ihr jeglichen Appetit.
Nachmittags, nach einem nicht endenden Geschirrspülen, erschien Cathy müde und gelangweilt im halbdunklen Salon, wo Mrs Collins mit der Brille auf der Nase, umgeben von Nähkorb und Wäsche, auf sie wartete. Zwischen den Fensterladenritzen konnte man einen Streifen blauen Himmels sehen, ein leichter Luftzug bewegte die Vorhänge, jenseits dieses Fensters schien die Sonne, dort war Freiheit, das Leben überhaupt! Cathy seufzte vor Sehnsucht.
»Komm her, mein Kind«, säuselte Mrs Collins. »Für den Anfang werde ich dir das Säumen beibringen.«
Während Cathy voller Unlust arbeitete, fragte Mrs Collins: »Hast du schon daran gedacht, dir eine Aussteuer anzuschaffen?«
»Nein«, brummte Cathy zerstreut, denn sie hatte sich gerade in den Finger gestochen.
»Was wirst du denn an deinem Hochzeitstag anfangen, wenn du keine Aussteuer hast?«
»Ich werde darauf verzichten«, murmelte Cathy und lutschte an ihrem Finger. Wie ging ihr diese Näherei auf die Nerven!
Zweimal in der Woche begleitete sie Mrs Collins ins Krankenhaus. Das gefiel Cathy noch am besten, denn sie sorgte gerne für hilflose Menschen. Sie erfüllte sehr gewissenhaft ihre kleinen Aufgaben und hatte für jeden ein freundliches Wort, einen Scherz oder ein aufmunterndes Lächeln. Bald wurde sie im

Krankenhaus sehr beliebt. Eines Tages erregte sie jedoch Missfallen, als sie unschuldig fragte, ob man nicht bei bestimmten Krankheiten Kräutertee und Schlammbäder anwenden könnte. Mrs Collins rümpfte angewidert ihre spitze Nase. »Woher hast du diese Dummheiten? Wohl von deinen Rothäuten!«
»Ich habe gute Erfolge bei dieser Behandlung gesehen!«, beharrte Cathy. »Bei uns in der Reservation . . .«
»Wir begünstigen hier keinen Aberglauben der Wilden! Zur Heilung der Kranken vertrauen wir der Wissenschaft und Gott.«
Von da an hütete sich Cathy, weitere Vorschläge zu machen.
Am Sonntag auf dem Weg zur Kirche wurde Cathy wie ein fremdländisches Tier bestaunt. Die biederen Bürger senkten nicht einmal die Stimme, wenn sie ihre Bemerkungen machten! Cathy war es vollkommen gleichgültig, was man über sie redete. Sie ging geradeaus, ohne nach rechts oder links zu schauen. Manchmal musste sie sich zusammennehmen, um nicht loszuprusten, wenn die Leute tuschelten:
»Sehen Sie – das ist die Kleine, die von den Rothäuten entführt wurde! Sie muss Furchtbares erlebt haben . . .«
»Man sagt, dass sie sich bei den Wilden nie wusch und rohes Fleisch essen musste!«
»Lasst Euch durch ihre Sanftheit nicht täuschen! Haben Sie ihre frechen Augen bemerkt? Wenn ich eine Tochter hätte, würde ich ihr nie erlauben, auch nur ein Wort mit ihr zu sprechen!«
»Sie hat wahrscheinlich Läuse!«
Es nützte nichts, sich darüber zu empören. Freundlich und unbeteiligt bahnte sich Cathy einen Weg durch die Menge. Ein ganz anderer Mensch schien an ihrer Stelle zu sprechen, zu lächeln, mit züchtig niedergeschlagenen Augen Ja oder Nein zu hauchen. Ein anderer Mensch überwachte die Gemüsesuppe, bestickte stundenlang Tischdeckchen und Kissenbezüge. Die echte Cathy schien irgendwo zu ruhen – leblos und starr wie im Winterschlaf.
Wenn sie ihren Mut verlor und nächtelang weinte, dann dachte

sie an Onathi und an das, was er ihr beim Abschied versprochen hatte. »Wir sehen uns in Santa Fé. Ich werde dir eine Nachricht schicken.« Cathy wusste, dass er sein Wort halten würde.
An einem Sonntagmorgen begegnete sie auf dem Weg zur Kirche der Familie Barker. Cathy wollte rasch wegsehen, doch Mrs Collins kniff sie in den Arm und zischte: »Grüße sie!« Cathy lächelte krampfhaft. Sie war voller Hass gegen diese Leute, die sich auf ihrer Farm breitgemacht hatten und sich betrugen, als wären sie die Besitzer. Bockig und verdrossen musterte sie die Ankömmlinge. Mrs Barker war noch dicker geworden. Ihr Mann stolzierte in seinem Sonntagsanzug daher, als ob er einen Stock verschluckt hätte. Stuart, der Sohn, war ein baumlanger, kräftiger Bursche geworden; sein strähniges blondes Haar hing ihm ins Gesicht; er blinzelte in der Sonne. Verlegen trat er von einem Fuß auf den anderen, grinste höflich und rieb sich die sehnigen Hände. »Wie geht's?«, fragte er. In ihrer Einsamkeit war Cathy für jede Freundlichkeit dankbar. Sie hatte als Kind Stuart einmal verprügelt. Nun, jetzt war er erwachsen und schien einigermaßen vernünftig. So lächelte sie ihn freundlich an. Er errötete bis zu den Haarwurzeln.
Es wurde zur Gewohnheit: Jeden Sonntag trafen sie die Barkers und besuchten gemeinsam den Gottesdienst. Cathy wurde langsam nachsichtiger, die Barkers waren derbe, aber gutmütige Leute. Sie arbeiteten redlich, liebten gutes Essen, viel Trinken und waren mit sich selbst und der Welt zufrieden. Aber Stuart war der langweiligste Bursche weit und breit! Da stand er herum, hüstelte, drehte seinen Hut in den Händen und wusste nicht, was er reden sollte. Er taute nur auf, wenn ihn Cathy nach der Farm fragte: Viehzucht und Maisanbau waren seine liebsten Gesprächsthemen! Cathy ließ ihn reden, gähnte verstohlen und dachte an etwas anderes. Eines Tages fragte sie ihn allerdings, ob er die Pferde immer noch schlüge, worauf er knallrot wurde und verwirrt etwas murmelte. Cathy grinste. Halb freundschaftlich, halb ernst drohte sie ihm:

»Dass ich Sie dabei nicht noch mal erwische! Ich habe Sie deswegen schon einmal verprügelt!«
Stuart stotterte, die Pferde seien eben manchmal recht störrisch . . .
Cathys Gesicht verdüsterte sich.
»Sie werden sich ein Pferd nie zum Freund machen, wenn Sie es schlagen«, sagte sie kopfschüttelnd. »Die Navajos . . .«
Sie stockte, biss sich auf die Lippen. Stuart schluckte und fragte dann töricht:
»Stimmt es wirklich? Haben Sie bei den Wilden gelebt?«
»Ich kenne keine Wilden!«, gab Cathy bissig zurück.

18. Kapitel

Da Cathy brav und fügsam schien, gewährte ihr Mrs Collins etwas mehr Freiheit. So durfte sie zum Beispiel allein Einkäufe in den Drugstores der Umgebung machen. Auch bekam sie die Erlaubnis, sich im Garten zu beschäftigen.

Die Spaziergänger konnten nun, wenn sie an Mrs Collins' Gartenzaun vorbeigingen, ein hageres braunes Mädchen in Trauerkleidern, das Haar unter ihrem Strohhut im Nacken zusammengefasst, energisch hacken und jäten sehen. Nichts mehr erinnerte an den perlenumhängten, kleinen Wildfang, den man aus der Reservation in die Stadt geschleppt hatte. Die Leute nickten zufrieden; Mrs Collins hatte gute Arbeit geleistet: Jetzt sah die junge Dame fast normal aus. Hoffentlich ist das von Dauer!

Als Cathy eines Tages in einem Blumenbeet kniete und schwungvoll Unkraut ausriss, war sie besonders schlechter Laune. Das Korsett ging ihr entsetzlich auf die Nerven. Bei jeder Bewegung stachen ihr die Stäbchen in die Rippen. Wenn sie das Ding nur auf den Abfallhaufen werfen könnte.

Cathy seufzte. Wie heiß es war! Sie wischte sich mit dem Handrücken die Schweißperlen von der Stirn und arbeitete verbissen weiter.

Plötzlich ließ ein Geräusch sie aufschauen. Lässig am Zaun gelehnt stand ein kleiner zerlumpter Mexikaner; er kaute Sonnenblumenkerne und spuckte die leeren Hülsen unbekümmert in den Garten.

»Was machst du da?«, rief Cathy entrüstet. Sie sprang auf und eilte zum Zaun. »Willst du wohl verschwinden!«

»He! Bist du die Señorita Cathy?«, murmelte der Lausbub und musterte sie frech von Kopf bis Fuß.

»Woher weißt du meinen Namen?«, fragte Cathy überrascht.

Doch dann begriff sie und wurde erst blass, dann rot. Ihr Herz schlug zum Zerspringen.
»Ja! Ich bin's!«, flüsterte sie. Der kleine Mexikaner legte die Stirn in Falten.
»Ist das auch wahr?«, fragte er misstrauisch.
»Aber natürlich! Nun rede doch endlich!«, platzte Cathy los.
Der Junge stopfte sich in aller Ruhe ein paar Sonnenblumenkerne in den Mund.
»Ich hab dir was zu sagen, muss aber wissen, ob du es auch wirklich bist. Der Señor hat zu mir gesagt: Wenn du mit der falschen Dame sprichst, packe ich dich am Genick und werfe dich ins Wasser. Ich kann aber nicht schwimmen!«
»Onathi ...«, flüsterte Cathy.
Der Junge nickte kauend und war zufrieden.
»Si. So heißt der Señor.«
Er schaute sich rasch um; es war kurz nach Mittag und die Straße menschenleer.
»Höre, der Senior hat gesagt, er wartet bis zum Abend in der Ruine des spanischen Klosters auf dich. Das ist alles. Adios, Señorita!«
Er spuckte einen weiteren Sonnenblumenkern in den Garten und trabte davon.
Cathy blieb am Zaun stehen. Sie war so aufgeregt, dass es in ihren Ohren summte. Onathi war nach Santa Fé gekommen! Es war kaum auszuhalten! Nervös spähte sie nach allen Richtungen. Das Gartentor stand offen. Doch sie musste sich zusammennehmen: Wenn sie jetzt ausriss, würde man sie endgültig ins Haus sperren und sie hätte nie mehr die Möglichkeit, Onathi zu treffen.
Langsam und beherrscht ging sie ins Haus, nahm ihren Strohhut und ihre Schürze ab. Dann setzte sie in der Küche Wasser für Mrs Collins Kaffee auf. Als er fertig war, brachte sie ihn auf einem Tablett in den Salon, wo Mrs Collins Siesta hielt. Cathys Hände zitterten so heftig, dass das Geschirr leise klirrte. Auf der Treppe verfing sich ihr Fuß im Teppich, beinahe wäre sie die Stufen hinaufgestürzt.

Mrs Collins hatte ihre Mittagsruhe beendet und wartete auf den Kaffee. Cathy bediente sie, goss Milch in die Tasse, rührte den Zucker um. Dann nahm sie ihr Nähkörbchen, setzte sich und holte ihr Strickzeug hervor.
Mrs Collins schlürfte ihren Kaffee.
»Warum arbeitest du nicht mehr im Garten«, fragte sie.
»Es ist zu heiß«, flüsterte Cathy. Ein paar Maschen fielen von der Nadel: Sie fing sie sofort auf. Mrs Collins schüttelte den Kopf.
»Nicht so hastig, mein Kind, nicht so hastig, sonst lernst du es nie.«
Cathy zwang sich zu einem Lächeln.
»Ich ... ich wollte diesen Schal so schnell wie möglich fertig machen, aber ich habe fast keine blaue Wolle mehr. Kann ich welche kaufen gehen?«
»Ja, aber halte dich unterwegs nicht zu lange auf. Und setze deinen Strohhut auf. Ein ordentliches Mädchen geht nie ohne Kopfbedeckung auf die Straße.«
»Ja, Mrs Collins.«
Cathy legte die Nadeln schön ordentlich ins Körbchen, klappte den Deckel zu und verließ in aller Ruhe den Salon. Kaum war die Tür hinter ihr ins Schloss gefallen, raffte sie ihre Röcke zusammen und sauste lautlos die Treppe hinab. Sie stülpte ihren Strohhut auf und ging würdevoll durch den Garten: Sie wusste, dass Mrs Collins ihr hinter dem Vorhang nachsah. Hinter der nächsten Straßenecke riss sie den Hut vom Kopf und fing an zu laufen, so schnell es mit ihren Schnürschuhen und Röcken ging. Atemlos erreichte sie die Klostermauern, weiße Mauerreste, von Unkraut überwuchert. Cathy verließ die Straße, irrte klopfenden Herzens in einem weitläufigen Gewirr von Räumen, Wänden, Gängen umher; sie keuchte, ihr Haar war zerzaust; sie stolperte immer wieder über ihre langen Röcke. Ziellos lief sie hin und her; überall Stille. Man vernahm nur den leichten Widerhall ihrer Schritte.
»Cathy!«

Sie wirbelte herum. Onathi war lautlos hinter ihr aufgetaucht. Beim ersten Blick sah sie, wie sehr er sich verändert hatte: Er war älter, ernster geworden. Er trug sein Haar wieder kurz geschnitten. Er fällt dadurch weniger auf, schoss es Cathy durch den Kopf. Aber mit dem Band um die Stirn gefiel er mir besser! Töricht fragte sie: »Warum trägst du dein Stirnband nicht mehr?«

Onathis Miene erhellte sich. Er lachte schallend.

»Wirklich, Cathy! Trotz aller Mühe hat man es nicht fertig gebracht, dich zu ändern!«

Er streckte ihr die Hände entgegen. Cathy lachte und schluchzte zugleich. Onathi zog sie an sich. Dann nahm er ihr Gesicht in beide Hände.

»Meine Cathy . . .«, sagte er leise. »Bist du sehr unglücklich gewesen?«

»Unglücklich?«, murmelte Cathy. Sie griff sich an den Kopf. »Ich weiß es nicht – ich weiß nichts mehr! Die Leute konnten sagen, was sie wollten, es ließ mich alles kalt. Ich war sicher, dass du eines Tages kommen würdest, um mich zu holen!«

Onathis Gesicht verdüsterte sich.

»Cathy . . . machen wir uns keine Illusionen. Du weißt, dass ich dich nicht mit mir nehmen kann.«

»Jetzt nicht!«, stammelte Cathy. »Aber wenn ich großjährig bin, in vier Jahren. Es ist sehr lang, aber ich werde es aushalten . . .«

»In vier Jahren«, sagte Onathi leise, »wirst du mich vergessen haben.«

»Niemals!«

»Cathy – sei vernünftig! Du kannst nicht in einer Reservation leben.«

»Wieso nicht? Ich tat es doch bis jetzt!«

»Ja«, antwortete Onathi nachsichtig. »Aber du warst ein Kind. Wenn du älter wirst, wenn dir die Vorteile der Zivilisation bewusster geworden sind . . .«

»Vorteile der . . . Oh! Das geht zu weit!«, explodierte Cathy. »Du liebe Zeit! Jetzt fängt er wieder an zu predigen! Vorteile der Zivilisation: sechs Stunden täglich kochen und eine Stunde Geschirr spülen! Sich die Augen mit Kreuzstichstickereien verderben! Und dieses scheußliche Ding zu tragen, das mich nicht atmen lässt!«

Die Augen Onathis blitzten belustigt.

»Ja, es ist mir sofort aufgefallen, dass du ein Korsett trägst. Zumindest hältst du dich aufrecht !«

Mit gespielter Würde entgegnete Cathy: »Ein wohlerzogener junger Mann spricht nicht über Korsetts mit jungen Mädchen!«

»Genau das ist es!«, antwortete Onathi schroff. »Ich bin kein wohlerzogener junger Mann.« Ernst fuhr er fort: »Was würden die würdigen und biederen Einwohner von Santa Fé tun, wenn sie mich in deiner Begleitung sähen? Ich kann es dir genau sagen: Sie würden nach der Flinte greifen und mir eine Kugel in den Kopf jagen! So etwas verdient ein schmutziger Indianer, der seine Augen zu einem weißen Mädchen zu erheben wagt!«

Cathy sah ihn entsetzt an. Noch nie hatte Onathi in so bitterem Ton zu ihr gesprochen. Sie stieß einen empörten Schrei aus.

»Wenn du das noch einmal sagst . . . bekommst du eine Ohrfeige!«

Onathi warf ihr einen raschen Blick zu. Wider Willen musste er lachen.

»Hm . . . Ich werde mich in Acht nehmen. Du bist imstande, es zu tun!«

»Warum sagst du so schreckliche Sachen?«, stammelte Cathy vorwurfsvoll. »Es nimmt mir jede Lebensfreude, so etwas zu hören . . .«

Onathi sah sehr erschöpft aus; er strich sich mit der Hand über die Stirn.

»Verzeih«, sagte er halb laut. »Ich weiß nicht mehr, was ich sage.« Zärtlich ergriff er Cathys Hände. »Es ist so schwer, eine Entscheidung zu treffen! Seit du aus unserem Dorf verschwunden bist, höre ich nicht auf, mir Gedanken zu machen. Wenn ich dich liebe, bringt es dir Unglück. Wenn ich dich verlasse, bist du ebenso unglücklich. Eines ist so undenkbar wie das andere.« Er

schwieg betroffen, dann sagte er achselzuckend: »Es gibt nur eine Möglichkeit: Wir müssen Zeit gewinnen. Bevor du nicht ganz sicher bist . . .«
»Aber ich bin es ja schon lange!«, sprudelte Cathy hervor. »Von morgens bis abends denke ich nur an dich . . .« Onathi grinste.
»Auf die Gefahr hin, eine Ohrfeige zu erhalten, muss ich feststellen, dass du noch zu jung bist, um derart wichtige Entscheidungen zu treffen.«
»Jetzt redest du wieder wie Mrs Collins!«, fauchte Cathy.
»Wahrscheinlich Gedankenübertragung!«, lachte Onathi. Nach einer Weile fuhr er fort:
»Meine Eltern grüßen dich und senden dir ihren Segen. Sarita ist an deiner Stelle Lehrerin geworden. Sie gibt sich große Mühe, ist aber nicht sehr erfolgreich.«
Cathy dachte ans Indianerdorf, an die einfachen Hütten aus Lehm und Zweigen. Sie seufzte vor Heimweh.
»Wenn ich doch wieder bei euch sein könnte! Es ist so ungerecht, dass man mich nicht bei den Menschen, die ich liebe, leben lässt . . .«
Ihre Augen blitzten vor Empörung.
»Geht es jemand etwas an, wenn es mir in einer Indianer-Reservation gefällt? Und dass ich einen Navajo liebe, ist doch meine Angelegenheit, nicht? Alle Mädchen haben einen Freund! Meiner ist ein wenig anders, das ist alles. Er ist übrigens tausendmal besser als die ganze Bande von jungen Burschen mit roten Ohren und Schuppen im Haar! Nein, danke vielmals, das ist nichts für mich!«
»Was erzählst du da?«, fragte Onathi grinsend.
Cathy wurde rot; in ihrer erregten Stimmung hatte sie laut gedacht.
»Ich mache mir Sorgen!«, stieß sie verdrossen hervor.
»Das sollst du nicht!«, sagte Onathi zärtlich. »Überlass das mir; es reicht, wenn einer von uns sich sorgt.«
Er strich dem Mädchen durchs Haar und fügte leise hinzu: »Wie gerne würde ich dich glücklich sehen!«

Cathy lächelte; ihre Augen glänzten.
»Ich brauche nur an dich zu denken, dann bin ich es!«
Onathi nahm sie schweigend in die Arme. Cathy schloss die Augen, ihre Wimpern zitterten.
»Jetzt geht es mir gut«, seufzte sie. »Jetzt ist es wie damals, als du mich nach dem Sandsturm auf dem Pferd nach Hause brachtest. Erinnerst du dich?«
»Wie sollte ich es vergessen?«, murmelte Onathi träumerisch. »An jenem Abend, als ich fürchtete, dich tot oder schwer verletzt zu finden – an jenem Abend ist mir klar geworden, dass du mir das Liebste auf der Welt bist.«
Eine Weile standen sie schweigend beisammen. Plötzlich riss sich Cathy von Onathi los.
»Himmel! Ich habe Mrs Collins gesagt, ich müsse Wolle kaufen, nur zwei Straßen weiter . . .! Ich . . . ich muss nach Hause, sonst gibt es Krach!«
»Ja«, sagte Onathi. »Wir dürfen keinen Verdacht erwecken. Der kleine Mexikaner ist nicht dumm. Ich will versuchen, ihn fürs nächste Mal wieder aufzutreiben . . .«
Lustlos nahm Cathy ihren Strohhut, setzte ihn auf den Kopf. Der große Rand hing ihr schief über das linke Auge. Onathi lächelte, drehte den Hut gerade und half ihr die Bänder unter dem Kinn zu verknoten.
»Dieser Hut ist scheußlich! Hat ihn Mrs Collins ausgesucht?«
Cathy nickte. Ihre Mundwinkel zitterten, doch sie weinte nicht.
»Sag ihr, sie habe einen schlechten Geschmack!«
Onathi küsste Cathy leicht auf die Stirn.
»Auf bald, Cathy!«
»Auf bald, Onathi!«, sagte sie schwach und versuchte vergeblich zu lächeln.
Onathi sah ihr nach, wie sie zwischen den Ruinen davonstolperte. Auf der Straße drehte sie sich noch einmal um und winkte; die Tränen liefen ihr übers Gesicht, alles war in einem weißlichen Nebel verschwunden. Onathi hob den Arm. Sein Gesicht war völlig ausdruckslos.

Cathy begann zu laufen; sie entfernte sich immer mehr. Onathi sah nur noch ihr schwarzes Kleid, ihren wieder schief sitzenden Strohhut. Sie verschwand hinter der Kurve. Onathi ging zu seinem Pferd, schwang sich in den Sattel und ritt in entgegengesetzter Richtung davon.

19. Kapitel

Cathys Zimmer war sehr einfach eingerichtet: ein Bett, ein Stuhl, ein altmodischer Schrank. Mrs Collins war der Meinung, man solle den Waisen gegenüber mildtätig sein, ihnen aber nichts Überflüssiges geben, denn das verderbe den Charakter. Cathy nahm in dem Hause eine etwas eigenartige Stellung ein. Sie war mehr als ein Dienstmädchen, aber weniger als eine Verwandte. Cathy wurde nicht bei Tisch geduldet, doch durfte sie nicht, wie ein Dienstbote, ohne Hut ausgehen. Es gab gewisse Regeln, die Mrs Collins sehr genau kannte, die bestimmten, was sich ziemte und was nicht.

Cathy verstand nichts von alledem. Sie verbrachte ihre Tage damit, sich höflich und würdevoll zu langweilen. Sie hatte gelernt, ihr ausdrucksvolles Mienenspiel sorgfältig unter Kontrolle zu halten. Je nach Gelegenheit zeigte sie freundliche Sanftmut, Ergebenheit oder reservierte Distanz. Am schwersten fiel ihr, nicht zu gähnen; Mrs Collins wiederholte ihr immer wieder, wie taktlos es sei, den Leuten ins Gesicht zu gähnen.

Aber ich kann ja nichts dafür, wenn ich mich so schrecklich langweile!, dachte Cathy verzweifelt. Am meisten litt sie darunter, dass sie so wenig Bewegung hatte; vor Nervosität kribbelte es in ihr von oben bis unten. War sie allein, so nahm sie drei Stufen der Treppe auf einmal und fegte wie der Wind durch alle Zimmer. Schlimm war es, wenn sie bei diesen Übungen eine Vase oder einen Ziergegenstand umwarf; sie riskierte, den ganzen Tag in ihr Zimmer gesperrt zu werden oder kein Mittagessen zu bekommen!

Endlich, nach langem Bitten erhielt sie von Mrs Collins die Erlaubnis, von Zeit zu Zeit eine Stunde auszureiten. Priscilla wurde beauftragt, sie dabei zu begleiten. Das gab Probleme, weil die kleine Schwarze vor Pferden höllische Angst hatte. Sie seufzte

und jammerte so lange, bis Mrs Collins ihr ein Maultier besorgte. Priscilla glaubte, wenn man von einem Maultier fiele, täte man sich weniger weh.
Die erste Begegnung mit Buster war für Cathy enttäuschend. Er war in der Poststation untergebracht worden und hatte zu wenig Bewegung. Dick und faul schaute er Cathy an, bewegte gelangweilt die Ohren. Ein Spazierritt schien ihn überhaupt nicht zu locken.
»Oh, zum Donnerwetter!«, entrüstete sich Cathy. »Das ist ja kein Pferd mehr, das ist ein Hammel! Los, los! Ich werde dafür sorgen, dass du deine überflüssigen Pfunde verlierst!«
Sie bohrte dem Pferd die Fersen in die Flanken und sauste davon. Priscilla schrie vor Entsetzen. Vergeblich versuchte sie, das Tempo Cathys einzuhalten, aber wie soll man ein Maultier zum Galoppieren bringen? Das dicke, rundliche Dienstmädchen hüpfte auf dem Sattel wie ein Gummiball auf und ab. Sie stöhnte, ächzte und beschwor Cathy vergeblich, auf sie zu warten. Über Busters Hals gebeugt, lachte Cathy schallend und galoppierte davon.

20. Kapitel

An einem Sonntag nach dem Gottesdienst sagte Mrs Collins zu Cathy:

»Mein Kind, die Barkers haben uns für heute Nachmittag auf die Farm eingeladen; wir sollen die Dressur eines wilden Pferdes mit ansehen.«

So!, dachte Cathy ironisch. Sie laden mich auf meine eigene Farm ein! Was man sich nicht alles gefallen lassen muss . . .«

Neugierig fragte sie:

»Ein wildes Pferd? Woher stammt es?« Stuart Barker tauchte hinter ihr auf. Er hielt den Hut gegen den Magen gedrückt, als ob er Bauchweh hätte.

»Papa und ich haben den Hengst im Gebirge gefangen«, erklärte er aufgeregt. »Er hatte sich in eine Schlucht verirrt. Wir haben ihn mit dem Lasso eingefangen. Eine harte Arbeit, kann ich Ihnen versichern! Dieses Pferd ist der leibhaftige Teufel! Es hätte Papa beinahe zu Tode getreten!«

»Oh, wirklich?«, sagte Cathy spöttisch. »Hat er sich wehgetan?«

Stuart wurde rot und starrte auf seine Stiefelspitzen: Es fiel ihm keine Antwort ein.

Cathy sah diesem Besuch ohne Begeisterung entgegen. Sie wusste, was die Dressur eines Pferdes bedeutete. Die Barkers hatten nicht gerade den Ruf, besondere Rücksicht auf ihre Tiere zu nehmen.

»Ich kann es nicht ertragen, dass man ein Pferd schlägt!«, rief sie angriffslustig. Joe Collins, der gerade dazukam, hörte diese Worte. Er sagte augenzwinkernd:

»Ein widerspenstiges Pferd braucht eine gute Tracht Prügel. Das ist genau wie bei ungehorsamen Kindern.«

Er schaute Cathy bedeutungsvoll an. Das Mädchen blieb ungerührt. Sie dachte an das wilde Pferd, das man gefangen hatte.

Nach einer Stunde Fahrt mit der Kutsche erreichten sie am frühen Nachmittag die Farm. Es war das erste Mal seit ihrer Flucht, dass Cathy ihr Haus wiedersah. Nichts schien sich verändert zu haben! Im nächsten Augenblick würde ihr Vater aus der Türe treten und die Gäste willkommen heißen. Sie würde ins Haus gehen, den Hut an einen Nagel hängen, die Stiefel ausziehen, Feuer anfachen . . .

Doch an Stelle von Ben O'Malley trat Jonas Barker aus dem Haus. Er stemmte die Fäuste in die Seiten und blinzelte zufrieden in die Sonne. Wie immer war eine Backe durch Kautabak angeschwollen. Von Zeit zu Zeit spuckte er in den Staub. Hinter ihm erschien seine Frau. Sie trug ein rosa Kleid mit Blüten und Spitzen, ein wahrer Blumengarten. Ihr dickes Gesicht glänzte.

Störrisch drückte sich Cathy in die Kutschenecke und verschränkte die Arme: Dort wollte sie sitzen bleiben und sich bis heute Abend nicht rühren!

Stuart lief herbei und half Mrs Collins beim Aussteigen. Er grinste breit und gewichtig. Sicherlich wollte er sich als Reiter aufspielen. Er wollte auch Cathy behilflich sein, doch sie übersah seine Hand und sprang mit einem Satz aus der Kutsche.

»Wo ist das Pferd?«, fragte sie trocken und schaute sich nach allen Seiten um.

»Im Korral. Kommen Sie mit!«

»Ich kenne den Weg!«, entgegnete Cathy eisig und drehte ihm den Rücken zu. Sie ging mit großen Schritten ums Haus, erreichte den Korral. Da sah sie Ruby und Lord, die Pferde ihres Vaters, die sich ängstlich an den Zaun drückten. In wildem Trab, mit wogender Mähne raste ein blauschwarzer Hengst im Korral rundherum. Die stolz geblähten Nüstern zogen geräuschvoll die Luft ein. Manchmal blieb er stehen, scharrte angriffslustig mit den Hufen.

»Der ist schön, was?«, fragte Stuart stolz. Cathy antwortete nicht. Langsam ging sie zum Korral, legte die Hände auf den Zaun, fasziniert durch den herrlichen Anblick. Plötzlich fuhr sie zusammen: Ein Sonnenstrahl fiel schräg auf den Kopf des Pfer-

des und ließ auf seiner Stirn einen kreisrunden, handtellergroßen, weißen Fleck hervortreten.
»Shadow«, flüsterte Cathy mit bebender Stimme. »Oh, nein, das ist nicht möglich!«
Sie wirbelte herum. Stuart starrte in ihr zorniges Gesicht und wich unwillkürlich einen Schritt zurück. So einen Ausdruck hatte er noch nie gesehen.
»Wie konnten Sie so etwas tun?«, zischte Cathy. »Ich kenne dieses Pferd! Es gehört dem – dem Stamm der Navajos! Sie hatten nicht das Recht, es einzufangen! Das ist Diebstahl!«
Stuart trat nervös von einem Fuß auf den anderen. Schließlich zuckte er die Achseln und murmelte gekränkt:
»Einem Indianer ein Pferd wegnehmen ist kein Diebstahl.«
»Nein?!«, schrie Cathy. In ihrer Wut fuchtelte sie Stuart vor der Nase herum.
»Wiederholen sie das noch mal, wenn Sie es wagen! Schämen Sie sich nicht? Sofort werden Sie dieses Pferd freilassen, sonst kriegen Sie es mit mir zu tun . . .«
»Pfui, Miss O'Malley«, ertönte hinter ihr eine spöttische Stimme. »Haben Sie wieder einmal einen ihrer unschönen Wutanfälle?«
Joe Collins kam grinsend näher, die Zigarre im Mundwinkel und die Hände in den Westentaschen.
»Stuart hat durchaus das Recht, das eingefangene Pferd zu behalten. Wer sagt uns, dass das Tier wirklich den Indianern gehört?«
»Ich sage es Ihnen!«, fauchte Cathy. »Ich habe es gesehen! Ich kenne es! Es heißt Shadow und . . .«
Joe Collins schien keineswegs beeindruckt. »Wenn es ein Navajo-Pferd ist, was hat es dann so weit weg von der Reservation zu suchen?«
»Es wird durchgegangen sein . . .«
»Ach was, das glaube ich kaum. Übrigens braucht der Besitzer nur herzukommen und sein verschwundenes Pferd zu reklamieren. Dann muss er aber erst einmal beweisen, dass dieses

Pferd ihm gehört. Ich habe es genau untersucht: Es trägt überhaupt kein Zeichen. Ihre Zeugenschaft, liebes Kind, taugt nicht viel, wie ich fürchte. Ihre Sympathien sind nur allzu gut bekannt . . .«

Cathy biss sich vor Verzweiflung in die Finger. Schroff wandte sie sich ab und ging auf den Korral zu; dort setzte sie sich auf den Zaun. Das Pferd erblickte sie und hielt mitten im Lauf inne; seine Augen schauten matt und feindlich.

»Shadow«, rief Cathy flehend. »Shadow! Komm her! Hab keine Angst! Erkennst du mich nicht?«

Das Pferd zögerte, spitzte die feinen Ohren. Cathy streckte die Hand aus. Shadow zuckte zusammen, sprang zurück und sauste im wildem Galopp bis ans andere Ende des Korrals. Enttäuscht ließ Cathy die Hand sinken.

»Oh Shadow!«, flüsterte sie vorwurfsvoll.

Collins hatte sie mit unbeteiligtem Gesicht beobachtet.

»Sehen Sie, das Tier erkennt Sie nicht«, sagte er, und ließ etwas Zigarrenasche in den Staub fallen.

»Ich habe den Eindruck, dass Sie diese Geschichte erfunden haben.«

»Es hat Angst, weil es eingesperrt ist«, jammerte Cathy. »Die Navajos . . .«

»Lassen Sie die Navajos in Ruhe . . .!«

»Aber . . .«

»Ersparen Sie uns Ihre Erklärungen!«, unterbrach Collins ungeduldig. »Stuart wird noch glauben, er habe ein Verbrechen begangen!«

Er schlug dem jungen Mann, der mit verlegenem Gesicht dastand, aufmunternd auf die Schulter.

»Los, Junge! Wenn es dir gelingt, das Pferd zu zähmen, gehört es dir!«

Cathy hieb mit aller Kraft die Faust auf den Zaun und zuckte zurück: Sie hatte sich an einem Holzsplitter verletzt. Collins lachte dröhnend.

Cathy warf ihm einen bösen Blick zu. Der kleine, spießige Mann

war ihr noch mehr zuwider als Mrs Collins. Er weiß genau, dass Shadow zur Herde der Reservation gehört, dachte sie niedergeschlagen. Er streitet es nur ab, um mich zu ärgern. Könnte ich wenigstens Onathi benachrichtigen. Aber nein, ich darf ihn nicht in diese Geschichte hineinziehen.
Cathy wusste, dass Onathi fähig wäre, sein Pferd mit dem Revolver in der Hand zurückzuverlangen! Das könnte Joe Collins so passen, ihm Schwierigkeiten zu machen und ihn vielleicht sogar ins Gefängnis zu werfen – wozu war er schließlich Hilfssheriff?
Cathy lutschte an ihrer verletzten Hand und spähte hilflos nach allen Seiten. Stuart war in den Stall gegangen und kam nun mit einem Sattel zurück; ihm folgte sein Vater, der fröhlich grinsend die Jacke auszog und sie seiner Frau zuwarf; dann rollte er sein Lasso und warf es durch die Luft – wie eine Schlange legte es sich um Shadows Hals. Das Pferd blieb zitternd stehen. Seine Muskeln waren zum Zerreißen gespannt. Dann sprang es mit allen vier Beinen auf einmal in die Höhe, bäumte sich wiehernd auf und raste wie toll im Kreis herum. Mit aller Kraft stemmten sich Barker und sein Sohn dem gewaltigen Zug entgegen: Die Schlinge zog sich immer enger um den Hals des verängstigten Tieres.
»Es bekommt ja keine Luft mehr!«, schrie Cathy aufgeregt, doch niemand achtete auf sie. Ein zweites Lasso wurde um den Hals des Pferdes geworfen, ein drittes fesselte seine Knie. Shadow schwankte, richtete sich, am ganzen Körper zitternd, wieder auf. Sein Rücken wölbte sich, sein dichter Schweif fegte durch die Luft wie eine Peitsche.
Cathy sprang vom Zaun herunter. Verzweifelt lief sie um den Korral herum.
Stuart öffnete das Tor des Korrals und ging mit einer Kandare in der Hand zum Pferd. Shadow verdrehte die Augen. Seine Hufe scharrten auf dem Boden. Stuart streckte vorsichtig den Arm aus. Schnell wie der Blitz wendete Shadow den Kopf; seine Zähne schnappten wenige Zentimeter von Stuarts Finger in die

Luft. Der Junge wich zurück. Joe Barker kam seinem Sohn zu Hilfe. Beide Hände presste er auf die Nüstern des Pferdes. Halb erstickt öffnete Shadow das Maul und mit einer raschen Bewegung legte ihm Stuart die Kandare an.
»Das wäre geschafft!«, murmelte er und wischte sich den Schweiß von der Stirn.
Shadow biss auf der Kandare herum und versuchte erfolglos, sie auszuspucken. Sein Maul war voller Schaum. Joe Barker ließ ihm keine Zeit, zu sich zu kommen, und stülpte einen Sack über den Kopf. Sofort blieb Shadow stocksteif stehen. Die Dunkelheit machte ihn wie alle Pferde wehrlos.
Während sein Vater das bebende Tier hielt, sattelte es Stuart in aller Eile. Dann setzte er den Fuß in den Steigbügel und sprang in den Sattel, ohne dass Shadow die geringste Bewegung machte. Nur über sein Fell liefen Schauer wie ein feines Geriesel.
»Fertig?«, keuchte Barker, während Stuart nach den Zügeln griff.
Mit rascher Bewegung riss Barker den Sack von Shadows Kopf und sprang zur Seite; gleichzeitig schnitt Collins das Lasso durch. Einen Augenblick lang stand Shadow wie versteinert. Dann aber krümmte er sich blitzschnell zusammen und schnellte hoch. In einer Staubwolke wirbelte Stuart wie ein Sack durch die Luft. Mit dumpfem Geräusch landete er auf der Erde; er rappelte sich in aller Eile hoch und rannte zum Tor, verfolgt vom wutentbrannten Pferd. Im letzten Moment konnte er sich in Sicherheit bringen, während Shadow durch den Korral stürmte.
Cathys Augen leuchteten boshaft.
»Bravo, Shadow! Geschieht ihm ganz recht!«, fauchte sie triumphierend.
Barker und der Hilfssheriff bemühten sich um Stuart, der benommen seine Stirn abtastete, wo eine große Beule langsam anschwoll.
»Na, reicht's dir für heute?«, fragte Collins.
Stuart schüttelte den Kopf.
Zum zweiten Mal wurde nun Shadow durch Lassowürfe gefes-

selt und unbeweglich gemacht; wieder bekam er einen Sack über den Kopf gestülpt und Stuart setzte sich in den Sattel. Aufgepasst! Gleich fliegt er wieder!, dachte Cathy voller Schadenfreude. In diesem Augenblick fiel ihr Blick auf Stuarts Stiefel. Sie stieß einen Empörungsschrei aus: Stuart trug nämlich lange, mexikanische Sporen mit Zacken. Aufgebracht und kreidebleich beugte sich Cathy über den Zaun und schrie aus Leibeskräften:

»Nein! Nicht so! Stuart, bitte! Hören Sie auf!« Ein durchdringendes Wiehern schnitt ihr das Wort ab; in einer Staubwolke sauste das schwarze Pferd an ihr vorbei. Cathy wich keuchend zurück. Wie eine Rakete flog Shadow durch den Korral. Stuart klammerte sich an die Zügel und hieb mit den Fersen gegen Shadows Flanken. Shadow bäumte sich auf: Seine Hufe schlugen in die Luft. Cathy entdeckte Blutspuren auf seinem Körper. Sie stöhnte vor Verzweiflung und Hilflosigkeit. Plötzlich warf sich Shadow auf die Erde, wälzte sich im Staub.

Stuart hatte gerade noch Zeit, die Füße aus den Steigbügeln zu ziehen, um nicht vom gewaltigen Tierkörper zerdrückt zu werden. Taumelnd stand er auf, hinkte zur Umzäunung. Er keuchte, sein Gesicht war schmerzverzerrt. Sein Vater riss das Tor auf.

»Hast du dich verletzt?«

»Das verfluchte Tier hat mir beinahe das Bein zerquetscht!«, jammerte Stuart. Shadow war aufgesprungen. Mit gesenktem Kopf schleppte er sich durch den Korral und blieb schließlich zitternd, schweiß- und staubbedeckt in einer Ecke stehen. Den Sattel schleifte er hinter sich her.

Cathy ging zu Barker, der brummend und schimpfend seinen Sohn stützte, und zupfte ihn am Ärmel. Er schaute sie mit seinen rot unterlaufenen Augen bissig an.

»Nun, was gibt's?«

»Das Pferd . . .«, sagte Cathy zaghaft. »Es . . . es kann sich nicht vom Sattel freimachen. Sie müssen ihm helfen, Mr Barker . . .«

Der alte Barker glaubte seinen Ohren nicht zu trauen.

»Was?«, explodierte er. »Diesem Gaul soll ich helfen? Haben Sie

den Verstand verloren? Ich werde ihm eine solche Tracht Prügel versetzen, dass er bis zum Jüngsten Tag daran denkt!«
Er drehte ihr den Rücken zu, ging fluchend und mit großen Schritten zum Stall.
»So ist's recht, Papa!«, stöhnte Stuart und rieb sich das Bein. »Gib es dem Vieh tüchtig!«
»Ich will nicht, dass Shadow geschlagen wird!«, schluchzte Cathy, am Rande einer Nervenkrise.
»Jetzt hören Sie endlich auf!«, schimpfte Collins und packte sie an den Schultern. »Das geht Sie nichts an. Machen Sie, dass Sie wegkommen!«
Mit einer langen Hirtenpeitsche in der Hand kam Barker aus dem Stall zurück. Cathy schrie vor Entsetzen. Da verpasste ihr Collins zwei schallende Ohrfeigen. Cathy hatte den Eindruck, ihr Kopf explodierte. Fassungslos starrte sie den Hilfssheriff an.
»Los! Ins Haus!«, donnerte Collins.
Cathy raffte ihre Röcke zusammen und rannte davon. Vor dem Hauseingang blieb sie stehen; alles drehte sich um sie. Sie hörte das Klatschen der Peitsche, das laute, schmerzvolle Wiehern Shadows. Sie hielt sich die Ohren zu, presste sich schluchzend gegen die Hauswand. In diesem Augenblick erschien Mrs Collins auf der Türschwelle. Ihre Augen wanderten vom zusammengekauerten Mädchen zum Korral, wo Barker mit aller Kraft auf das wehrlose Pferd einschlug. Ihr Mann stand daneben, zog an seiner Zigarre und hatte sichtlich Spaß daran. Mrs Collins kniff ihre Augenlider zusammen. Mit energischen Schritten, den Rock im Staub schleifend, ging sie auf den Korral zu.
»Joe Collins!«, japste sie empört. »Sag diesem Besessenen, er solle aufhören, das Pferd zu schlagen. Ich mag keine Tierquälerei. Außerdem will ich nicht, dass das Mädchen deswegen einen Anfall bekommt. Wenn Mr Barker das Pferd unbedingt prügeln muss, soll er warten, bis wir weg sind.«
In dieser Nacht konnte Cathy nicht schlafen. Immer wieder sah sie Shadow zitternd und blutbefleckt im Korral stehen.
Wäre ich nur ein Mann, dachte sie zähneknirschend. Ich würde

Stuart ein Lasso um den Hals werfen, seinen Kopf in einen Sack stecken, auf seinen Rücken springen und ihm mexikanische Sporen in den Bauch jagen!
Sie erinnerte sich an jenen Nachmittag, als sie mit Onathi die Herde der Wildpferde besucht hatte. »Ein Pferd ist etwas sehr Empfindliches. Man muss es mit unendlich viel Geduld und Sanftmut zähmen«, hatte er gesagt.
Cathy barg ihre heißen Wangen in den Händen. Sanftmut! Geduld! Morgen würde Stuart wieder auf Shadows Rücken steigen und ihm die Sporen in die Flanken hauen, und übermorgen und alle folgenden Tage. Und eines Tages würde Shadow den Kampf aufgeben. Er würde gleichgültig und stumpf werden, ohne eigenen Willen und ohne Schwung, genau wie die Navajos in der Reservation. Genauso.
Niedergeschlagen starrte Cathy in die Dunkelheit. Ach, es war ungerecht! Wie sollte sie das bloß ertragen? Plötzlich richtete sie sich auf: Wie feige war es, hier zu liegen und zu jammern!
Leise stand sie auf, kleidete sich im Dunkeln an. Vorsichtig bewegte sie sich durchs Zimmer, drückte die Türklinke hinunter und schlich ins Treppenhaus. Als eine Stufe knarrte, blieb sie wie erschrocken stehen: Ihr Herz klopfte zum Zerspringen. Endlich erreichte sie die Haustür. Sie schob den Riegel, so leise es ging, zurück, schloss lautlos die Tür hinter sich. Einen Augenblick später lief sie durch die finsteren, menschenleeren Straßen von Santa Fé.
Cathy war noch nie so spät allein in der Stadt gewesen; aufgeregt versuchte sie, sich in der Dunkelheit zurechtzufinden, sie blickte nervös nach allen Richtungen, ob ihr jemand folgte. Atemlos rannte sie durch die Nacht. Erst am Stadtrand ging sie etwas langsamer. Sie kannte die Wüste und wusste, dass sie dort in Sicherheit war. Nun hieß es, ihre Kräfte einzuteilen. Es war zu spät, Buster in der Poststation zu holen; auch wäre das zu sehr aufgefallen. So blieb nur der Weg zu Fuß, trotz der großen Entfernung. Cathy kannte eine Abkürzung: ein schmaler Pfad, der sich durch die Berge schlängelte. In einer Stunde wür-

de sie wohl die Farm erreichen. Es war sehr kalt. Cathy band sich den Schal um den Kopf und begann zwischen Felsen und Geröll den steilen Aufstieg. Große, fahle Wolken wanderten am Himmel. Immer wieder verschwand die dünne Mondsichel. Irgendwo rief klagend ein Tier: ein Koyote.
Als Cathy endlich die Farm erreichte, schienen nicht eine, sondern mehrere Stunden vergangen zu sein. Ihre Knie zitterten vor Erschöpfung. Vorsichtig tastete sie sich bis zum Hof. Glücklicherweise besaßen die Barkers keinen Wachhund. Alles schien zu schlafen. Das Haus lag friedlich und ruhig. Cathy schlich sich zum Korral; Ruby und Lord standen schlafend in einer Ecke, doch Shadow wachte. In der Dunkelheit sah Cathy das Weiße seiner Augen leuchten. Er hob den Kopf und scharrte mit den Hufen. »Shadow, still, um Himmels willen!«, flüsterte Cathy. »Ich bin gekommen, um dich zu befreien. Du musst verschwinden, so schnell du kannst.«
Mit leisen, vorsichtigen Bewegungen öffnete sie das Tor, es knarrte kaum.
»Lauf, Shadow! Mach, dass du wegkommst! Geh zu Onathi zurück!«
Misstrauisch und ohne sich zu rühren, bewegte das Pferd die Ohren.
»Schnell, schnell!«, flüsterte Cathy.
Immer noch verharrte das Tier am gleichen Platz. Cathy bückte sich, hob einen Stein auf und schleuderte ihn dem Pferd entgegen.
»So verschwinde doch endlich, du Dummkopf!« Shadow schnaubte heiser; langsam trabte er auf das offene Tor zu. Er blieb einen Augenblick zögernd stehen, dann schritt er hindurch.
Cathy nahm einen zweiten Stein; er traf Shadows Flanke. Das Pferd zuckte zusammen, setzte sich in Trab. Erleichtert stellte Cathy fest, dass der Sand das Geräusch der Hufe verschluckte. Shadow hatte die Freiheit gewittert: Stolz hob er den Kopf. Seine Nüstern blähten sich. Einen Augenblick lang lief er unschlüs-

sig im Kreise herum. Dann verfiel er in Galopp und jagte mit wehender Mähne in Richtung der Berge.
Seufzend strich sich Cathy das Haar aus der Stirn und knüpfte das Tuch fester. Sie hatte ihr Ziel erreicht, aber wie müde war sie! Sie hätte sich bäuchlings in den Sand legen und einschlafen können. Doch sie musste den Heimweg antreten. Lautlos schloss sie das Tor: Ihre Finger waren steif vor Kälte und sie hatte Mühe, den Riegel vorzuschieben. Ruby und Lord hatten sie erkannt; freundlich schnaubend folgten sie ihr längs der Umzäunung, blieben dann aneinandergedrängt stehen und starrten in die Nacht.
Als es über den Bergen dämmerte, erreichte Cathy die Stadt. Sie schwankte vor Erschöpfung und ihre Zähne schlugen aufeinander. Benommen wie im Traum ging sie dahin. Ihre Hände zitterten so stark, dass sie minutenlang daran arbeiten musste, die Haustüre zu öffnen. Dann war sie wieder im warmen dunklen Treppenhaus. Sie schleppte sich in ihr Zimmer hinauf, riss sich wie eine Schlafwandlerin die Kleider vom Leib und sank kraftlos ins Bett. Die Augen fielen ihr zu; sie schlief sofort ein.

21. Kapitel

Bis Anfang November blieb Cathy ohne Nachricht von Onathi. Sie machte sich große Sorgen, irrte mit leerem Blick und müdem Gesicht durchs Haus. Sie wurde immer magerer. Sogar Mrs Collins merkte, dass mit Cathy etwas nicht in Ordnung war.
»Wie nervös du bist! Höre doch auf, an deinen Fingernägeln herumzukauen!«
Cathy verbarg sofort die Hände hinter dem Rücken. Sie ging schweigend ihrer Arbeit nach, versuchte, ruhig und gleichgültig auszusehen. Doch sosehr sie sich Mühe gab: Alles war ihr zuwider. Nachts warf sie sich im Bett hin und her und fand keinen Schlaf.
Es ist irgendetwas passiert, ich spüre es! Sonst ließe Onathi mich nicht so lange ohne Nachricht, seufzte sie, den Kopf ins Kissen vergraben.
Doch eines Morgens, als sie traurig und verlassen aus dem Fenster sah, stand der kleine, zerlumpte Mexikaner am Gartenzaun und biss mit Heißhunger in einen Maisfladen. Das Fenster knarrte beim Öffnen und der Junge zwinkerte Cathy fröhlich zu.
Am Nachmittag bat Cathy Mrs Collins um die Erlaubnis, ausreiten zu dürfen.
»Etwas Bewegung wird dir gut tun!«, meinte die alte Dame.
Priscilla loszuwerden, war nicht schwer: Cathy ließ eine Kette aus Glasperlen vor ihrer Nase hin und her baumeln. »Sie gehört dir, wenn du mich allein reiten lässt und in der Poststation auf mich wartest. Aber Mrs Collins darf nichts davon erfahren.«
Priscilla schwärmte für Schmuck und hasste Maultiere; sie versprach alles, wenn sie nur in Ruhe gelassen würde und die Kette behalten durfte.
Triumphierend ritt Cathy davon. Es blies ein kalter Wind; Bus-

ter kämpfte sich mit flach gedrückten Ohren gegen den Sturm. Zusammengekauert und schlotternd saß Cathy im Sattel.
Onathi sah sie schon von Weitem. Er kam ihr entgegen. Cathy sprengte im Galopp daher. Sie zog heftig an den Zügeln und sprang so eilig zu Boden, dass sie sich durch einen ungeschickten Tritt den Knöchel verstauchte. Mit schmerzverzerrtem Gesicht hinkte sie auf Onathi zu und fiel ihm in die Arme; er drückte sie so fest an sich, dass sie kaum atmen konnte. Der Knöchel schmerzte, sie hatte Mühe, aufrecht zu stehen.
»Au!«, stöhnte sie.
»Hast du dich verletzt?«, fragte Onathi besorgt. Er half ihr, sich auf einen Stein zu setzen, schnürte ihr den Stiefel auf und massierte wortlos und mit geübter Hand das angeschwollene Gelenk. Plötzlich hob er den Kopf.
»Cathy, ich habe eine schlechte Nachricht. Mein Vater ist vor zwei Wochen gestorben.«
»Gestorben?« Traurig dachte sie an den Greis mit dem friedlichen, gelassenen Gesichtsausdruck. Sie wusste, dass er seit Langem krank gewesen war.
»Ach«, flüsterte sie niedergeschlagen, »ich spürte die ganze Zeit, dass etwas Schlimmes geschehen ist!«
»Ja, wir haben harte Tage hinter uns«, sagte Onathi. Er atmete tief. »Sprechen wir nicht mehr darüber. Wir Indianer ehren unsere Toten durch Schweigen.«
Mit einem kleinen Stich im Herzen vernahm Cathy diese Worte. »Wir Indianer«, hatte er gesagt. Und sie, gehörte sie nicht mehr dazu?
»Aber . . . dann bist du jetzt der Häuptling?«, stammelte sie betroffen. Sie betrachtete Onathi von Fuß bis Kopf, um irgendeine Veränderung festzustellen. Sie fand keine.
»Ja«, sagte Onathi und das frühere spöttische Leuchten erschien wieder in seinen Augen. »Bist du enttäuscht, dass ich keine Federkrone trage?«
Cathy musste wider Willen kichern. Doch dann wurde sie wieder ernst und fragte:

»Wie fühlst du dich als Häuptling?«
»Schlecht«, antwortete Onathi düster. »Die Verantwortung ist zu groß: Manchmal frage ich mich, ob ich mich dafür eigne.« Er machte eine müde Handbewegung:
»Aber lassen wir das!«
»Erzähl von der Familie!«, bat Cathy.
»Mutter und Sarita geht es gut. Auch Naitsche hat Fortschritte gemacht. Ich glaube, es wird noch ein recht brauchbarer Bursche aus ihm ...«
Plötzlich schlug sich Cathy an die Stirn.
»Und Shadow? Hast du Shadow wiedergefunden?«
Onathi runzelte erstaunt die Brauen.
»Woher weißt du, dass ich ihn verloren hatte? Ja, er ist von einem Luchs erschreckt worden; wir fanden die Spuren. Zwei Tage lang habe ich ihn vergebens gesucht, dann ist er von alleine zurückgekommen. Das arme Tier konnte sich kaum aufrecht halten. Wenn ich den Kerl jemals erwische, der ihn so zugerichtet hat ...« Er hielt inne: »Doch erzähl du. Was ist passiert?«
Cathy sprudelte die ganze Geschichte heraus. Sie platzte noch nachträglich beinahe vor Wut. Onathi hörte ihr zu, mit zusammengekniffenen Augen und geballten Fäusten. »Kurz und klein schlagen könnte ich die Bande!«, zischte er. Langsam glätteten sich seine Gesichtszüge. Er nahm Cathy bei den Schultern:
»Cathy, hast du das wirklich getan? Mitten in der Nacht bist du zu Fuß zur Farm gegangen?«
»Ja«, sagte Cathy. »Ich konnte nicht schlafen. Immer musste ich an Shadow denken ...« Sie lächelte. »Aber es war nicht zu schwierig, ich kannte ja den Weg.«
Plötzlich beugte sich Onathi zu ihr hinab und legte seine Wange an ihre Hand.
»Wie kann ich dir je danken!«, flüsterte er. Er küsste sanft die warme Hand; dann begann er, sehr schnell und mit rauer Stimme zu sprechen:
»Als du bei uns warst, schien alles viel einfacher. Als ob deine Gegenwart uns Glück gebracht hätte. Seit du weg bist, kommt

ein Unglück nach dem anderen. Zuerst Vaters Tod ... ein paar Tage später verschwindet Shadow ... Dann versuche ich, den Stamm davon zu überzeugen, dass wir für den Winter Behausungen aus Holz und Steinen bauen müssen – und stoße auf einen Berg von Vorurteilen! Die Kinder langweilt es, lesen zu lernen. Sarita hat nicht deine Autorität. Unsere Felder haben in diesem Jahr wegen der Dürre fast nichts eingebracht. Ich musste mich mit den Angestellten vom Indianerbüro herumschlagen, damit wir Lebensmittel bekommen ...«
Er schüttelte niedergeschlagen den Kopf. »Ohne dich, Cathy, habe ich keine Lust an der Arbeit, noch an sonst irgendetwas; Cathy, ich brauche dich.«
»Auch ich brauche dich so sehr, nimm mich mit, bitte.«
»Nein, das geht nicht. Wenn ich dich zu mir nehme, beschuldigt man mich der Entführung und es gibt den schlimmsten Krach. Außerdem müsste ich zuerst eine halbwegs anständige Wohnung für dich bauen; du kannst nicht in einer Hütte wohnen. Und schließlich – es könnte immerhin möglich sein, dass du deine Meinung änderst ... es gibt genug nette Leute in Santa Fé ...«
»Jetzt hör auf damit!«, rief Cathy ungeduldig. »Ich bin nicht zu Scherzen aufgelegt.«
»Ich scherze nicht«, sagte Onathi. »Das ist eine sehr ernste Frage.«
Sie schaute ihn an, bemerkte in seinen Mundwinkeln den ihr so bekannten spöttischen Zug und lachte befreit auf.
»Geht es deinem Fuß besser?«, fragte Onathi. Cathy nickte; sie betrachtete Onathi mit großen Augen, ihr wurde plötzlich klar, dass ein Häuptling der Navajos ihr den Stiefel zuschnürte – ein ziemlich ungewöhnlicher Anblick! Onathi erriet ihre Gedanken und grinste.
»Starr mich nicht so entgeistert an!«, sagte er. »Ich habe mich nicht darum beworben, Häuptling zu werden!«
»Ein Häuptling ist aber eine eindrucksvolle Persönlichkeit!«, stammelte Cathy.
»Ich, eindrucksvoll? Sehr erfreut, das zu hören!« Onathi richtete

sich auf und umarmte Cathy; seine Augen blitzten mutwillig. Gott sei Dank, er war noch immer der Gleiche. Für Cathy hatte sich nichts geändert und sie wusste, dass es immer so bleiben würde. Mit einem zufriedenen Seufzer lehnte sie den Kopf an seine Schulter.

22. Kapitel

Ende November brachte der Nordwind den ersten Schnee; wenige Tage lang waren die Straßen voller Matsch und Schlamm, dann fror es und wurde richtig Winter.
Traurig und unruhig irrte Cathy durchs Haus. Immerzu dachte sie an die Indianer in der Reservation. Jeden Winter gab es bei ihnen Hunger und Krankheiten; die Indianer durften nicht wie in früheren Zeiten auf die Jagd gehen und waren auf das Wohlwollen der staatlichen Verwaltung angewiesen. Cathy wusste, wie das war: Man versprach ihnen Lebensmittel und Medikamente, doch oft vergingen Wochen, bis die ersten Lieferungen eintrafen.
Es wurde ein sehr strenger Winter; der Blizzard wütete tagelang und im Dezember lag hoher Schnee. Die Postwagen verkehrten nicht mehr und das weite Land war unter einer weißen Decke erstarrt.
Einige Tage nach Weihnachten kam Collins ganz aufgeregt nach Hause und erzählte eine unglaubliche Geschichte. Der alte Matt Robertson, Arzt und gleichzeitig Apotheker von Santa Fé, war in der vergangenen Nacht aus dem Bett geklopft worden. Er hatte sich hastig etwas übergezogen und mürrisch die Tür geöffnet; zu seiner Verblüffung hatte er im Licht seiner Laterne einen Navajo aus der Reservation vor sich gesehen.
»Was soll das? Kannst du nicht lesen? Ich behandle weder Indianer noch Mexikaner noch Schwarze. Wende dich an eure Verwaltung.«
Anstatt zu gehen, drängte sich der Indianer rücksichtslos ins Haus.
»Sind Sie Arzt, ja oder nein? Was geht Sie die Hautfarbe an?«
Matt Robertson traute seinen Ohren kaum.
»Das ist die Höhe!«, fauchte er. »Verschwinde sofort! Ich bin ei-

nen solchen Ton von Leuten deiner Art nicht gewohnt und werde mich auch nicht daran gewöhnen!«
»Und ich bin nicht gewohnt, mich beleidigen zu lassen!«, entgegnete der Indianer.
Robertson machte eine Bewegung, um nach dem Gewehr an der Wand zu greifen, doch der Indianer war schneller. Er packte den Arm des Alten und drehte ihn auf den Rücken. Robertson stieß ein Grunzen aus, als er eine scharfe Dolchspitze unter seinem Kinn spürte.
»Es ist nicht sehr rühmlich, einem alten Mann mit einem Messer zu drohen«, sagte der Indianer halb laut. »Aber jetzt hören Sie zu! Ich habe heute Nacht einen Weg von dreißig Meilen im Schneesturm gemacht. Glauben Sie, Ihre Vorurteile würden mich beeindrucken? Ich heiße Onathi und bin der Häuptling der Navajo-Reservation. Meine Schwester ist schwer krank. Ich werde Ihnen schildern, was ihr fehlt, und Sie geben mir die notwendige Medizin.«
Robertson schluckte heftig. Im Halbdunkel sah er die entschlossenen Augen des Indianers.
»Was . . . was fehlt deiner Schwester?«, stotterte er. Onathi seufzte leicht auf und ließ den Arzt frei, behielt aber den Dolch in der Hand. Er beschrieb Saritas Krankheit. Robertson wusste sofort Bescheid.
»Deine Schwester hat eine Lungenentzündung. Ich habe hier, was nötig ist.«
Gefolgt von Onathi schlurfte er zu seinem Medikamentenschrank, suchte einige Flaschen und Pulver heraus und reichte sie Onathi, der argwöhnisch die Aufschriften las und seinen Dolch wieder einsteckte.
»Ich danke Ihnen«, sagte er müde. »Entschuldigen Sie, dass ich so harte Methoden anwenden musste. Wie viel bin ich Ihnen schuldig?«
Robertson fiel aus allen Wolken. Zuerst drohte ihm dieser Bursche mit dem Dolch und jetzt entschuldigt er sich wie ein Mann von Welt! Etwas verlegen nannte er einen Preis. Onathi warf einige Münzen auf den Tisch.

»Das wird reichen«, sagte er. »Gute Nacht, Herr Doktor, tut mir leid, Sie gestört zu haben.«
Er wandte sich um und verließ das Haus. Entgeistert starrte Robertson ihm nach. Wäre nicht das Geld auf dem Tisch gewesen, er hätte an einen Traum geglaubt. Nervös betastete er seinen Hals, wo er einen Augenblick vorher die Spitze des Dolches gefühlt hatte.
Kopfschüttelnd und empört hatte Mrs Collins der Schilderung ihres Mannes zugehört. Der arme, gute Robertson, welche Angst musste er ausgestanden haben! Man sollte diesen Wilden verbieten, die Reservation zu verlassen!
»Nicht alle Indianer sind so«, brummte Mr Collins.
»Doch dieser junge Mann, der in Tucson studiert hat und nun glaubt, sich alles erlauben zu können, ist ein schlechtes Beispiel! Er übt auf seinen Stamm einen schlechten Einfluss aus; seit ich Cathy dort herausgeholt habe, ist mir vieles klar geworden. Die beiden hängen irgendwie zusammen, das ist sicher.«
»Du wirst doch nicht behaupten wollen . . .« Der Hilfssheriff schaute gelassen zur Decke.
»Ich behaupte nicht, ich halte mich nur an Tatsachen.«
Während seine Frau betroffen schwieg, zündete er sich bedächtig eine seiner stinkenden Zigarren an.
»Glaube mir: Ich traue ihr nicht! Ich kann nicht vergessen, wie sie sich damals mir gegenüber bei den Indianern betragen hat. Es steckt sehr viel hinter diesem unschuldigen Engelsgesicht.«
Mrs Collins hatte ihre Fassung zurückgewonnen. Ihr Mann war wirklich zu argwöhnisch! Das hing wahrscheinlich mit seinem Beruf zusammen.
»Eine gute Erziehung kann Wunder vollbringen«, betonte sie. »Ich bin, offen gestanden, zufrieden mit ihr.«
»Hm . . .«, murmelte der Hilfssheriff. »Wie lange soll sie eigentlich noch hier im Hause bleiben?«
Mrs Collins faltete ihre langen, dünnen Hände. »Ich habe etwas ganz Bestimmtes mit ihr vor.«
Collins grinste. »Sie verheiraten?«

Seine Frau sah ihn überrascht an. »Wieso hast du das erraten?«
»Das liegt nahe!«, lachte Collins. »Sie ist schließlich alt genug dafür! Aber ich möchte wissen, welcher Mann bereit ist, ein Mädchen mit dieser ... hm ... wirren Vergangenheit zu heiraten!«
»Ihre Folgsamkeit und ihr gutes Benehmen in der letzten Zeit entschuldigen vieles«, sagte Mrs Collins und nahm ihre Häkelarbeit hervor. »Selbstverständlich kann sie nicht auf eine glänzende Partie rechnen ...«
»So«, grinste Collins. »Hast du schon jemand in Aussicht?«
»Ja«, gestand Mrs Collins. »Ich denke an den jungen Stuart Barker. Er ist ein braver Bursche. Ich habe kürzlich mit seinem Vater darüber gesprochen. Er möchte, dass sein Sohn heiratet. Die Barkers sind ein bisschen gewöhnlich, aber fleißig. Cathy würde die Farm als Mitgift in die Ehe bringen. Was meinst du dazu?«
Collins schmunzelte zufrieden und faltete seine Zeitung auseinander.
»Keine schlechte Idee! Die Barkers haben Energie genug, um zehn solche Wildfänge zu bändigen. Außerdem würden sie sich über die Vergangenheit der Schwiegertochter keine Gedanken machen. Cathy ist robust und fleißig; es hat Arbeit genug auf der Farm. Wann soll die Hochzeit sein?«, fügte er nach kurzem Nachdenken hinzu.
»Ich denke, im Frühjahr«, meinte Mrs Collins. »Schließlich muss man den jungen Leuten etwas Gelegenheit geben, sich kennenzulernen.«
»Im Frühjahr, gut«, nickte Collins. »Hoffentlich ist Cathy einverstanden. Ich habe keine Lust, einen neuen Wutanfall über mich ergehen zu lassen ...«
»Einen Wutanfall?«, staunte Mrs Collins. »Wie kommst du darauf? Ist Heiraten nicht der Traum jedes Mädchens?«
Mr Collins verzog zweifelnd das Gesicht. »Du kannst Cathy nicht mit anderen Mädchen vergleichen. Sie hat schon immer ihren Kopf durchzusetzen gewusst. Einen recht unangenehmen Willen hat das Fräulein!«

»Aber sie wird doch nicht in die Hand beißen, die sie nährt!«, rief die Dame dramatisch.

Collins hob die Schultern. »Du merkst es ja selbst. Alles, was wir tun und sagen, behagt ihr nicht. Von Dankbarkeit keine Spur. Mach dich auf Widerstand gefasst und fädle es vor allem vorsichtig ein. Nicht zu voreilig bitte, mit Geduld.«

»Überlass das ruhig mir«, erwiderte Mrs Collins spitz. »Ich habe viel mehr erreicht, als du vermutest.« Collins blätterte in seiner Zeitung und antwortete nicht. Auch Mrs Collins schwieg. Ihr war plötzlich etwas unbehaglich zumute, sie wusste nicht, weshalb.

Ich trinke zu viel Kaffee, dachte sie. Das macht mich so nervös.

23. Kapitel

Im Laufe des Winters war Cathy noch mehr gewachsen. Ihre Hagerkeit wurde durch das schwarze, strenge Kleid betont. Auf ihrem Gesicht waren die Sommersprossen verbleicht. Sie wirkte ruhig, etwas kränklich und vor allem abwesend. Kein lautes Lachen mehr, kein fröhlicher, lebhafter Gesichtsausdruck. Irgendetwas in ihr schien gebrochen, sie lebte gefügig wie ein Vogel im Käfig dahin.

Anfangs Januar wurde das Wetter besser. Die grauen, schweren Schneewolken verschwanden. Die weißen Berge funkelten im Sonnenlicht. Es blieb jedoch eisig kalt und ein trockener Wind fegte heulend durch die Straßen. Als Cathy eines Nachmittags vom Krankenhaus kam, schrie jemand hinter ihr:

»Señorita! Señorita!«

Cathy fuhr herum. Es war der kleine Mexikaner, der in einem zerlumpten roten Poncho atemlos hinter ihr herrannte. Vor Aufregung wäre Cathy beinahe ausgeglitten. Sie packte den Jungen an den Schultern.

»Hast du eine Nachricht für mich?«

»Den ganzen Tag schon suche ich dich«, japste der Mexikaner. Der Atem stand in einer weißlichen Wolke vor seinem Mund. »Der Señor wartet seit heute Morgen! Komm gleich, bevor es dunkel wird!«

»Himmel!«, dachte Cathy. »In einer Stunde ist es Nacht«

»Schnell! Schnell!«, keuchte der Mexikaner. Cathy überlegte nicht lange, jede Sekunde war kostbar! Den Hut ins Gesicht gedrückt, einen dicken Wollschal um Mund und Nase geknotet, fing sie an zu laufen. Der Junge stolperte ihr prustend nach.

»Der Señor hat gesagt, ich soll dich begleiten. Zu gefährlich für dich, allein im Schnee!«

Onathi denkt an alles, dachte Cathy gerührt. Es war sehr müh-

sam, im hohen Schnee zu laufen; die Feuchtigkeit drang durch ihre Stiefel und sie rutschte dauernd aus. Sie schlotterte vor Aufregung und Kälte. Sie dachte an Onathi, der den ganzen Tag in der eisigen Luft auf sie gewartet hatte.
Hoffentlich komme ich nicht zu spät!

Als sie die Ruinen des alten Klosters erreichte, stand die Sonne blutrot am Horizont. Graue Nebelschwaden krochen durch die Dämmerung und es war so kalt, dass Cathy kaum die Finger bewegen konnte. Der kleine Mexikaner, der sie schweigend begleitet hatte, blieb stehen. »Ich warte hier«, sagte er zähneklappernd. Sie nickte zerstreut. Vorsichtig bewegte sie sich auf dem glatten, festgefrorenen Gestein. Im Schutze einer Mauer stand im Halbdunkel ein Pferd. Dann bemerkte sie die Gestalt eines Mannes, der sich langsam erhob. Er trug einen weißen, mexikanischen Poncho, dessen Fransen nass und schneeverklebt auf dem Boden schleiften.
»Onathi!«, flüsterte Cathy. Er kam näher und sie konnte endlich sein Gesicht sehen. Sie erschrak. So bleich und abgezehrt hatte sie ihn noch nie gesehen. Die dunklen, fieberglänzenden Augen lagen tief in den Höhlen. Trotzdem versuchte er zu scherzen: »Immer noch in Trauerkleidern, Cathy? Das steht dir gar nicht.«
»Onathi«, stammelte Cathy. »Was ist passiert? Bist du krank?«
Er hob die Schultern.
»Sehe ich so aus? Nun, ich habe etwas kalte Füße bekommen …«
»Es tut mir leid …«, stotterte Cathy. »Ich … ich wusste nicht, dass du …«
Er lächelte. »Was tut's? Für dich hätte ich es acht Tage lang hier ausgehalten! Mach dir keine Gedanken darüber. Wir haben andere Probleme.«
Er senkte den Kopf, biss die Zähne zusammen, dass seine Wangenmuskeln hervortraten. Er schien am Ende seiner Kraft zu sein.
»Sarita – Sarita wäre beinahe gestorben.«

Cathy presste die Hand auf den Mund. Mit weit aufgerissenen Augen starrte sie Onathi an.
»Nein – beruhige dich, es ist vorbei und es geht ihr wieder besser.«
»Wie ... wie ist das passiert?«, murmelte Cathy und fühlte, wie die Kälte in ihren Körper drang. Onathi zögerte mit der Antwort. Plötzlich legte er seine Stirn an Cathys Schulter, wie ein Hilfe suchendes Kind. Zum ersten Male erlebte ihn Cathy in solchem Zustand. Vor Bestürzung brachte sie keinen Ton hervor. Dann hob Onathi den Kopf und begann, mit leiser Stimme zu erzählen:
»Ihr junger Fuchs war ausgerissen. Auf der Suche nach ihm wurde sie von einem Schneesturm überrascht und flüchtete sich in eine Grotte, wo sie die Nacht verbrachte. Am anderen Morgen, als wir sie fanden, war sie halb erfroren. Hustenkrämpfe schüttelten sie. Das Fieber stieg immer höher. Meine Mutter versuchte es mit allen Heilmitteln, die sie kennt. Es war zwecklos. Sarita redete irr: Sie kannte niemand mehr von uns. Dann kamen Männer vor die Hütte und schlugen die Trommel, um die bösen Geister zu vertreiben. Ich glaubte, verrückt zu werden! Ich schickte die Trommler zum Teufel, sattelte Shadow und ritt nach Santa Fé; wie ich das in der Dunkelheit bei dem Schnee fertiggebracht habe, weiß ich nicht mehr. Ich klopfte den Arzt aus dem Bett – und dann sagte er mir, er behandle keine Indianer! Da habe ich die Nerven verloren und ihn mit meinem Dolch bedroht. Das Messer an der Kehle brachte ihn zur Vernunft ...«
Mit grimmigem Lächeln sah er Cathy an. »Das erstaunt dich? Mich auch! Ich hätte nie gedacht, dass ich mich eines Tages wie ein Straßenräuber benehmen würde! Ich bekomme in der Stadt einen sehr schlechten Ruf! Bald wird man erzählen, ich würde die Postkutschen überfallen! Und das alles, weil meine Schwester im Sterben lag und weil der Arzt ein Schild ›Nur für Weiße‹ an der Tür hatte. Als ich meine Medikamente hatte, habe ich ihm das Schild zerschlagen.«

Cathy hörte erschrocken, wie mühsam Onathi atmete. Plötzlich trat er von ihr weg, vergrub die Hände unter seinem Poncho. »Geh fort, Cathy. Lass mich allein! Du bist zu zart und fein, nichts für einen Navajo, der alte Männer mit dem Messer bedroht. Geh . . .!«
Als Cathy immer noch schwieg, fügte er erbittert hinzu: »Du verachtest mich, nicht wahr? Es geschieht mir recht.«
Cathy biss die aufgesprungenen Lippen zusammen. Sie konnte es nicht ertragen, Onathi so entmutigt zu sehen. Er hatte den Glauben an die anderen und, was viel schlimmer war, auch den Glauben an sich selbst verloren. Sie musste ihm helfen, aber wie? Wie schwach und hilflos sie sich fühlte! Um sie herum war nichts als Einsamkeit, Kälte und Dunkelheit. Und selbst Onathi . . .
Sie legte ihre steifen, kalten Finger auf seinen Arm: »Dich verachten?«, sagte sie traurig. »Du kennst mich schlecht. Wie kannst du so etwas denken! Ich liebe dich! Ich bewundere deinen Mut. Ich weiß, dass du trotz allem dein Volk liebst und stolz darauf bist, ihm anzugehören. Ich weiß auch, dass du ihm alles opfern würdest . . .«
Langsam wandte sich Onathi wieder Cathy zu, nahm sie bei den Schultern und sah sie an. Zu ihrer großen Erleichterung stand wieder das spöttische Lächeln in seinen Mundwinkeln.
»Was für eine Ansprache, Cathy! Bist du wirklich so klug und vernünftig geworden oder tust du nur so . . .?«
»Ich weiß nicht . . .«
Onathi nahm sie in seine Arme. Nach einer Weile sagte er: »Du hast recht, Cathy: Ich liebe mein Volk, wahrscheinlich gerade darum, weil ich seine Fehler und Schwächen sehe. Es gibt keinen Navajo, für den ich mich nicht verantwortlich fühlen würde, und das, Cathy, ist eine sehr harte Last!«
Cathy schluckte mühsam. »Ja . . . Ich weiß das alles . . .«
Sie zitterte vor Aufregung und Kälte. Onathi nahm ihre Hände und hauchte hinein, um sie zu wärmen. »Ist es jetzt besser?«, fragte er. »Komm an die Mauer, dort ist man vor dem Wind geschützt.«

»Ich . . . ich muss zurück!«, stammelte sie. »Mrs Collins bekommt Zustände, wenn ich unpünktlich bin!«
»Ach ja, Mrs Collins!«, grinste Onathi. »Wenn du weiterhin ihre Hüte trägst, siehst du ihr bald ähnlich!«
Cathy lachte. Dann wurde sie wieder ernst.
»Sei vorsichtig, Onathi. Ich will nicht, dass dir etwas passiert . . .«
»In unserer Lage kann nicht viel Schlimmeres mehr passieren«, sagte Onathi, keine warmen Kleider mehr, keine – ach, es ist zum Wahnsinnigwerden!«
»Könnte ich euch nur helfen! Aber ich besitze ja selbst nichts! Die Kleider, die ich trage, gehören nicht einmal mir. Von Taschengeld ist überhaupt nicht die Rede . . . Doch – warte. Etwas habe ich, das mir gehört!«, sie nahm ihren Wollschal ab und reichte ihn Onathi.
»Da – für Sarita! Ich habe ihn selber gestrickt! Sag ihr, dass ich viel an sie denke . . .!«
»Danke. Aber was wird Mrs Collins sagen?«
Cathy zuckte gleichgültig die Schultern.
»Ich werde ihr erzählen, ich hätte ihn verloren. Das kann vorkommen!« Sie griff sich an die Stirn und rief verzweifelt: »Ich komme mir so furchtbar egoistisch vor, weil ich warm angezogen bin und mich satt essen kann. Ich kann es kaum ertragen.«
Onathi nahm ihre Hände. »Du bist auf unserer Seite, das ist die Hauptsache«, sagte er lächelnd. »Doch mach dir keine übermäßigen Sorgen; ich schwöre dir, dass wir durchkommen werden – und wenn ich ganz Santa Fé das Messer an die Kehle setzen muss!«

24. Kapitel

Einige Wochen später war es ganz plötzlich Frühling. Eines Morgens öffnete Cathy ihr Fenster, sie sah eine Wolke blauer Schmetterlinge vorbeischaukeln. Sie atmete tief die würzige, noch kühle Luft. Nach diesem langen Winter hatte sie das Gefühl, ihr Blut pulsiere schneller durch die Adern. Sie griff nach der Bürste, strich gedankenversunken und glücklich durch ihre langen, glatten Haare. Als sie in den Spiegel schaute, sah sie ihre geröteten Wangen, ihre glänzenden Augen, in denen das Weiße wie Porzellan leicht bläulich schimmerte. Zum ersten Mal seit langer Zeit lächelte sie ihrem Spiegelbild zu. Freudig beschwingt kleidete sie sich an, ging voller Energie an die Arbeit. Selbst das Kochen fiel ihr heute weniger schwer als sonst und beim Geschirrspülen pfiff sie. Damit hörte sie aber rasch wieder auf: Mrs Collins sagte, ein gut erzogenes Mädchen pfeife nicht!

Am Nachmittag bat sie um die Erlaubnis, ausreiten zu dürfen. In Begleitung von Priscilla ging sie zur Poststation und sattelte Buster. Im Galopp ritt sie durch die Straßen; das Maultier trabte träge hinterher. Priscilla schrie aus Leibeskräften, Cathy solle warten, aber das Mädchen tat, als hörte sie nicht; sie war außer sich vor Freude über die reine Luft, den strahlenden Himmel, die Freiheit. Priscilla sah sie im sausenden Tempo verschwinden und nahm es gelassen; sie stieg ab, setzte sich auf einen Stein am Wegrand und wartete.

Als Cathy eine Stunde später verschwitzt und glücklich nach Hause kam, sah sie zu ihrer großen Überraschung Stuart Barkers Pferd, einen mageren braunen Rappen, mit hängendem Kopf am Gartentor stehen.

Was will denn der hier?, dachte sie ärgerlich. Der Tag hatte so schön begonnen und jetzt kommt dieser Waschlappen! Sie woll-

te schnell in ihr Zimmer verschwinden, doch als sie an der Salontür vorbeihuschte, kam Stuart Barker heraus. Er hatte sie wohl durchs Fenster gesehen.
»Guten Tag«, sagte Cathy unfreundlich. Sie verzieh ihm nicht, wie er Shadow behandelt hatte.
»Guten Tag, Miss Cathy«, stotterte Stuart verlegen. Er trug seinen Sonntagsanzug. Zögernd verbeugte er sich linkisch vor Cathy und überreichte ihr einen Veilchenstrauß.
»Das – das ist für Sie. Ich habe sie im Gebirge gepflückt . . .«
»Danke. Ich will sie in die Vase stellen.«
Sie wollte vorbeigehen, doch Stuart machte einen Schritt nach vorne und versperrte ihr den Weg.
»Miss Cathy . . .«
Cathy zog die Brauen hoch.
»Ja?«
Stuart schluckte krampfhaft. Sein Adamsapfel bewegte sich auf und ab.
»Ich wollte Ihnen etwas sagen.«
Cathy wartete und musterte ihn schweigend. Sie hatte kaum einen Blick auf die Veilchen geworfen.
Stuart fuhr sich mit der Zunge über die Lippen, brachte jedoch kein Wort heraus.
»Ach nein, es ist nichts!«, stammelte er und zog sich in den Salon zurück.
Eine Stunde später ging Cathy in den Salon, um die Lampe anzuzünden. Stuart war verschwunden. Mrs Collins saß mit nachdenklichem Gesicht über ihrer Häkelarbeit. Als Cathy wieder hinausgehen wollte, stieß sie auf der Türschwelle mit dem Hilfssheriff zusammen. Er legte seine dicken Finger auf ihre Schultern und schubste sie wieder ins Zimmer.
»Einen Augenblick, Miss O'Malley! Wir haben Verschiedenes mit Ihnen zu besprechen. Setzen Sie sich!«
Cathy schaute zu Mrs Collins, doch diese rührte sich nicht. Ihr Gesicht war unbeweglich, doch die Nasenspitze etwas gerötet. Zögernd und mit steifen Knien setzte sich Cathy auf den nächst-

besten Stuhl. Sie blickte die Collins fragend an. Was wollen die bloß von mir?

Collins räusperte sich. Er begann mit seiner lauten Stimme: »Nur keine Aufregung! Wir haben eine sehr angenehme Nachricht für Sie: Stuart Barker hat um Ihre Hand angehalten.«

Cathy sah ihn empört an. »Was? Ich soll diese Schnecke heiraten!?«

Mrs Collins ließ die Häkelarbeit fallen. »Cathy! Etwas Haltung, bitte! Ich verstehe, dass diese Nachricht dich überrascht, aber das ist kein Grund, solche Ausdrücke zu gebrauchen. Du bist kein Kind mehr. In deinem Alter war ich schon verheiratet. Aus diesem und anderen Gründen haben wir beschlossen, dass es Zeit ist, einen Mann für dich zu finden, der für dich sorgen wird und dem du eine liebende und ergebene Gattin sein darfst.«

»Aber nicht Stuart Barker!« Cathy schüttelte den Kopf. Mrs Collins schaute zur Decke hinauf.

»Und warum nicht? Er ist ein liebenswerter junger Mann, ehrlich, fleißig . . .«

Cathy ballte die Fäuste. »Niemals werde ich Stuart Barker heiraten«, stieß sie hervor. »Und wenn er mich auf den Knien darum bäte!«

»Mein liebes Kind«, sagte Joe Collins, »genau das Gegenteil wäre angebracht.«

Cathy starrte ihn verständnislos an. Collins ließ sich Zeit und zog gedankenvoll an seinem Schnurrbart.

»Sie vergessen immer wieder, dass Ihre Lage als Waise und Ihre nicht ganz gewöhnliche Vergangenheit es Ihnen verbieten, besondere Ansprüche zu stellen. Die Barkers erweisen Ihnen die Ehre, Sie in ihre Familie aufzunehmen. Sie sind sogar bereit, Ihr damaliges Verschwinden zu vergessen. Dank dieser großzügigen Haltung haben Sie die Möglichkeit, ein würdiges Mitglied der Gesellschaft zu werden. Sie schulden den Barkers also Dankbarkeit und Anerkennung.«

Cathy warf den Kopf zurück. Sie war sehr blass.
»Nein, ich schulde ihnen überhaupt nichts. Weder ihnen noch sonst jemand.«
Collins seufzte. Er warf seiner Frau einen bedeutungsvollen Blick zu.
»Habe ich es dir nicht gesagt? Nichts von Sanftmut und Ergebenheit! Damals in der Reservation habe ich unser Fräulein ein für alle Mal kennengelernt!«
»Cathy, du hast den Verstand verloren!«, schalt Mrs Collins mit bebender Stimme.
»Mrs Collins«, flehte sie, »verstehen Sie doch, bitte ...«
Mrs Collins drehte den Kopf weg.
»Schweig! Du weißt nicht, wovon zu redest. Jedes Mädchen ist glücklich, wenn ein anständiger, junger Mann um seine Hand anhält.«
»Aber mich interessiert Barker gar nicht!«
»Genug davon!«, befahl Mrs Collins. Ihre knochigen Finger zerknüllten nervös die Häkelarbeit. »Am nächsten Sonntag wird Stuart Barker offiziell um deine Hand anhalten. Ich erwarte, dass du ihn mit Freundschaft und Respekt empfängst.«
Freundschaft! Respekt! So ein Unsinn! Cathy sah sich verzweifelt um. Auf dem Sofatisch stand eine kleine Porzellanfigur. Cathy juckte es in den Fingern. Mit welcher Wonne hätte sie dieses Figürchen an die Wand geschmettert! Sie presste die Hände ineinander, kämpfte um einen Rest von Fassung und Haltung.
»Geh in dein Zimmer hinauf«, befahl Mrs Collins weiter. »Zur Strafe bekommst du kein Abendessen. Ich werde nachher hinaufkommen, um zu sehen, ob du Reue und Einsicht zeigst.«
Cathy senkte den Kopf. Sie öffnete den Mund, um etwas zu sagen, brachte jedoch keinen Ton hervor. Sie drehte sich um und rannte aus dem Zimmer. Die Tür schlug hinter ihr zu.
Joe Collins ging zu seinem Ebenholzkasten und suchte sich mit aller Sorgfalt eine Zigarre aus. Gemächlich sagte er: »Nun weißt

du, wie sie wirklich ist: unbelehrbar und starrköpfig. Stuart Barker kann sich freuen. Ich würde so etwas nie heiraten!«

Die alte Dame machte eine abwesende Handbewegung. »Lassen wir das!«, antwortete sie leise. Sie sah plötzlich sehr müde aus.

25. Kapitel

Cathy stürzte die Treppe hinauf und schloss die Zimmertür mit einem lauten Knall. Atemlos lehnte sie sich dagegen. Entgeistert starrte sie ins Leere. Plötzlich brach sie in ein nervöses Gelächter aus. Sie sollte verheiratet werden! Und noch dazu mit Stuart Barker!

»Nein, unmöglich!«, sagte sie laut, zwischen den Lachanfällen. »Das ist ja ein Albtraum!« Ihre Augen füllten sich mit Tränen. Sie lief durchs Zimmer, ließ sich aufs Bett fallen. Mit hängenden Schultern saß sie da. Verzweifelt kaute sie an ihren Fingernägeln. Dann stieß sie einen Wutschrei aus. Nein und nein, so einfach ging es nicht. Sie würde fliehen! Sofort! Noch heute Abend. Zurück in die Reservation. Hier hatte sie nichts mehr zu gewinnen und nichts zu verlieren. Onathi allein konnte sie aus dieser verzwickten Lage retten.

Cathy ging zum Fenster, öffnete es und beugte sich hinaus. Das Zimmer lag im ersten Stock. Mit ein wenig Glück könnte sie, ohne sich die Knochen zu brechen, in den Garten springen. Hastig riss sie die Schranktüre auf, nahm ihre Habseligkeiten heraus und packte sie in einem Bündel zusammen. Dann wickelte sie sich einen warmen Wollschal um und setzte sich aufs Fensterbrett. Sie wollte gerade die Beine hinausschwingen, als sie auf der Treppe Schritte hörte.

Sofort riss sie den Schal herunter, versteckte ihr Bündel unter dem Bett und schloss eilig das Fenster. Als Mrs Collins das Zimmer betrat, saß sie ganz ruhig und teilnahmslos da.

In der Dämmerung erschienen die Gesichtszüge der alten Dame verschwommen und wächsern.

»Nun? Hast du es dir überlegt?«, fragte sie kühl.

Cathy wusste, dass es nur noch eine Möglichkeit gab: alles zu versprechen, was von ihr verlangt wurde, um ja keinen Ver-

dacht zu erwecken. Mrs Collins wollte eine reuige und demütige Cathy. Gut, konnte sie haben.
»Ja, Mrs Collins«, hauchte sie. »Ich bitte um Verzeihung, dass ich unhöflich war.«
Das strenge Gesicht der alten Dame entspannte sich etwas. Sie setzte sich neben Cathy aufs Bett. Das Mädchen rührte sich nicht.
»Warum lehnst du Stuart Barker ab?«, fuhr Mrs Collins freundlich fort. »Junge Männer sind öfters linkisch. Als ich Joe kennenlernte, war er auch etwas unbeholfen ... und im Grunde ist er es geblieben. Solche Burschen geben gute Ehemänner ab.« Sie biss sich auf die Lippen, als hätte sie zu viel gesagt, und fügte trocken hinzu: »Du solltest dankbar und zufrieden sein. Wir wollen ja nur dein Bestes.«
Cathy antwortete nicht.
»Welches Mädchen könnte es wagen, sich der heiligen Pflicht der Ehe zu entziehen?«, sagte Mrs Collins dramatisch.
Kommt darauf an, mit wem!, dachte Cathy. Sich still verhalten, war noch immer die beste Methode gewesen, so hatte man später nichts zu bereuen.
Mrs Collins betrachtete ihr verschlossenes Gesicht und seufzte halblaut.
»Nun, Cathy, zeig etwas guten Willen! Du wirst sehen, es ist sehr schön, verheiratet zu sein.«
Hartnäckig schaute Cathy zu Boden. Mrs Collins seufzte wieder, erhob sich schwerfällig: Heute Abend war von dem Mädchen nichts mehr zu wollen. Ein Wunder, dass sie um Verzeihung gebeten hatte.
»Morgen beginnen wir mit der Arbeit an deiner Wäscheaussteuer«, sagte sie. »Wir werden sie ganz einfach und praktisch halten. Ein Spitzenbändchen um Kopfkissen und Nachthemdkragen wird genügen. Um Monogramme zu sticken, bleibt ohnehin keine Zeit.«
Kaum hatte Mrs Collins das Zimmer verlassen, atmete Cathy erleichtert auf. Sie horchte auf die Schritte der alten Dame, die

sich auf der Treppe entfernten. Als nichts mehr zu hören war, nahm sie ihr Bündel, wickelte den Schal um ihre Schultern und öffnete das Fenster. Inzwischen war es Nacht geworden: Der Garten lag im Dunkeln. Cathy schwang sich aufs Fensterbrett, hielt sich an der Brüstung fest und ließ sich langsam hinabgleiten. Als sie einen Blick über die Schultern warf, erschrak sie: Es war noch verflixt hoch! Doch es gab kein Zurück mehr: Sie nahm ihren Mut zusammen und ließ sich fallen. Hart prallte sie auf den Boden auf. »Au«, murmelte sie betroffen. Mühsam rappelte sie sich auf: Glücklicherweise hatte sie sich nicht verletzt. Sie lief geduckt bis zum Gartentor, öffnete es und schlüpfte hinaus. Einen Augenblick später rannte sie in Richtung der Poststation. Ihre Absätze hämmerten auf den Holztrottoirs, die Leute drehten sich verblüfft nach ihr um. Mit verbissenem Gesicht, ohne nach rechts oder links zu schauen, lief Cathy weiter. Nur fort aus dieser Stadt!

In der Poststation herrschte Ruhe; nur aus dem beleuchteten Gastzimmer tönten vereinzelt Stimmen. Atemlos erreichte Cathy die Stallungen. Alles war dunkel und still. Die Stalltüre war schon geschlossen. Leise schob Cathy den Riegel zurück. Im warmen Stall roch es vertraut nach Pferden. Hier fühlte sie sich geborgen. Sie wusste, wo Buster untergebracht war, und tastete sich im Dunkeln zu ihm. Buster schnaubte leise, als das Mädchen ihm das Zaumzeug anlegte; ihn zu satteln, wagte sie nicht, man hätte sie hören können. Vorsichtig führte sie das Pferd zum Stall hinaus, seine Hufe klangen erschreckend laut auf dem harten Boden. Cathys Herz klopfte. Als sie gerade am Riegel der Stalltüre herumzerrte, trat plötzlich ein Mann aus der Gaststätte; ein Lichtstrahl fiel auf den Hof. Der Mann blieb stehen.

»Wer ist da?«, rief er argwöhnisch.

Cathy klammerte sich an Busters Mähne fest und schwang sich auf seinen Rücken.

»Was zum Teufel ist da los!«, brüllte der Mann und rannte auf sie zu. Aber schon hatte Cathy die Zügel erwischt und Buster

fegte los; der Mann konnte gerade noch zur Seite springen. Mit hämmernden Hufen verschwand das Pferd in der Dunkelheit.
Die Nacht war kalt und hell, am Himmel funkelten Sterne. Cathy ritt in schnellem Trab durch den dicht bewachsenen Wald. Sie beugte sich tief auf Busters Hals, um nicht von den Zweigen gepeitscht zu werden. Endlich erreichte sie die alte Poststraße. Dort gab sie Buster die Zügel frei und galoppierte durch die Nacht, den Blick auf die helle, gewundene Straße gerichtet. Um Busters Kräfte zu schonen, ließ sie ihn abwechselnd wieder in Schritt oder Trab fallen; er durfte nicht zu schnell ermüden, denn der Weg war lang.
Gegen Mitternacht begann Cathy, die Erschöpfung zu spüren. Es war sehr kalt. Ihr Wollschal schützte sie kaum. Starr und fast gefühllos krampften sich ihre Finger um die Zügel. Doch was tat's? Sie musste durchhalten!
Stunde um Stunde verging; Buster hatte die Poststraße verlassen. Mit hängendem Kopf stolperte er durchs Geröll. Trotz der Kälte war sein Fell nass vor Schweiß.
Ein schmaler weißer Streifen zeigte sich am Horizont, ging langsam in ein zartes Grün, dann in Rosa über. Die Sterne verblassten. Als Cathy das Indianerdorf erreichte, dämmerte es. Eine dichte Nebeldecke lag über den Hütten. Im Korral wieherte ein Pferd, ein Hund bellte, ein anderer antwortete ihm. Nur mit größter Anstrengung hielt sich Cathy auf dem Rücken ihres Pferdes. Die Augen fielen ihr immer wieder zu. Sie empfand nichts als völlige Erschöpfung. Buster blieb plötzlich stehen; ein Zittern lief durch seinen Körper.
Cathy hob langsam den Kopf, strich sich die wirren Haare aus dem Gesicht. Ein Indianer stand mit ausdruckslosem Gesicht vor ihr und versperrte ihr den Weg. Cathy hätte ihn kennen, grüßen müssen, aber sie stammelte nur: »Da bin ich wieder«, und glitt vom Pferd. Der Indianer fing sie in seinen Armen auf und trug sie zu den Hütten.

26. *Kapitel*

Als Cathy die Augen aufschlug, lag sie auf einer bunten Decke in der Hütte. Melida und Sarita saßen neben ihr. Die Gesichter der beiden Indianerinnen schienen blass und ausgemergelt. Sie bewegten sich kaum. Alles Leben schien sich in ihre großen dunklen Augen zurückgezogen zu haben. Selbst bei Sarita war kaum mehr etwas von ihrer früheren Lebhaftigkeit zu spüren. Sie wirkte kraftlos und erloschen.

»Ich – ich bitte um Entschuldigung, dass ich so plötzlich gekommen bin«, seufzte Cathy. »Es blieb mir aber nichts anderes mehr übrig!«

»Wir sind glücklich, dass du da bist«, sagte Melida mit sanfter, etwas brüchiger Stimme. Auch Sarita lächelte – es war aber nur ein Abglanz ihres früheren, strahlenden Lachens. – Sie legte einen Arm um Cathy's Schultern und presste ihre Wange an ihr Gesicht.

»Ich hatte solche Angst, dich nie wiederzusehen! Wie hast du es angestellt zurückzukommen?«

»Ich bin durchs Fenster geflohen!« Cathy schaute Melida zu, wie sie ruhig und geschickt Zweige brach und ein Feuer entfachte. Wie vertraut ihr alles war!

»Erzähle, du musst alles erzählen«, bat Sarita. Sie schien nur noch aus Haut und Knochen zu bestehen.

»Man will mich verheiraten«, sagte sie düster.

Sarita runzelte verblüfft die Brauen. »Man will dich verheiraten? Mit wem?«

Cathy erzählte die ganze Geschichte. Sarita hörte ihr voller Spannung zu. Hie und da prustete sie vor Vergnügen. Es ist fast wie früher!, dachte Cathy.

»Wo ist Onathi?«, fragte sie.

»Er war hier. Du hast geschlafen«, sagte Sarita. »Er kommt bald

wieder.« Sie senkte traurig den Kopf. »Onathi hat große Sorgen. Er ist nicht mehr wie vorher . . .«
»Ich weiß«, flüsterte Cathy und wurde rot. Sarita schüttelte heftig den Kopf.
»Es ist viel schlimmer, als du dir vorstellen kannst! Onathi hat alles getan, um den Navajos zu helfen. Ihm verdanken wir, dass wir überhaupt noch am Leben sind. Doch schau dir die Männer unseres Stammes an! Sie stehen herum, untätig und wie gebrochen. Sie träumen mit offenen Augen. Sie können sich nicht umstellen, sie wollen nicht einsehen, dass die Vergangenheit tot ist und nur noch die Zukunft uns helfen kann . . .«
Sie schwieg niedergeschlagen. Ihre Lippen zitterten. Cathy nahm ihre Hand, drückte sie fest.
»Bitte, weine nicht«, flehte sie mit rauer Stimme. »Wenn du weinst, muss ich auch weinen und dann habe ich überhaupt keine Kraft mehr!«
Saritas Augen glänzten matt im Halbdunkel. »Bitte, bleib bei uns! Ich glaube, nur du könntest ihm helfen!«
»Wie gerne möchte ich das!«
»So bleib doch hier!«
Cathy ließ den Kopf hängen. Sie hatte Angst. Sie war ausgerissen und hatte geglaubt, so Stuart Barker aus dem Weg gehen zu können. Aber jetzt begannen neue Sorgen! Wenn Collins sie wieder mit Polizeigewalt aus dem Dorf holte, konnte Onathi nicht das Geringste für sie tun! Nur noch zusätzliche Scherereien hatte sie ihm gebracht. »Hab keine Angst«, tröstete sie Sarita, als hätte sie ihre Gedanken erraten, »Onathi wird dich nicht im Stich lassen!«
Cathy ging zum Bach, der durch die Schneeschmelze über die Steine rauschte. Sie zog Schuhe und Strümpfe aus, krempelte die Ärmel hoch und stieg ins eiskalte Wasser. Sie wusch sich Gesicht und Hände. Das prickelnde Bergwasser vertrieb die letzte Müdigkeit: Sie fühlte sich erfrischt und wie neugeboren. Als sie ihr Haarband zusammenknotete, hörte sie Hufgetrappel. Langsam richtete sie sich auf. Onathi galoppierte zwischen Bäumen

und Gestrüpp den Berghang hinunter. Als er näher kam, zügelte er sein Pferd. Wortlos stand Cathy da und ließ die Arme hängen. Onathi stieg aus dem Sattel. Auch er schwieg. Mit ruhigen Schritten ging er zu dem Mädchen, hob die Hand, berührte ihre Schultern, ihr Gesicht. Dann zog er sie an sich. Cathy schloss die Augen. Sie war glücklich und zufrieden wie noch nie in ihrem Leben.

Onathi sprach zuerst: »Was ist das für eine Geschichte, Cathy? Man will dich verheiraten? Wer ist der Auserwählte?« Cathy lachte nervös, strich sich die feuchten Haare zurück.

»Stuart Barker, stell dir vor! Morgen, nein heute schon sollte ich beginnen, meine Aussteuer zu nähen! Es war Zeit, dass ich ausriss.«

Onathi verzog das Gesicht.

»Die Collins haben alles eingefädelt!«, erklärte Cathy aufgebracht. »Sie sagten, ich müsse Barker auf den Knien danken, dass er bereit sei, mich zu heiraten.«

Onathi zuckte zusammen; in seinen Augen flammte die Wut. Doch gleich wurde sein Gesicht wieder ausdruckslos und gelassen. Wozu sich auflehnen? Cathy war wieder zurück und alles andere war unwichtig.

Cathy schien seine Gedanken zu erraten.

»Wenn ich in der Reservation bleibe, müssen wir jeden Tag damit rechnen, dass Collins mit der Polizei ankommt!«, seufzte sie mutlos.

»Ja«, brummte Onathi.

Gedankenversunken starrte er vor sich hin. Sein Gesicht wirkte düster und verschlossen. Schüchtern fragte Cathy: »Was sollen wir tun?«

Er warf ihr einen schnellen, funkelnden Blick zu. Plötzlich, zu ihrer größten Überraschung, lachte er laut auf. Cathy starrte ihn an. Wie lange schon hatte sie ihn nicht mehr so lachen gehört!

»Hast du eine Idee?«

»Hm, du überschätzt mich«, grinste Onathi. Er zog Cathy zärtlich an sich und fuhr mit der Hand durch ihr feuchtes Haar.

»Morgen reiten wir weg.«
»Wohin?«, fragte Cathy verblüfft.
»Zur Kirche natürlich, wir heiraten!«
Cathy glaubte, nicht recht gehört zu haben.
»Was?«, stotterte sie. Onathis Augen blitzten schelmisch. »Hast du eine bessere Lösung vorzuschlagen?« Cathy trat einen Schritt zurück, stieß an einen Fels und setzte sich wortlos darauf. Onathi beugte sich zu ihr. Er hatte aufgehört zu scherzen. Sein Gesicht war ernst und bewegt. Schweigend schauten sie einander an. Dann sagte Onathi sanft:
»Früher, wenn ein Navajo ein Mädchen, das er liebte, heiraten wollte, legte er am Abend vor ihrer Hütte Geschenke nieder. Mein Stamm ist heute sehr arm, und was ich dir geben kann, ist sehr bescheiden.«
Er hob die Arme und löste Cathys Haar, dass es ihr seidig glänzend auf die Schultern fiel. Dann nahm er sein buntes Band mit dem Türkis ab und befestigte es um Cathys Stirn.
»Nur die Frau des Häuptlings hat das Recht, einen Türkis zu tragen. Nimm diesen, als Zeichen meiner Dankbarkeit und Zuneigung.«
Er nahm Cathy in die Arme. »Ich habe Tag und Nacht gekämpft. Ich wollte Zeit gewinnen. Warum, wofür? Auch in zehn Jahren wird sich nichts an unserer Lage geändert haben. In fünfzig Jahren vielleicht, aber dann ist es zu spät. Warum also warten? Was gehen uns die Menschen an? Nur wir zählen, Cathy, wir allein und unsere Liebe.«
Er spürte, dass Cathys Wangen feucht waren.
»Du weinst?«
Cathy schüttelte heftig den Kopf. Tränen rollten über ihre Wangen.
»Nein, doch – ja . . .«
Sie hob die Hand und tastete nach dem Türkis auf ihrer Stirne. Ihre Augen strahlten.
»Dann darf ich hier bleiben? Niemand wird das Recht haben, mich wegzuholen?«

»Niemand«, versicherte Onathi. »Morgen reiten wir nach Santa Fé zur spanischen Mission. Dort wohnt ein Priester, Pater Santiago, den ich gut kenne. Er wird uns trauen. Danach . . .« Er machte eine Pause und fügte hinzu: »Danach gehst du zur Familie Collins . . .«
»Aber sicher nicht!«
»Doch, um ihnen unseren Trauschein zu zeigen. Dann können sie nichts mehr gegen uns unternehmen.«
Cathy hob seufzend die Augen zum Himmel.
»Also gut, wenn das sein muss, gehe ich hin – aber zum letzten Mal in meinem Leben!«
»Ich hoffe sehr!«, grinste Onathi.
Cathy lachte. Dann griff sie nach Onathis Händen und legte ihr Gesicht hinein.
»Ich kann es kaum glauben! Ich darf bei dir, bei euch allen bleiben! Ich darf reiten, soviel ich will, und im Fluss schwimmen – und ich brauche kein Korsett mehr zu tragen . . .«
»Und auch keine Hüte mehr.«
»Du wirst mich brauchen können«, fuhr das Mädchen eifrig fort. »Ich kann Holz hacken, das Feld bestellen . . . Ich werde die Kinder lesen und schreiben lehren. Auch von Krankenpflege verstehe ich etwas! Sogar kochen kann ich . . .«
Sie stockte atemlos. Plötzlich wurde ihr Gesicht wieder ernst.
»Onathi . . .«, flüsterte sie. »Schwör mir, dass du mich nie wieder verlassen wirst.«
»Ich schwöre es«, sagte er und legte beide Hände auf ihre Schulter. »Und du wirst nicht mehr in einer Hütte wohnen. Ich habe begonnen, ein Haus zu bauen. Wir werden es gemeinsam beenden.«

27. Kapitel

Früh am folgenden Morgen brachen sie auf. Sie ritten ohne Eile, rasteten immer wieder und waren gegen Mittag in Santa Fé. Sonntäglich gekleidete Leute bummelten in den Straßen und blickten ihnen neugierig nach. Die beiden achteten nicht darauf. Vor der spanischen Mission hielten sie an. Onathi half dem Mädchen vom Pferd. Mit ihren langen dunklen Haaren sah Cathy aus wie eine Indianerin.

Der Sakristan erschien und fragte, was sie wollten.

»Heiraten«, sagte Onathi und blickte den verdutzten Mann fest an. Die Messe war eben aus und so warteten sie gleich in der Kapelle auf Pater Santiago. Er war ein großer, stattlicher Mann mit einem strengen Gesicht. Doch seine Augen strahlten Wärme und Güte aus. Als er Cathy sah, musterte er sie misstrauisch.

»Mädchen«, sagte er dann, »behaupte nicht, du seist Indianerin.«

Cathy zuckte zusammen. Was geschah, wenn er sich weigerte, sie zu verheiraten, nur weil sie weiß war?

»Doch«, rief sie aus. »Natürlich bin ich es.«

Pater Santiago runzelte die Stirn.

»Hören sie gut zu, Fräulein«, sagte er. »Dies ist nicht der richtige Augenblick, um zu lügen.«

Cathy wurde rot bis hinter die Ohren. Verzweifelt schaute sie Onathi an. Der junge Indianer presste die Lippen zusammen.

»Ist das überhaupt wichtig, Herr Pater?«

»Natürlich ist es wichtig«, erwiderte der Priester. Er wandte sich wieder Cathy zu. Ängstlich umklammerte sie Onathis Hand. »Zuerst möchte ich allerdings wissen, wer Sie sind. Wie heißen Sie? Wo sind Ihre Eltern?«

»Meine Eltern sind gestorben. Ich habe im Reservat gelebt und . . .«

Pater Santiago beobachtete sie mit wachsendem Interesse. »Vielleicht ist es das Beste, wenn Sie mir alles erzählen. Fangen Sie ganz vorne an!«, meinte er.
Dies ermutigte Cathy und sie erzählte dem Pater, zuerst zögernd, dann immer sicherer, die ganze, lange Geschichte. Als sie Onathi erwähnte, schaute der Pater erstaunt auf.
»Sie sind also der junge Navajo-Chef? Ich habe schon von Ihnen gehört.«
»Offensichtlich ist mir mein Ruf vorangegangen«, lächelte Onathi.
»Ja. Aber er ist nicht gerade schmeichelhaft«, gestand der Pater. »Man sagt, Sie seien disziplinlos, aufrührerisch . . .«
»Ich weiß, Herr Pater. Aber allein verantwortlich bin ich nicht dafür.«
Der Priester lächelte.
»Das kann ich mir denken und ich mache Ihnen auch keine Vorwürfe. Ich mag die Indianer gern«, sagte er nach einem kurzen Schweigen. »Ihr ungerechtes Los beschäftigt mich sehr. Das Leben in diesen Reservaten hat die Indianer verdorben. Männer wie Sie müssen diese armen Menschen aus ihrer Gleichgültigkeit herausreißen und ihnen zeigen, dass das Leben noch einen Sinn hat.«
»Das ist eine schwierige Aufgabe und ich vermag auch nicht viel«, sagte Onathi düster. »Wie kämpft man zum Beispiel gegen diese Trägheit?«
»Mit dem Willen, der Ausdauer und der Begeisterung der Jugend«, antwortete Pater Santiago. »Das sind die besten Waffen.«
Der Priester blickte vom jungen Mann zum Mädchen hinüber. Wie rührend die beiden aussehen, dachte er. Sie wollen nur das Beste und doch stoßen sie auf so viele Widerstände.
»Habt ihr an die Schwierigkeiten gedacht, die eure Heirat mit sich bringen kann?«, fragte er.
»Ja, Pater«, sagte Onathi und hielt den strengen Blick des Priesters stand.

28. Kapitel

Cathy und Onathi traten aus der Kapelle. Auf der Schwelle blieben sie stehen, geblendet von der hellen Frühlingssonne. Cathy atmete tief. »Ich glaube, ich träume«, rief sie plötzlich aus. »Es kann einfach nicht wahr sein! In ein paar Minuten wache ich bei Mrs Collins auf und dann . . . scheußlich!« Schnell kniff sie sich in den Arm.

»Du bist wirklich eine misstrauische Person«, lachte Onathi.

»Nein. Aber ich weiß schon gar nicht mehr, wie es ist, glücklich zu sein.« Cathy drehte sich um und schaute zu Onathi auf. Da legte er behutsam seinen Arm um ihre Schultern und für eine lange Weile standen sie so da, schweigend und glücklich. Dann gingen sie langsam zu den Pferden.

»Und jetzt auf zur letzten Hürde!«, rief Onathi und half Cathy in den Sattel.

Sie ritten zum Haus von Mrs Collins. Sie redeten kein Wort, nur ab und zu drückten sie einander kurz die Hand.

»Ich warte vor dem Haus«, entschied Onathi.

»Vor dem Haus?«, fragte Cathy ganz entgeistert. »Aber . . . wenn man dich sieht?«

»So sieht man mich eben. Sind wir verheiratet? Ja oder nein?«

Als sie in Sichtweite des Hauses kamen, zügelte Cathy plötzlich ihr Pferd. Ihre Augen wurden groß und ängstlich.

»Um Gottes willen«, stammelte sie. »Die Barkers sind da. Ihr Wagen steht vor dem Haus. Was machen wir jetzt?«

»Dann haben wir die ganze Gesellschaft ja beisammen«, sagte Onathi. »Das hat auch sein Gutes. Es tut mir leid, Cathy, aber du musst in den sauren Apfel beißen.«

Cathy nickte. Krampfhaft hielt sie den Trauschein in der Hand, der ihr die Freiheit garantierte. Und doch stiegen die beiden zögernd von den Pferden.

»Sei vorsichtig, Cathy«, bat Onathi. »Rufe mich, wenn sie dir Schwierigkeiten machen.«
Cathy nickte wieder. Schnell verbarg sie ihr Gesicht an seiner Brust.
»Ich liebe dich . . .«, flüsterte sie.
Dann wandte sie sich ab und eilte auf das Haus zu. Sie durchquerte den Garten und stieg schnell die Treppe hoch. Vor der Tür zum Salon hielt sie an. Ihr Herz hämmerte zum Zerspringen. Mit zusammengebissenen Zähnen klopfte sie an. Dann stieß sie die Tür auf.
Alle waren da: Mrs Collins steif wie ein Stock auf dem Sofa, ihr Mann mit einer stinkenden Zigarre im Mund, das Ehepaar Barker in engen altmodischen Sonntagskleidern und daneben ihr Sohn, der sich eben nervös in den fettigen Haaren kratzte. Mit offenen Mündern starrten sie das Mädchen an. Mrs Collins fand als Erste die Sprache wieder.
»Cathy O'Malley«, schrie sie außer sich. »Woher kommst du? Du siehst ja aus wie . . .« Ihre Stimme überschlug sich.
»Mrs Collins«, sagte Cathy mit leiser, zitternder Stimme. »Ich kann Stuart Barker nicht heiraten. Ich habe mich eben vermählt. Hier ist die Urkunde.«
Sie ging durch das Zimmer auf Mrs Collins zu und streckte ihr den von Pater Santiago unterzeichneten Ausweis entgegen. Mrs Collins nahm ihn, setzte ihre Brille auf und hielt ihn dicht an die kurzsichtigen Augen. Es war totenstill im Zimmer. Dann ließ sie den Arm sinken und starrte wortlos von einem zum andern.
»Sie hat diesen Indianer geheiratet!«, sagte sie tonlos. Ungläubiges Entsetzen lähmte für einige Sekunden die beiden Familien. Dann schrie Geraldine Barker: »Sie ist verrückt . . . das Mädchen ist verrückt!«
Endlich schien auch Stuart zu begreifen, was vor sich ging. Schwerfällig stand er von seinem Stuhl auf und ging auf das Mädchen zu. Sein Gesicht war aschfahl geworden. War das wirklich Stuart? Cathy zweifelte.
In diesem Moment sprang Joe Collins auf und stürzte auf sie zu.

»Du schamloses Mädchen«, schrie er und versetzte ihr zwei so schallende Ohrfeigen, dass Cathy taumelte und gegen die Wand flog. Doch sie stand sofort wieder auf. Mit einem Mal war sie ganz ruhig und gefasst.
»Das hätten Sie nicht tun sollen, Mr Collins«, sagte sie nur. Dann ging sie auf die alte Dame zu, die reglos zugesehen hatte und nahm ihr die Urkunde aus der Hand. »Auf Wiedersehen, Mrs Collins«, sagte Cathy und höflich fügte sie hinzu: »Ich danke Ihnen für alles, was Sie für mich getan haben.«
Sie ging zur Tür, öffnete sie. Niemand hielt sie zurück, nicht einmal Collins. Draußen rannte Cathy die Treppe hinunter. Da hörte sie plötzlich ein Geschrei hinter sich, jemand folgte ihr. Keuchend stürzte sie in den Garten. Ein Glück, dort stand Onathi und wartete.
»Schnell! Sie sind hinter mir her!«
Doch als Cathy sich in den Sattel schwingen wollte – ihre Hand umklammerte schon den Sattelknopf, der linke Fuß stand im Steigbügel – da rief eine scharfe, zornige Stimme hinter ihr:
»Halt!«
Cathy drehte den Kopf und erblickte Stuart Barker. Er hielt sein Gewehr im Anschlag und zielte auf sie.
»Rührt euch nicht vom Fleck!«
Langsam und drohend kam er näher. War dies der schüchterne, hilflose Junge, der ihr Veilchen gebracht und eine Liebeserklärung zu stottern versucht hatte? Hass und Eifersucht verzerrten sein Gesicht. »Ich werde es nie zulassen, dass eine dreckige Rothaut ein weißes Mädchen berührt!«, schrie er. »Ich lege dich um! Ich leg euch beide um!«
Er war jetzt ganz nahe. Gegen ihren Willen wich Cathy zurück. Da spürte sie Onathis Hand auf ihrer Schulter.
»Ich leg dich um!«, wiederholte Stuart.
Entsetzt schaute Cathy um sich. Mrs Collins und die Barkers kamen aus dem Haus und standen feindselig hinter Stuart. Neugierige Nachbarn spähten aus den Fenstern, unzählige Kinder, wie aus dem Boden geschossen, waren plötzlich da.

»Kommt schnell! Hier gibt's was!«, schrien sie.
Stuart stand breitbeinig vor Onathi und starrte ihn unschlüssig an. Die Hand des jungen Indianers glitt langsam zu seinem Dolch. Das ist das Dümmste, was ich machen kann, durchfuhr es ihn. Solange ich ruhig bleibe, wagt er nicht zu schießen.
»Ich werde dich töten«, murmelte Stuart, seine Stimme war kaum mehr hörbar. Onathi bewegte sich nicht. Sein Gesicht war hart und unbeweglich wie Stein.
In diesem Augenblick begegnete Cathy dem Blick von Mrs Collins. In den Augen der alten Dame las sie Abscheu und Verachtung, aber auch unendlichen Schmerz. Ganz automatisch ging Cathy einen Schritt auf sie zu, dann noch einen. Plötzlich fühlte sie Mitleid mit diesem müden, traurigen Gesicht, das sie zum ersten Mal ohne die Maske von Dünkel und Selbstgefälligkeit sah. Mrs Collins war nur noch eine alte, verbrauchte und traurige Frau.
»Mrs Collins«, stotterte Cathy und ihre Stimme tönte schwach und klein wie die eines Kindes. »Mrs Collins, Sie waren gut zu mir. Vielleicht hätte ich Sie sogar lieben können, wenn Sie mich ein einziges Mal so angeschaut hätten, wie eben jetzt.«
Bittend schaute Cathy die alte Frau an.
»Mrs Collins, wenn Sie ein Herz haben, so sagen Sie Stuart, er soll sein Gewehr herunternehmen. Lassen Sie mich gehen . . . bitte! Ich möchte so gerne glücklich sein. Es gibt doch nichts Schlimmeres auf der Welt, als einen Menschen zu heiraten, den man nicht liebt!«
Mrs Collins antwortete nicht. Hatte sie überhaupt zugehört? Nichts verriet, dass sie verstanden hätte. Ihre Augen blieben starr auf Cathy gerichtet. Lange sagte sie nichts. Dann unvermittelt:
»Nehmen Sie das Gewehr herunter, Stuart Barker!«
Stuart fuhr zusammen. Die Waffe zitterte in seinen Händen. »Nein«, stammelte er. »Nein, Mrs Collins. Das kann ich nicht.«
»Nehmen Sie das Gewehr herunter«, wiederholte die alte Dame leise, aber bestimmt.

Stuart verzog seinen Mund, es sah aus, als breche er gleich in Tränen aus. Langsam senkte er sein Gewehr. Mit einem verzweifelten Schluchzen stellte er es ab, lehnte sich gegen den Wagen und verbarg sein Gesicht in den Armen.
»Vielen Dank, Mrs Collins«, sagte Cathy lächelnd. Dann wandte sie sich um und eilte zu Onathi.
Sie schwangen sich auf ihre Pferde und niemand versuchte, sie aufzuhalten. Sie wendeten und im Galopp ließen sie die letzten Häuser von Santa Fé hinter sich. Vor ihnen lag die weiße, staubige Landstraße. Weit am Horizont verlor sie sich im Gebirge.

Federica de Cesco

Pferde, Wind und Sonne

Ferien in der Camargue! Für Sophie geht ein Traum in Erfüllung: Sonne, Wind und Pferde! Besonders der wilde Hengst Etoile hat es Sophie angetan. Ihr gelingt es als Einzige, Zugang zu dem stolzen Tier zu finden. Doch als Alain, der Neffe der Gutsbesitzerin, versucht, den Hengst zu bezwingen, kommt es zum Kampf auf Leben und Tod.

Arena

Auch als E-Book erhältlich

184 Seiten • Arena Taschenbuch
ISBN 978-3-401-50649-4
www.arena-verlag.de

Federica de Cesco

Shana, das Wolfsmädchen

Nach dem Tod ihrer Mutter zieht sich das Indianermädchen Shana vollkommen in die Musik zurück. Ganz allein spielt sie im Wald auf ihrer geliebten Geige und trifft dort auf eine seltsam anhängliche Wölfin. Als der Vater das kostbare Instrument verkauft, stiehlt Shana es sich zurück und flieht damit in die Wildnis. Mit der Wölfin an ihrer Seite erkämpft sie sich ihren Weg in ein anderes Leben.

Shana, das Wolfsmädchen, und der Ruf der Ferne

Die junge Solistin Shana steht unmittelbar vor ihrer ersten Tournee, als ihr Dorf von der Regierung bedroht wird. Schweren Herzens lässt sie ihre Heimat, die First Nations und ihren Freund Mike Eagle Wind zurück und macht sich auf nach Europa. Ausgerüstet mit ihrer geheimnisvollen „Wolfsgeige“ erwartet sie dort eine große Karriere – und der Musiker Valeri, der in Shana bald tiefe Gefühle weckt.

Arena

248 Seiten • Arena Taschenbuch
ISBN 978-3-401-50499-5
Beide Bände auch
als E-Books erhältlich

240 Seiten • Gebunden
ISBN 978-3-401-05760-6
www.arena-verlag.de

Federica de Cesco

Das Mondpferd

Unter dem Einsatz ihres Lebens rettet Anga den verletzten Schimmel Khan. Anga würde das edle Tier gerne behalten, doch Bantje, Sohn des mächtigen Mongolenfürsten, erkennt in Khan sein Pferd. Die beiden beschließen, um den Schimmel zu kämpfen, doch noch vor dem Ende des Wettkampfs bricht ein gewaltiges Erdbeben aus …

144 Seiten • Arena Taschenbuch
ISBN 978-3-401-01988-8

Im Wind der Camargue

Obwohl Estellas Vater beim Einfangen eines ausgebrochenen Stieres tödlich verunglückt ist, möchte das Mädchen auch ein Guardian – ein Stierhüter – werden. Nicht nur Hitze und Kälte, sondern auch die Vorurteile der anderen Guardians machen Estella schwer zu schaffen. Bald steht sie vor einer schmerzlichen Entscheidung …

192 Seiten • Arena Taschenbuch
ISBN 978-3-401-50464-3
www.arena-verlag.de

Arena

Margot Berger
Pepper und Flo

Auch als E-Book erhältlich

978-3-401-50545-9

978-3-401-50546-6

978-3-401-50547-3

978-3-401-50782-8

Margot Berger

Wahre Pferdegeschichten

978-3-401-50556-5

978-3-401-50557-2

Auch als E-Book erhältlich

978-3-401-50558-9

Auch als E-Book erhältlich

978-3-401-50559-6